名家散文自选集

散文就是同亲人谈心

天下黄河

卓然／著

民主与建设出版社

序

编完《天下黄河》，正是2017年元旦之夜。

没有风，也没有云，雾霾悄然散去之后，宵分的夜空格外蓝。繁星点点，映着青松，映着白雪，把一个元旦之夜映得有一点清癯，有一点瘦。毕竟是冬天。

站在窗前，遥望星光渐远渐淡。就在那淡淡的星光之下，安睡着我的故乡。在还没有村子的时候，就有一块很大的陨石落在河滩上，村上人叫“星宿”。四围青山，抱着一颗金灿灿的“星宿”，那山村小镇也就有了无限辉煌。村老于此卜居之初，又从《诗经》里找到“唯南有箕，不可以簸扬”这样一句诗，就给村子起了一个好名字：大箕。

“良弓之子，必学为箕。”渐行渐远，也就有了这样一本《天下黄河》。

一本《天下黄河》，只写了两个字：乡愁。

一曲《天下黄河》，却唱不尽一点“乡愁”。

《天下黄河》原本不打算分辑。分也乡愁，不分也乡愁，似乎没有必要。

然而最终还是分了大三辑。像三畦老圃：“一品乡曲”，

"一抱乡愁"，"一揖乡井"。

算不算一咏三叹呢？又很虔敬地捧出"品、抱、揖"三个字，让那一畦一垅尽皆乡愁葳蕤，让每个字都饱吮故乡的露水，凝露成霜，融渥黄河，化物太行。然而，也还是不能够曲止衷肠。

常常浴着太行山的秋风秋雨，一个人行走在古羊肠坂上，俯瞰黄河如带，醉在金色的涛声里，我不知道天下还有什么能够更让我如此悲心慷慨。

写如烟往事，写风雨故人，写草虫之爱，写黄土情深。虽然昨天的文字已成旧痕，当编辑校阅的时候，没有一个字不重重地撞击我的心。

岁月蚀金，只有故乡的文字永远是我灵魂深处的一盏灯。

不管行多远，世界上只有那么一小块土地是最神圣的，是最圣洁的，她与我的生命相关，与我的灵魂相关，那就是故乡。

我并不否认人生到处有青山。然而对于他乡青山自己顶多是一个客人，自己只能以客人的身份借一方"宝地"聊为生计。虽然也可以建功立业，但总归还是想"衣锦还乡"，或者"叶落归根"。

"念我长生而久仙兮，不如反余之故乡。"屈原为什么如此决绝？

只能说明，别处"青山"是不能够让人安心的。别处"青山"缺少一条能够牵系灵魂的根。

倘若心里有那么一条根，纵使伤情，也还算得一个“怆怆游子”。倘若连那么一条根也没有，纵使身被富贵，也只是一团飞蓬，是世界上最可怜的人。

风雨潇潇，雪落黄昏，当一个人孤独的时候，能够与我心灵对语的，只有故乡。

我引故乡为知己，故乡道我是梓儿。

故乡那一座座山峰，那一垄垄黄土，那村舍，那小河，那树荫，那春天的蝌蚪，那秋天的萤火虫，那饮雨的蝉，那路边的冰冰花，那地头的布谷声声，那一抔热土，那一井清水，永远是我心灵荒原的一堆篝火。

是我永远的乡愁。

是我心中最温暖的文字。

是我的《天下黄河》。

2016年12月31日

目录

第1辑 · 一品乡曲

舜王坪的风 / 2
款月亭待月 / 9
风雨下川行 / 18
土岭三章 / 26
天下黄河 / 39
太行云海 / 80
羊肠坂秋思 / 90
棋子山拾棋 / 97
陵川春秋阁 / 112
话说白马寺 / 134

第2辑 · 一抱乡愁

插　花 / 140
我的中国字 / 147

母亲蓝 / 159
清明感事 / 168
我的字典 / 174
童谣如丝 / 181
化不开的唐诗 / 188
小镇烟雨中 / 197
和　哥 / 211
一夕蝴蝶山下梦 / 239

第3辑・一揖乡井

晋城米淇 / 294
素扁食 / 300
梦醒一窗雪 / 305
带雨的翡翠 / 310
美丽的街巷 / 313
史山阅美 / 325
琵琶泓 / 329
夕香共金炉 / 334

第1辑·一品乡曲

舜王坪的风

我知道舜，是从童年开始的。

小时候，过年祭神的供品大都可以吃掉，只有那个枣山头是谁都动不得的。到二月二那天，母亲把枣山头郑重地交给父亲，看着父亲掮了那张老式步犁，牵着牛向田间走去之后，母亲才如释重负，长长地出口气。

在向田间走的时候，我问父亲拿那枣山头祭谁，父亲说是祭舜帝。我问父亲舜帝是谁，父亲说："舜帝是管犁地的神。"想想，又对我说："舜帝还管生风。"说完就严肃了，严肃的一路都没说话。

到田间之后，父亲将那老步犁端端地放在地中央，把枣山头摆在步犁的前头，朝天深深作了个揖，然后就把犁铧往地里深深地插进去，划开新春的第一道犁沟。新翻起的泥土湿润润的香气很浓，一片淡淡的水汽在太阳底下氤氲成一条绡薄的白纱，轻柔地飘在那道新开的犁沟上，使人觉得有种说不出的温暖，使我至今难忘。最使我难忘的是父亲说的舜帝的风。当然，那时候我是怎么也不会想到，在许多年之后，我会在舜王坪感受舜帝之风。

舜王坪在历山，在赵树理的故乡山西沁水。

毕竟是出过一代名人的地方，沁水的山好水也好。历山衔接了云蒙，绵延数百里，松柏植被，清奇秀绝；梅河，杏河，一南一北绕城而出，清回水影，澜漩锦波，总归沁水而直奔黄河。最让人倾倒的是教水，《水经注》说它“历鼓中峡，悬拱五丈，飞流注壑……丹青奇分望若图绣”。

山耸天姿，水曲机韵，车在那奇山秀水间行驶，听着“清格粼粼的水蓝格盈盈的天”那动人的旋律，通神入微，不由人遐想难遏……

人们说历山有个特点，是“有云就下雨，雨过天就晴”。这话说得一点不假。一路上云云雨雨，空气总是湿漉漉的清新，吸一口，就让人觉得要醉。历山是山奇、水奇、雨亦奇。那云初来时也只有一片两片如棉如丝絮絮地悠着，还没等你眨一下眼，就满天厚厚的云了，就觉着天欲压将下来，令人有种乌云压“山山”欲摧的悬心。你还未曾来得及按住心跳，雨就来了。那雨来势并不像我们平地降雨时的情状，先给你派几滴雨星儿送个消息。不，并没那种斯文。一来，就千军万马，如奔如驰，沛然而至。耳畔是雨打青松的飒飒声，眼前是如串珠缀玉的雨瀑。听时解乏，看着就消渴。那雨瀑落在青松的梢头，株株青松就动也不动地在雨中静静地饱吮甘霖。每落一阵雨，漫山漫壑的青松就会万绿一色，就会有一截截新梢徐徐吐出。那新梢所呈的是新绿，稍稍带一点嫩黄，又夹一丝沙白，如一双双鲜嫩的小手在向游人展示大自然的勃勃生机。

一路雨，到舜王坪天却晴了。

舜王坪确是名实不虚。千顷草坪，给人的第一印象就是雄阔。百草丰茂自不必说，山花烂漫也不必说，纯粹是大自然赐予人类的一个森林公园，一个天然的高尔夫球场。鹰的翱翔给举手可触的昊天增添了几许寥廓。几声大杜鹃的啼叫使人感到周遭那层层松林幽深无涯，真可以窖蓄亘古风云，蕴化太玄，秘藏天机。

站在南天门上，北眺云梦，在天际涌动的，不知是气浪还是海浪，像是山峦又像是云岚。乱峰缺处，怪石嶙峋；群峰参差，嵯岈万态。既有泰山之雄，又有华山之险，有黄山之奇，也有武夷之秀。不是这么块地方，绝对住不下一个鬼谷子先生，也不会引来孙滨、庞涓到此求师学艺。回眸南望，锯齿山七十二峰横亘于七十二混沟古林之南，蜿蜒十余公里，真正像是一个风浪激荡的蓝色海湾。锯齿山下，飞瀑溅玉，就生出一个与天光一色的高峡平湖来，像是一面棱花大镜子，专供娥皇、女英梳妆时端照仙姿玉容。“佛龛奇景”“盘亭列峰”“天桥飞瀑”……许许多多的好景致是让人看也看不够，数也数不完的。当然，数百里的历山好景是不可能让人一览无余的。

正在我贪看好景，几欲被山花迷了眼的时候，一阵小风轻轻掠过，云雾就排山倒海地涌上来。一切皆空，只有灰蒙蒙的一片，像是一个你用全部生命智慧也填写不满的人间空白。弥漫着的云雾之中，尚能看得见的，只有许多条牛散漫在舜王坪上，像大自然撒落在教河水底的鹅卵石一样，使舜王坪上的风景更加古典。如烟如幕的淡灰色雾霭里，一条老黄牛站在那里凝然不动，像上天遗落在那里的一块千年陨石，正一门心思地在回味它曾经发光的岁月。忽然，它扬起脖子临风长长地哞了一声，那一声长哞浑然钝重，夹杂其间的似有千种情感。那老牛莫非在呼唤舜帝么？是欲唤舜帝重操老犁再拓人世荒原？

在神奇的地方，总免不了有些神秘的现象。蜿蜒其间的舜王犁沟，就是一个千古不解之谜。一样样肥沃的土壤，一样样均匀地含有丰富的氮、磷、钾的土壤，怎么那犁沟中就独独不生一毛呢？深深的犁沟，与父亲当年把那张老式步犁插进土地中开出的那一条犁沟是何其相似啊！难怪父亲总是那么虔诚地敬奉舜帝。是舜帝开了人间第一犁，从此，一代一代的父辈都效仿舜帝，一年一年用犁翻开蕴蓄五谷精华的土地，一遍一遍耘锄，一颗一颗收获，一世又一世地喂养着人类文明……

舜王坪的风才是真正的清风，既无尘土夹杂其间，也无杂色混淆其中。如蓝天之蓝，如碧空之碧。

因风声不同，也就有了不同的风质。其声飒飒者，其风必由山涧生出，它轻轻地爬上舜王坪，悄悄地擦着草地行进，如微服行来的小民百姓，质朴而和霭。舜王坪上不止百种药材，适逢灵芝之鲜，又恰值细辛、大黄、野百合花开之际，那飒然而来的山涧之风，带着百草的清芬，夹带了百药的芳馥辛良之味，香自沉郁，气自清散，不知不觉沁人心脾，令人神清。至于呼呼如隐隐雷动之风呢，其初必生于丘壑，后越树木钻森林，从那些松、柏、桦木、暖木、连香木的枝叶间捋将过来，没有一丝不带了那松脂的浓馥，柏叶的清香，山桃的甘饴，青杏的洌芬，隐约还混含有一缕原麝之香，那诸般的气味一下子就让人气爽。若说到那嘤嘤然如洞箫横吹如柔簧和弦一样的风，其必生于霞霓之端，浮祥云、凝紫气，轻飘时雨，纷扬瑞雪，经冬历夏，往来于云隙之间，无论是空中飞的苍鹰、金雕、黑鹳、云雀，还是在林中水中岩洞与草地上栖息的豆雁、红柳鹬、蓝翡翠、水鹨、黄眉柳莺，牛头伯劳，几百种鸟儿的鸣叫啼啭之声没有不汇入风中，奏出一曲柔和、甜美、婉转、迷离且隐约可感的旋律，给人的感觉是，天地间始终是和谐的，人世间也始终是和谐的。有的是太阳的温暖，青草的柔顺，和晶莹的水波在微风吹拂下撩起一圈圈闪光的涟漪。没有惊扰，没有忧烦，没有纷争，没有尔虞我诈，没有怨声谤语，没有填不满的欲壑，没有说不尽的恩恩怨怨世态炎凉势利纷华。身披此风，你哪里能够不心旷神怡！

到舜王坪来吧，到舜的风中，此中一刻值千金。你若染有尘凡世俗之疾，生过妒忌之心、奸邪之念，不要怕，不要不敢一见舜帝之风。你若能一头扎进大自然的怀抱，在这呼呼的风声之中痛痛快快地生一回惭怍，生一回愧悔，出一身虚汗，你肯定会顿然猛醒，生幡然之悟。

古人说，粪虫至秽，尚能变为蝉而饮露于秋风；腐草无光，亦可化为萤而耀光于夏月。

何况人呢！

是舜风经历山之下，绕梅、杏之畔撩沁水之波，才有了那绵绵不绝的青山秀水吗？才养得两万三千年前的“下川人”吗？才能孕育出与山顶洞人同时代的“细石器文化”？才能有舜帝南风之熏在此独立物表？才有那清格粼粼的水蓝格盈盈的天，才有了小芹小二黑那一代代的好青年，才有了文学大师赵树理那个不朽的名字吧？

是舜风过太行之巅，经黄河之滨，不避蓬筚，肯越竹门过纸户入瓮牖徜徉于寻常百姓人家，才有了父亲印在我童年心灵底片上那开春第一犁吗？

当我们对舜风有了深深的感触时，特别是当我们拂去历史的灰尘，以诗意般的心境忆念“南风之熏兮，可以解吾民之愠兮”时，我们首先感到的是虞舜人格的美伦美奂，是历山的神圣与崇高。无论资料上的海拔2358米怎样精确，我们却永远无法用历史的标尺量出它的高度。

我忘不了父亲的话：舜生风，生风调雨顺的风。

我不避旁人笑我贪婪，尽可能大地解开衣襟，伸开双臂，我想满满地搂一抱舜王坪的风，馈我亲友，遗我子孙，伴我以终生。

原载《散文》1998年第11期

款月亭待月

出晋城东南十七公里，至硖石山腰，有佛寺上下两所。下院为古青莲寺，上院为青莲寺，一名福严禅院。款月亭在福严禅院外东南角。石砌高台，上有小亭，北依石壁，南临悬崖。开合有至，分外轩敞。仰可望珏山，俯可瞰丹水。真个是极目骋怀之境，品梦托生之所。友人对我说，到款月亭看月，最能领略人生的真谛。我不知道人生的真谛是什么，当然也从未领略过，所以就决定邀沈君到款月亭看一回月。

款月亭看月须是中秋。只有中秋，珏山的双峰中才能端端地吐出一个明月来。款月亭待月有“双峰孕月”“双峰吐月”“双峰捧月”“双峰望月”四个小景。吐月最为神圣。沈君说，到款月亭看月万万不可错过了双峰吐月的那“一霎那”。只这个“一霎那”才是世间的绝景，否则便无异于别处看月。然款月亭看月的真昧又全在待月，待月的意味最是深厚绵长，可以令人回味终生。待月又不可焦躁。躁动之心，必无闲意，必无雅韵，虽有佳地，却难入佳境。否则即使有了上好的圆月，也如平常人用平常心看平常月一般，空劳一场，终无一点体会，更谈不上人生的真谛了。

那么怎么做个不平常人再用个怎样的不平常心呢？

沈君说，平常人只要能把全身心都融入他所在的时空与情境之中，他先就有了个不平常之心了。人皆平常人，平常人只要有了个不平常之心，也就成了个不平常之人了。此理在我，叫做养心。然又不同于皇帝在养心殿的养心。皇帝是养疲累了的心，或养了无心绪的心。待月者在这里要养的是素心，是包容了历史、自然、天文、地理、文化、神智与人格的心。

身临佛地，沈君又如同说禅。我虽有所省，却终不能彻悟。如今我也身处款月亭中，时空与我同在，怎么觉着就仍然是个平常心呢？

沈君说，朋友，你错了，你虽与时空同在，你身心却未见得融入。时空自在，你心自在，互为宾客，各不相融，不能浑然为一体如贞童淑女新婚燕尔。时空又不等于情境。时空为外界，情境为内界。你未入时空，就无法进入情境。

我说，沈君啊，你这不是在捉弄人？我这不明明白白地在时空之中么？你怎么能说时空自在，我心自在呢？

沈君爽然一笑，说，不，你并不在真正的时空中。你知道你在哪一时哪一空吗？

我说，还能有哪一时哪一空？难道这不是癸丑中秋，款月亭中？

沈君说，我不能说你不对，但你只对了一点。所以你首先就未能入时。先说时吧。癸丑中秋，简单得很，如一小杯淡水，一口便可喝下，难以品出什么滋味。我所说的时，要从北齐开始。北齐的天宝年间，有高僧慧远在此结室为庵，广布道场，讲经说法，注疏佛经。之后，唐代宗时有神墨禅师在此修行；贞元之时，有智通禅师在此作《六波罗蜜疏》流布于世；太和初年，慧远禅师自太原来，营造殿宇，广集佛徒，开辟法华经道场……千余年来，高僧名师在这硖石山中，为了传播佛教文化，蓬牖瓦灶，青灯黄绢，在我们的历史长河中涓涓不息地注入了多少人类文明的精髓！你若有了这点了解，你就能够纵观历史，从北齐往下看一直看到今天，你会看到有一条河在你眼下涌流。那是一条人类文化之河、生命之河啊！你需要时，取之不涸，饮之不竭；你品尝时，甘甜如新粱之饴，芬芳如初花之蜜。饮一口，可消人类文明之饥渴；品一品，可解道德精神之疲乏。你心中倘若有了这么条河涌流，你的心才能算入了时。

再说空。我们所说的空又不同于佛教所言之空。我所言之空是实有的空间。你站在硖石山腰，东观浮山，如屏横列，云紫岚光，气势磅礴；南望珏山，双峰揽云，秀丽挺拔，意犹酥胸秀乳隐约于缥绡之间。山下丹溪，如玉带萦绕回环，由东北向西南飘然而去，珏山倒影，如水洗碧，水气上浮，云蒸霞蔚中的硖石诸峰又如仙子初浴一般。古青莲寺与青莲寺上下顾盼，慧峰大师塔像一支擎天之笔，在云锦之上书写着炎黄子孙的大般若大悟彻。面对这壮丽山河，难道你不觉得你的胸中顿然有一团天地英雄气么！

上述，仅止青莲寺之大概。你要想知道值得我们骄傲的是什么，你还须在文化独居的微观处细细品咂。

古青莲正殿三间，大而低矮的方形佛坛腰部残存着图案与几何形花卉，佛坛表面铺设的墁地砖，以及佛坛上高大的垂腿弥勒佛，文殊、普贤二菩萨，阿难、迦叶二弟子，供养菩萨等六尊彩塑乃唐代遗物。南殿有唐、宋、金碑记各一通，其中唐碑碑首线刻佛殿图是我国古代建筑史上一件极有价值的珍品。入福严禅院，可见殿宇楼阁，鳞次栉比，径曲廊回，檐牙相啄；主体建筑贯穿于中轴一线，经堂僧舍错落于东南两厢；院中古柏虬柯，银杏参天。不过。福岩禅院布局虽然严整，然亦系平常去处。要说真正令人叹服的，是那位于前院台基之上的藏经阁。单论阁的建筑亦无甚奇处，整体为单歇山顶楼阁式。而阁的魅力正在于它的藏经。金大定初藏经已达五千多卷。20世纪30年代，藏经中的三十八卷北宋《开宝藏》曾赴京展览。可惜的是此次展后丢失两卷，其三十六卷又被卫立煌借去不知散失何处。阁中其余藏经一说毁于兵燹，一说流徙东国。可欣慰的是1986年在高平河西镇新庄村发现三卷，其中开宝四年所刻，是国内现存的九卷藏经中年代最早的一卷。可欣慰的仅可欣慰，当游子登临之时见到的是经散楼空，总免不了嗟叹岁月无情，历史无情，世事无情！

然而，不必伤感，大自然是有情的，天地造化是有情的。当你巡山涧小径，经过乳窦泉时，你会对窦中之水如慈母的乳汁一般，雨不溢旱不涸殷殷泽被山中生灵而痴迷而折腰。瞻仰“子抱母”古柏，你会对那神话般的传说深感惊诧。传说古柏枯槁时，僧众夜议于次日砍伐，翌日一早却见一株幼柏缘着母柏缠绕而上，紧紧地将母柏抱住。古柏周初5米，枯槁如老妪怜子；幼柏围可三尺，青翠似稚子娱亲。一老一幼，一枯一荣，你不能不为那母子般的相依相伴而动心，你也不能不为那母与子相濡以沫、相依为命而动情。与其说寺僧以为神意，我看倒不如说是僧众们更看重了人间亲情，随喜弃斧罢伐，为古寺留下了这一人伦范本，旷世奇景。神话般的传说信不信由你。那母柏高27米，树围下粗上细，合乎树的生长常形；而那如条藤子似的子柏高达24米，依透视关系说，也该是上边稍微细一点的，然而仰望上去反而觉得上粗下细，真的像是一夜之间就长了那么高。天下之奇妙在无奇不有，奇到出奇，便为神奇。面对“子母柏”，你是不能不动心也不能不动情的，你既不能不有身披古风俨然之概，亦不能不生梦入仙乡神秘之感。

讲到这里，沈君缓口气说，这就是我的时空观。旅人心中若有了我所讲的这些，他坐在这款月亭上待月，胸中自然会生出一种情感。这就是我所说的养心，未养之心即无心，无心者必然无心在此待月，待月时间稍长点就不免心烦，感觉上索然无味，情绪上躁动不安。待月出珏山时，他或者也会有一种对天地造化的嗟叹，然而其说到底也只不过是悦目而已。有心者虽也不避悦目之意趣，但其更看重赏心。人间美景隔宿就会在悦目者心中成为过眼云烟，而赏心者无论置身何处，意常在山水之间。

沉默有倾。我告诉沈君说我完全理解了他的意思，我说我会养心了。沈君淡然一笑说，会养心了好嘛！这说明你已经达到了一个较深的层次，算个有点资格的旅游者。然而要严格地讲，你还未必会用心，用你所养之心。比如，既在款月亭上，你不能不对这“款”字有所理解。这里为何不用待、邀、望、看、观，而必“款”呢？

我又是一震，忙的就向沈君请教。沈笑一笑，说，这“款”通“诚”，就是说，无论待月还是看月，须得有点儿诚恳与恭敬。一是对大自然的造化奇绝诚恳顶礼，一是对人类所创造的灿烂文化恭敬膜拜。在这层意思里，月为主，你为客。主客相随，天地一清，其结果必然是政通人和，国泰民安。

“款”又通“叩”，这就要你反客为主去叩月之客了。古往今来堪叩月者能有几人？李白算一个。

青天有月来几时？
我欲停杯一问之。
……

这是李白。李白之外还有个苏学士。

明月几时有？
把酒问青天。
不知天上宫阙，
今夕是何年？
……

待月至此，你不觉得你自己的生命也已经注入历史的长河中去了吗？把自己有限的生命注入历史的永恒，尽管人生是短暂的，而生命却是永存的。要说人生的真谛，我想这就是。得了人生的真谛，即使是我们的民族遭逢大劫大难，你也会临危不惧，视死如归，宁可屈死，绝不屈节。

沈君说，我讲的这些都还是待月。待是月虽然不见月，其实月是已经有了的。天地初胎，可谓孕月。养心既定，月胎已动。

可不是嘛。当此之时，只见天色有青而蓝，有蓝而紫，紫亦非全紫，橙色杂之，赤晕洇黄，渐次淡开，化为鱼白。我似乎觉得那月就要升起来了，我的心急切地等啊，等啊，手心都捏出汗来了，那月也还是不肯出来。我想，天地的吐月难道也如妇人的临盆，必在阵痛之后才能有月儿的娩出？是的，那母乳似的双峰不是因了阵痛在微微地颤抖着的吗？这么想着时，我就为天地娩月的圣洁与崇高而轻轻地呻唤，呻唤……呻唤未已时，淡蓝的天与黛色的山峰衔接处就有一弯眉似的月儿显现了。此时，风偃声息，一切都在静寂之中，这是最为庄严、最为肃穆、最为神圣的时刻。仿佛那双峰吐月不是一种自然现象，而是一种非常严肃的生命现象。随着时间的推移，明熠熠的一绺月儿就渐渐地壮实起来，由眉而眼、而腮、而额颊唇吻，而如敷粉童颜，而面如满月。从双峰孕月到双峰吐月，一个完整的生命过程已经完成。此后便是双峰捧月，双峰望月了。双峰是那般的慈母情深，明月是那般的稚子灵动。月在挺挺的双峰母乳孕育中已成长为长空健儿。月已升空，月已“皎如明镜临丹阙”。

沈君骤然缄口不语，只见其双目凝视，静若山岳。我也张目而望，只见山川之间顿时银辉满地，月华充盈。

感秋风之浸润，受月华之陶洗，旅人中忽如银瓶乍破，有笑语喧哗者，有窃窃私语者，有欢呼雀跃者，有如痴如醉者，有延颈引吭长歌当哭者，有低吟浅唱如泣如诉者，有嘤嘤鸣鸣求其友声者，有沉默不语落落寡合者……那也许是由于养心程度不同以至于人格层面不同的表现吧。不过，我想，层面不同也好。层面不同才是个真实世界。求大同存小异才是个完整世界。同也罢，不同也罢，在这个真实而完整的世界上，仰对空明流光，我默默地祝祷：但愿人长久，千里共婵娟……

《散文》1998年第1期

《散文精选集·从故乡出发的雪》百花文艺出版社，2002年

风雨下川行

我早就心存一种欲念，想去拜谒下川古人类文化遗址，追寻23000年前人类活动的痕迹，瞻仰人类的祖先在细石器时代的丰采。

下川在沁水县西50公里处的历山脚下，历山山清水秀，风景迷人，传说是舜帝的发迹之处。

6月5日，我是随了参加首届历山旅游笔会去的。一路看了白云洞，啸天洞，西峡，在去下川文化遗址之前，又先登了历山，一路风光，不光喂饱了我的眼睛，也已经在我心中积下了一团浓浓的人类文化烟云。尽管如此，却都不足以消解我对人类原始文化追寻的饥渴。我是恨不得一步就踏上“下川人”曾经生存过的地方，拜倒在那厚厚的黄土地上，让自己的灵魂经受一番历史风雨的洗淘，让自己的心灵感受一次人类原始文化的熏蒸。

下川文化遗址在下川村西南不远处的一个斜坡上。因为不停地下雨，村子显得有点过于悄谧雅静。偶有鸡鸣，就更显得山野的空旷幽深。天阴得很重，几天的雨水连绵，加上周围的山高林密，连空气也是湿漉漉的清新。清新中又夹有野草的气味，猛猛地吸一口，就让人百感丛生。踏着印有古人类脚印的泥泞小径，每走出一步，都会在我的心上加一分莫名的沉重，仿佛自己渐渐离开实在的时空，在一步步走向远古，走向洪荒时代。

早在23000多年前，历山下就生活着一种人，考古学家把他们叫作“下川人”。他们活动的范围大至限于中条山东端，在下川遗留下的石器最为丰富，也更为典型。考古工作者曾经在厚约1米的灰褐色亚粘土层中获得了一些细石器，有些种类为我国其他细石器遗址中少见。

缘地层关系，石器内涵构成一个较为完整的体系。被称为“下川文化”的时代，大体相当于山顶洞人时代。而更为丰富且比较典型的下川文化，可以填补山顶洞人文化中石器不足的缺陷，为我国北方地区石器时代晚期后一阶段石器文化的代表，经碳14测定，距今已有23000年的历史。下川文化以石器为代表分两大类：一类为粗大石器，以砂石、石英岩、脉石英为原料，占石器品种的4.7%；一类为细石器，主要以燧石为原料，是下川文化的主体。细石器为下川文化最具代表性的器物。它包括典型的细石核和细石叶，形状如指甲盖一样的圆头刮削器、石核式刮削器、雕刻器、琢背小刀和各种尖削器、锥钻、石箭头等。下川细石器年代早，类型多，特点明显，加之地层清楚，对于探索与之相同技术传统和分布于我国其他地区及蒙古、俄罗斯、西伯利亚、朝鲜、日本、北美阿拉斯加等地细石器的起源和演化，具有重要意义。以细石器为主要特征的下川文化，填补了我国旧石器文化的一段空白。这就显得下川文化的弥足珍贵。即使在梦中我也不会想到，在我们晋城这个小窝窝里，居然藏有旷世的财富。因此，我的心里就十分感激县文化馆首先发现细石器的那位吕辑书先生，要不是他把一颗心牢牢地拴在由文化搓成的那条绳子上，忍着难耐的寂寞与清苦在风雨叵测的荒野上默默耕耘，那一段人类文化不知仍要在渺渺飘飘的历史风尘中零落多少凄凉岁月，或许永难钩沉。那么，在人类历史上留下的那段空白，让人一想，就不光是觉得遗憾了。

雨在不住地下着，脚下的泥泞发出一种令人感到艰难与苦涩的响声。此时的我也仿佛是已经情绪化了的一个原始人，身披树叶，揣着大块的燧石，揣着那么一点微弱的人类文化的火星，在茫茫无尽的凄风苦雨中，就像揣着自己灵魂的火炬，照耀着也温暖着自己的心灵，努力持撑着自己那在大自然种种强力的打击下，随时都有可能泯没的生命。

也与丁村文化、仰韶文化一样，你可千万别以为那里呈现出来的“下川文化”有多么地金碧辉煌，或者博大而古奥。那样想是会令人失望的。我在走向下川之前就是那么想象的。但临到下川古文化遗址时，除了一块上边刻着“下川文化遗址”的大理石碑不避风雨地横卧在野地之外，便只有茫茫苍苍的雨，时断时续的风，与那沉沉的厚土和在田地里静静地吮吸着雨露的庄禾。既无舍堂斋馆，也无断瓦残砖。四处观望，不见只字。一切都是那么平常，平平常常。你不由会疑云顿生，莫非蜚声20世纪之末的下川文化是好事者的臆测，是闲人的杜撰？

我小心地调整着自己的思路和情绪，我怕那视而不见的空旷与虚无动摇了我的虔诚与信念，塌毁了我心中对文化渊源追寻时所涵有的神圣与崇高。当然，只有后来才知道，我的提心吊胆完全是一种无知与浅薄。沁水县文化馆馆长李继红先生告诉我们说，能代表下川文化的就是那些乌黑的燧石片，有成石器的，有不成石器的，统统散落在那深厚的黄土垅中，历万千年之遥，经沧海桑田之变，不可能都裸露在地面上，但地面上是绝对能够找得到的，问题是需要你细心且耐着些心找，不但能找到石器，而且还能同时得到一份与石器同样珍贵的回报。

是的，我明白了。我明白了那个寻找过程的重要。要是那里很现成的有个文化殿堂，锃亮的玻璃框中的猩红丝绒上边陈列着各种各样的石器，你是不需要费那么大的劲就可以看到的。

但你一眼过去就可以饱览之后，除了慨叹，我不知道你还能有多少收获，你还能不能拥有李先生所言的那份珍贵的回报。你既无法深刻体验人类生命的旷远与持久，也不可能透彻地领略人类文化的源远与流长。

既然明白了过程的重要，我就认真地全身心地投入到寻觅古人类文化痕迹的那个过程之中。

在那绵绵无尽的黄土地上，我弓着腰，头几乎触到田垅的泥土，就像老农在寻找他遗落在泥土中的一颗唯一的种子那样。我没有顾及暮色将临，也没有因为历史长河的流变而被推向绝望的深渊。我那么费力地弯着腰向前行进，仿佛要想钻过一条时间的隧道，一条长达23000年的涵洞，去寻找自己生命的本质。在祥和的晚霞笼罩下，我终于拣到了，一片，两片三片……哦，我居然找到了一大把燧石碎片。当我兴致勃勃地拿去让老李看时，老李很认真地翻捡着。我心有些忐忑，想说，老李，你可千万莫否定我拣的这些东西啊，你不能以你拥有考古经验的冷峻扑灭我心中那团方炽的圣火。老李从我手里拣起几块石片说，那是石头，且还不是古人类用来打造石器的石头。说着，他就把那些小石头扔了。我那悬在半空中的心，也随着那石头块在凄风中划过一道淡淡的弧影落在了远处。我当时真的对老李有些不满，我真想大声嚷嚷着要他去给我把那石头，不，把那“文化”捡回来。不过，老李很诚恳地指指我手中剩的那几片小石片说，那些石片尽管不是石器，但也还总算是古人类打造石器时落下来的碎石片。经老李这么一说，同行的一个个也都为我高兴起来。太原日报社那么深沉的一个老牛，竟然绽出了孩子般天真的笑，笑着看看我，看看我手里的石头，一边还不住地啧啧嘴说："也算，即便拣到一把文化碎片也算。"

看我神情有些儿贪馋，李馆长就说："我刚才拣到一个石器，送给你吧。"说着，他把那小小的石器珍重地放在了我平伸开的手掌之上，并对我说，那是个小小的刮削器。那个刮削器只有大拇指肚那样大小，粗粗看上去，也与我所拣的石片差不了多少。说它就是石器，那差别又在哪里呢？老李又指着那石器对我说："说你拣的那些仅是石片而不是石器，是因为你拣的那些石片上没有打凿的痕迹。你看……"我看到了，那石器上尽管沾着泥土，泥土却并未能遮住它的细腻与光润。它的一边呈直线形，其余呈圆形，像个小小的黑龟。圆的周遭有着非常明显的打磨痕迹，一点一点地，似凿子凿出来的一样，且又用什么器具或如锉子一样的吧，轻轻地锉过一般。是什么样的凿子呢？是什么样的锉子呢？那个时代，除了石头，哪里还能有比石头更硬的东西呢？那么，既然没有更硬的东西可以作工具，那石器又是如何打磨成的呢？如只有我手中的一件也罢了，谁知太行日报社的张治中先生，在当地人的家中也得到一件不寻常的馈赠，也是与我的一样样的一个刮削器，大小一样，形状一样，就连那一点一点凿痕也一模一样，如出之同一位老工匠之手。如此奇迹，令几位女士大为动容。治中先生则感慨万端，说，多年之后，如因岁月风尘隔离而认不出友人面貌记不起如烟往事的时候，只要一见那乌黑锃亮莹润细腻的燧石在祖先手中所打磨成的石器，肯定会唤醒我们沉眠的记忆……

山村的夜是那么地沉寂，耳边听到的只是一小阵一小阵潇潇的雨声，与瑟瑟的小风走过山间松林发出的隐隐的涛声。站在历山自然保护区招待所小二楼的走廊上，扶栏远眺，黑黢黢的山影下，古人类文化遗址那块大理石碑犹如一道白光，在努力穿透浓重的夜色与雨幕向我投射过来。那白光尽管显得那么地微弱，那么地遥远，但我却感到它在不顾一切地穿透，再穿透，穿透雨雾蒙蒙的夜色与浩浩漫漫的23000年，来烛照我的生命与灵魂。我不由自主地从口袋中掏出那块细石器与那一把文化碎片反复摩挲，心头涌上来的是毛泽东那气象恢宏的词句：

人猿相揖别。

只几颗石头磨过，

小儿时节……

在反复吟哦之际，我眼前的自然存在与历史存在就渐渐地统一起来。我仿佛触摸到古人类的生命状态与生活状态，感受到的是那块黄土地荡着生命力无尽的律动与节奏。

是的，没有那几块燧石的一烛光照，便不会有后来风光旖旎绵绵不绝的文化长廊：“仰则观象于天，俯则观法于地。”(易经)“鸿雁于飞，肃肃其羽。”(诗经)“乘鄂渚而反顾兮，欸秋冬之绪风。”(楚辞)……以及我们恣肆汪洋的现代文明。古人类文化既然是一种有待诠释的奇迹，此时此刻，任何言语都不足以表达我的内心情感。我只能通过那燧石的光润和温热与古人遥遥对话，在潇潇的夜雨声中，只求得心灵的沟通与情绪的通感。到此，尽管在冷雨与夜色的笼罩之下，但只要触摸到那燧石的某一个棱角，我心中都会有一种慰藉与温暖。

透过雨幕，传过来的是与古文化遗址相向而坐的下川小学校晚自习下堂的钟声。一声，又一声，钝重而清晰，绵长而悠远……

《光明日报》1999年11月25日

《中国1999年最佳散文选》辽宁人民出版社

土岭三章

永远的土岭

土岭是一个小小的山村，三十几户人家聚居在一个小小的山坳里。除了云，土岭人很难看到外边的世界。云是从远处飘过来的。远处飘过来的云给土岭人带来的是希望；云飘走了，像是又把希望也带走了。于是，土岭人就在夜晚到来的时候，坐在大门外的青石上，坐在崖边的青石上，对一弯明月，想象月光也能够照得到的外边的世界。

静静悄悄地，夜里就有了一场酥酥的雨。雨丝是那样地细，细细的，密密的，潇潇疏疏，如同少女巧笑，如同情侣私语。等到天明开门一看，啊，竟是春天来了！于是，那大山就一堆一堆地绿，那庄稼地里就也是一汪一汪地绿。绿得让人舒心，绿得让人长劲。绿得让人不知道是身上哪儿哪儿都痒，也不知道该抓挠抓挠哪儿哪儿才对。

一声惊雷，山雨陡然而来。于是，就有了那漫山的飞瀑，就有了那漫山的涛声。一缕缕绢一样轻，纱一样白的云，把那山腰缠着，在那山头绕着。山若隐若现，若佛若仙。面对大自然的诗，谁敢再说平仄！面对大自然的画，谁敢再调丹青！站在山村人家门楼下，遥看那云雾缥缈，谁能不觉得自己也将羽化而仙！

蝉叫的时候，水就一下子清澈起来，山也一点一点地斑斓起来。于是，谷穗也黄了，柿子也红了。希望，总算是有了一个结果。瓜果飘香，处处都能听得到男人们那粗犷的笑声，处处都能听到女人们那细银丝弹动般的笑声。他们多么希望云把他们的笑声带到远方啊！带给外边的世界，告诉外边的世界，他们也有欢乐，也有爱。

落雪的时候，他们就扶着两层小楼的栏杆，看那雪花一片一片地落。女儿被那一片片的雪花滋润着，越长越俊，越长越秀气。雪天似乎都是女儿的世界，女儿的心事都是在雪天里慢慢滋润着的，滋润得那样纯洁，那样细腻。

山静的时候，真是静如太古；天长的时候，就像是过了一个小年。闷了，人们就到山头上去看沁河。沁河像一匹蓝蓝的绸子，从山脚下飘然而过。沁河也真是多情啊！多情的沁河深深地爱上了那小小的土岭，流到土岭便不想走，便在那里绕弯儿。那弯儿绕得真大，就像英文字母中的那个G字。有人说那是中国第一湾，有人说那是亚洲第一湾，也有人说那是世界第一湾。于是，土岭便有了一点小小的名气，就常常有人来土岭俯瞰那世界第一湾，来世界第一湾漂流，来享受大自然带给他们的刺激与欢乐。

看看沁河湾，再回头看看土岭，哦，忽然发现，被蓝蓝的沁河水弯着的，居然是他们的土岭！是他们美丽的土岭，可爱的土岭，永远的土岭。

其实土岭的名气也还不止于世界第一湾。“土岭事变”，是岁月永难磨灭的一个血与火的大事件。20世纪40年代，忽然有一天，革命悄然沿着山间小路来到土岭。土岭人一阵惊喜，赶紧把革命藏起来，藏在自己的炕头上，藏在自己的地窨里，藏在山的旮旮旯旯儿。

叛徒，那是一个怎样卑鄙的字眼啊！由于叛徒的出卖，那些为国家为民族的热血男儿在这里把生命托付给了青山……

革命者牺牲了，把革命永远留在了土岭。一个小小的纪念馆建在山岭之上，像一座小小的庙。像放神一样，把革命珍重地放在那小小的纪念馆里，让革命与青山同在。几株苍翠的松柏把那小小的纪念馆围起来，既不孤独，也不寂寞。一年四季，总会有人去那里凭吊。凭吊先烈，凭吊革命。也看看那巍峨的山，看看那蓝蓝的沁河湾。

“精神万代山河在，功业千秋日月明。”那是依然留在土岭人家墙上的老字，看着，直让人灵魂难安……

他年的革命也如山岚一样，淡淡地氤氲在崇山峻岭的深处，留下的依然是岁月的绵长与企盼。看看什么地方能种树，就种一棵树；看看哪条廊脚缝儿里能栽花，就栽一株花。春天，门前巴掌大的小块地里，一畦青青的小葱儿，几茎宝蓝色的萝卜花，蝴蝶飞过来，蜜蜂飞过去，嗡嗡嘤嘤，热热闹闹……那，就是他们的世界，就是他们的江山；那就是他们生命的全部。把自己的江山打扮得漂漂亮亮，让自己的生命有柯枝有叶儿，好交给下一代，也好让那江山与生命代代相传。

把绕在山腰上的小路一点一点地拓宽，一点点往外延长。把儿女们从他们开出来的山路上送出去，让他们出去学本事，让他们能够学有所成，让他们能够成为国家的有用人才。等他们为国家把青春耗尽了，把膏血耗尽了，就该是叶落归根的时候了。于是，就去村口接他们回来，回到他们的土岭——永远的土岭……

二月的磨滩

磨滩，一个小小的村子，藏在山与水的臂窝里。

作为滩，似乎应该大一点，然而她却太小了。小小的，像蜗牛背上的一个壳。

沁河湾是被人们说成天下第一湾的，听着气派，看着也气派。然而弯在沁河湾里的那一个磨滩，确乎有一点小。小小的，很像一个又瘦又小的老婆婆，坐在沁河边上，把一支经年的拐棍放在身边闪着光的青石上，让风随意吹着她那稀疏的麻色一样的头发，仿佛在春天的太阳底下打瞌睡。

我去磨滩的时候，正是二月。早春二月。

早春二月，磨滩已是春光融融，山桃花竟是一山一山粉怒怒地开着。

二月的磨滩，山有一点倔傲，若非那一山一山的桃花，那山倔傲得实在难以让人亲近。即使开着满山桃花，那山影倒映在沁河水里也还是那么地严正。倘若不是山桃花把那一树的倩影一点一点地撕碎到那一湾水里，给蓝蓝的沁河水晕入一波一波的桃色，那水怕会连青蛙也养不活。

因为有了山桃花，那水自然就妩媚了许多，也温柔了许多。春风轻轻掠过水面，縠皱漪纹，澄如娇波，轻轻地，一漾一漾，就漾出来一河的春色。那水容，那山态，就都像是贵妃初醉了酒时一样，嫩得让人惊慌，娇柔到让人无可奈何。

柳丝也是一条一条地绿着。泉眼无声，林木荫翳。那是二月，那是二月的磨滩，或者说，是磨滩的二月也罢。

二月也如那山桃花的心，把春光一点一点地剥给磨滩，一点一点地剥给那条很旧很旧的，旧如伤痕一样的窄窄的小巷。

小巷是太窄了。小巷窄到一个人似乎侧了身才可以挤过去，连二月的春风似乎也要斜着身子才可以细细吹过去。

二月的春风在匆匆地挤过小巷的时候，贴着墙根的野草与野花，方才醒了过来，一茎一茎，揉着惺忪的睡眼，悄悄地拱出地面，小心翼翼地窥视着来人的脚尖，想看看外边的人们到磨滩来做什么。是来寻找什么吗？是来欣赏什么吗？

窄窄的小巷，也算是艰难岁月留给磨滩的一笔小小的财富罢。小巷里的人一代一代都走了，空空的小巷却留下来了。空空的小巷，证明着磨滩，证明着磨滩的岁月，证明着磨滩如此这般的岁月……

土墙上的麦秸泥差不多都已经剥落殆尽了。没有了麦秸泥的土墙，把岁月的沧桑全都抖露出来，一条一条，尽是伤痕，像被风撕裂了似的。经年的风和雨的凄苦，露的清渍，以及冷霜的残痕，纵横在土楼的老墙上，看着就让人很不忍心。

二月的春风钻过瘦得发黄的土坯墙的缝隙，想寻找的依然是沉睡在老屋里的梦。百年老屋，尘泥渗漉，晴则风尘满面，雨则涕泪婆娑。然而确乎有点像一个边幅不修的老人。邋遢是邋遢了些，但是，老人却实在是天性和乐。

也许怕冬天太冷，小小的土楼便挤在一起，相拥而坐。依着伤痕斑斑的土墙，我曾问过自己，在那寒冷的冬夜，在那被大雪埋了的冬夜，小小的凄冷的土楼里也会有情吗？也会有爱吗？

回答是肯定的。是的，小小的土楼里，参斗斜照着的时候，夜深人静的时候，也会有自己的情，也会有自己的爱。暗夜沉沉，小楼里也会情语喁喁，爱，也会在小小的土楼里放肆，而且纵横驰骤。

试想，如果没有爱，没有寄存在小土楼一隅的真情相爱，靠谁来温暖自己的心呢？没有自己的爱，让谁来安慰自己的灵魂呢？

其实磨滩人也知道，也懂得，磨滩人自己就是自己的天。

用一根歪歪扭扭的山木头作柱，把屋檐结结实实地撑起来，就算是自己给自己撑起了一片天空。

磨滩人就在自己的天空下，下河捞鱼，上山打柴，世世代代，生生不息。

从河滩捞上来许多石头，在土楼边垒一个牛圈，用山木头做一个栅门。晚牧归来时，山坳坳里远远地就会传来“哞哞”的叫声，那是母牛在呼唤自己犊子。一声，又一声。是从深深的山谷里传过去的，是从沁河的水面上传过去的，悠悠地，长长地，把那些苦苦的岁月，把那古老的岁月，长长地拉开，拉得绵长而没有头绪。

土楼的屋檐是太低了。低低的，但并不卑怯。屋身浅浅的，却不俗。那就是旧时磨滩人的“安之居”。左边是小小的寝卧之处，右边是灶。往灶火里放一把柴禾，满屋子都是烟，难怪小小土楼尽是烟色，一如黄昏的影子。

土楼很矮。矮矮的檐下，横几根山木头，就是一个小小的抱厦。说是简陋，倒是朴实。看着粗笨，却又很有一点儿稚拙。

二月不知道回来过多少回了，春风春雨不知道回来过多少回了，洗不尽的总是那风痕雨渍，吹不散的也总是那千古沉浮。

自古至今，依然像一位发色如麻的老婆婆，俯身在沁河岸边。说是临水照容，却并非风流自任。那么，她是想从那水色光影里找到自己当年的一点风致吗？

散落在河滩上的，是如星一样闪着光的贝壳。洁白洁白的，一弯腰，就能捡拾一大把，让人爱玩不已。然而，蚌已不再，贝壳只能告诉我们，沁河滩上曾经有过蚌病成珠的岁月。

踩着凿痕粗显的青石楼梯拾级而上，依着黄黄的土墙，大概算是女儿们的梳妆台了。女儿们依着小楼，临河梳妆。展一展藕一样的腕子，梳子便可以蘸了沁河的水，就把头发梳得明明地黑。再一弯腰，长长的秀发就垂下来，就垂到河滩上，发稍稍上就有了一粒一粒的沙砾。秀发缕缕，白沙点点。也是水声，也是笑声，也是桃花，也是青春……

那就是磨滩。就是沁河水边曾经的磨滩。

回首磨滩，尽管二月的阳光已经十分努力，但贴到土屋的老墙上时，却依然是一片惨淡，一片凄怆……

不知道什么时候，火车的笛声替代了老牛的“哞哞”叫声。一个小小的车站，磨滩站，能让人想起的，就是那个卖鸡蛋的女孩，就是香雪。

从摇摆不安着的吊桥上过去，便是沁河的对岸。站在沁河边上，猛一抬头，发现与白云相依的山头上，竟然就是我曾经去过的土岭，那个永远的土岭。

磨滩在沁河西岸，土岭在沁河东岸。仅一河之隔，却属两个县管。土岭属晋城，磨滩属阳城。西岸东岸，同样是岸，土岭却要比磨滩高百许尺。我去土岭是五月，时间正好是夏季。夏季的山是蓝的，水也是蓝的。被蓝蓝的山与蓝蓝的水掩蔽着，虽然站在山头上，却竟然没有发现山崖下的沁河边上有那样一个磨滩。如沁河边沙滩上的一枚小小的贝壳，被无数的细沙掩埋着。不知道早年发生在土岭的那场事变，磨滩是否看见了，或者是否有感觉。如今，深情地望着土岭，望着山头上那曾经滋润过烽火岁月的朵朵白云，望着土岭山头上那个小小的革命纪念馆点缀着无限江山，心海中便难免陡起无限波澜。

土岭雨后的庄稼地里，那一汪一汪的绿，还绿吗？山里人家门前巴掌大的地块里，那一畦一畦青青的小葱，那几茎宝蓝色的萝卜花，依然长得青葱，依然开得明艳吗？而如今眼前的那山那水，不仅似曾相识，而是“依然旧相识”。山水相连，于磨滩，也便有了“忽临睆夫旧乡”的感觉。那是另一种亲切。

被水冲刷得蓝幽幽的青石，在水滩上，卧则如牛，奔则如马，立则如犀，行则如驼，散则如羔羊，聚则如群鹅。难道那真的是一堆又一堆有生命有灵性有感情的石头吗？看他们的样子，像总是想把沁河水拉住，那神情似乎有点急，有点渴。他们是再也不想让那一掬沁河水奔流千里了。他们想把那有限的沁河水留下，留给自己，留给他们的后代。

蓝蓝的沁河水好像是心软了，泪一般清澈的河水，就在磨滩泊下来。就在磨滩尽心地养育着河里无数的小蝌蚪，养育着那些黧黑的，光滑的，小小的生命。

沁河泊下来的，是一点慈祥吗？是一点怜悯吗？

一位摆渡老人，用几块旧木板连接成一个小小的舢舨，不用桨划，只要手拉着他扯在河面上的那一条铁丝，也只要一元钱，就会把游客从此岸送到彼岸。

我在这里所说的彼岸，既非西土所言无色界，亦非“弱水环绕，嘉木成林”之所在。更不是“邈姑射之山，有神人居焉。肌肤若冰雪，绰约若处子；不食五谷，吸风饮露”的地方。在沁河边上，只有一个实实在在的磨滩，二月的磨滩。

江山一抔土

劳动是财富之父，土地是财富之母。中国人和外国人一样，都这么说，我们的古人也这么说。

说这话已经有3000年之久了，人们也一直守着这句话的要义。因为人们懂得，倘若没有土地，不管有多大力气也只是空怀英雄志。英雄无用武之地，就算白白有了一身力气。

其实古人的话也不一定句句都对。比如“君子怀国，小人怀土”就只对了一半。国土，国土，没有土，哪里能有国？“普天之下莫非王土。”精明的皇帝太懂得吝啬土地了。

作为平头百姓，做梦也不敢想“普天之下莫非王土”，但做梦都怕脚下无立锥之地。

我曾拥有过那么一畦小园，席片一般大，激动得不得了，就写下过一章《小园三种》。我曾想邀朋友咸集小园与我一起领会“小园三种”的乐趣，然而还未来得及，小园便弄丢了。

丢了小园，我便天天怅然若失。

小园不再，剩了几粒黄瓜籽便也如英雄没有了用武之地。放在案头，几近废物，每想扔而去之，不由却又弯腰拣回。它还有蓬勃生命蕴藏其中，就那样扼杀了，让它不得萌芽，不得生根，不得开花结果，我似乎有点儿于心不忍……

早春二月，春雪如诗。我想下楼看雪，不意见楼下堆一小堆土，断香凄神，残痕淡然。“不了情暂撮土为香”吗？是谁呢？然而将一抔黄土弃之不顾，就未免道似有情却无情了。

长时期住在被水泥硬化了的世界里，长时期远离散着芬芳气息的泥土，让人活得憋闷，窒息。仿佛看到了一小堆金子，闪闪发光的金子，我慌慌地拿了小畚箕，把那一小堆土撮起来。当我回转身的时候，却听背后有人讪笑我，说："哼哼，不就一把土么！"

本想回头对那人说句什么，却又没说。说什么呢？他大概不知道"百谷草木丽乎土"吧！

他大概也不知道重耳的故事。晋重耳穷途饥渴时，就因为一位农民送了他一小块土，预言了他十万江山啊！

我不想弄十万江山。小时候与小伙伴在野地里捉"叫油子"，漫山遍野追赶雨脚，东山移棵小桃树栽到西山，那是童趣，那是天趣，那是大自然与人类的亲近与和谐。于我心灵的陶塑，灵魂的浸淫，远胜江山十万。

20世纪中叶，要不是父亲抱了镢头硬从石头缝里抠出一片小小的土地，他的一群孩子一个一个都难免冻馁而死。父亲谢世时，我遵嘱用衣襟包了一包他曾经用汗水浸润过的泥土，湿漉漉的泥土，轻轻地放进了父亲的墓穴。我知道，那一抔土，是他的生命，他将生死相依，以灵魂，以品质，守卫着，捍卫着，千秋万代，永远，永远……

我也渴望有自己的一片土地，也以自己的生命与灵魂与之生死相依。人，只要有梦，是总会圆的。因为有了一抔土，我便也有了一片自己的"土地"。只是花盆小了点，小到只能放下我的心。小心翼翼地浇点水，我的"土地"就格外滋润。我把三粒黄瓜籽下了种，小苗破土而出那一刻就显出了让人兴奋不已的盎然生机。大约半个月之后，纤纤的瓜秧便爬上了阳台窗户，像是想偷窥外面的世界，却又毫不吝啬地逸散了满屋的绿意。淡黄色的小花开了，一朵，又一朵，像点亮的小灯，照得我眼明心亮，照得我心旷神怡。瓜儿坐胎了，小小的，像个针，转眼便像几条小棒槌吊在那里。古人说，只要功夫深，棒槌磨成针。我说，只要认真，针也能长成棒槌。每当我洒点水上去，瓜秧儿便真个是郁郁葱葱，苍翠欲滴。打开窗户，轻风一吹，叶也摆动，花也摇曳，那才真正叫袅袅娜娜，那才真正叫曼妙多姿。

若值明月当窗，不光多姿，而且多趣。如果有一只“叫油子”在上边振翼而鸣，那声，那色，那情致，那韵致，即使十万江山又怎么能够与之媲美呢！

风景随着日子变换，而唯一不变的，是那一窗风景给我的好心情。

看着那一条条带了嫩刺的黄瓜，邻居说，真好！快摘下来鲜鲜地吃吧，那才真正叫绿色食品呢。

我没舍得摘下来。摘下来统共能值多少钱呢？我那一窗风景又值多少钱呢？

邻居似乎算不过账来了。一拍手说，真是一寸土地一寸金。

然而岂止呢？自古黄金也有是有价格的呀？

中国作家协会创研部《中国散文精选》2009年

天下黄河

一

壮哉，天下黄河！

天下黄河九十九道湾……

这是谁唱的，是王向荣吗？是石直明吗？

其实不管谁唱我都爱听，听一遍是回肠荡气，再听一遍还是回肠荡气。

“九曲黄河万里沙，浪淘风簸自天涯。”从巴颜喀拉山出发，黄河像一条龙，蜿蜒东去，历经青海、四川、甘肃、宁夏、内蒙古、陕西、山西、河南、山东九个省区，到注入渤海，行程5464公里，弯了九十九道湾，方才弯出来一条黄河古道！

是不是有点儿寻寻觅觅？有没有一点求索的意思呢？

是不是有点儿左冲右突？是不是有点百折不挠？

是的，有一点。都有一点。然而那又是怎样一种标格，一种精神，一种气概啊！

那么我们应该怎样形容黄河才最形象，最恰如其分，最能够准确地体现黄河呢？

是不是首先应该把黄河看作一条有生命的河，一条有灵性的河，一条有她自己的个性与意志的河流呢？

从巴颜喀拉山启程的时候，无论是清流一线还是潺湲涓滴，她都应该想一想自己要到哪里去，应该从哪里走。遥望中国苍茫大地，她必须寻寻觅觅。面对一座座山峰，一道道沟坎，一条条迷宫一样的大峡谷，她不得不左冲右突。她不得不一次又一次劈开阻挡在她面前的群山，为自己冲出一条路，哪怕撞个粉身碎骨！

百折不回，那是黄河的品节，是黄河的气概，是黄河的精神。否则，她不会在泱泱中华大地上弯出那样一条苍茫于上下古今的黄河古道。

有人说，黄河是一头雄狮，蹲伏在巴颜喀拉山的时候，就高高地昂着一颗不屈的头，雄视中原，雄视天下，遥望东海。那是真正的虓猛绝伦！

有人说，黄河是一匹骏马，“向风嘶一声，莽苍黄河曲。”一匹骏马，跃出青藏高原，腾过青甘峻岭，穿越陕晋峡谷，驰骋华北平原，踏冰履霜，直向蓬莱。那才是真正的超逸绝尘!

有人说，黄河本来是一条龙，一条能够兴云吐雾，纵横四海，飞腾于宇宙之间，遨游于东海之滨的龙。她气概非凡，龙性十足。弯旋之初，富丽一套；逶迤东流，渥润中原；浩浩荡荡，汪茫大海。那才是真正的神奇绝世!

站在黄河边上，或者沿着黄河古道，任是看黄河的哪一道湾，都像是我们的老父亲，像老父亲弓起的脊梁，拉着粗粗的纤绳，喊着黄河号子，淌着汗水，喘着粗气。一口又一口的热气喷在脚下的泥土上，能融化冰雪，能把泥土甚至石头都哈个坑。黄河日夜不息的涛声太像是父亲的喘息声了，一声声撞击在黄河岸上，短促而粗重，每一声都像是父亲尽最大努力呼出的最后一口气，穿透人间苦难重重。

那一个湾又一个湾又太像我们的母亲了，像母亲弯着腰在湿热蒸腾的黄河滩上拾麦穗。母亲必须拾麦穗，甚至连麦粒也不可以放过。母亲弓起的背上还驮着哭着喊着要吃东西的孩子，怀里还抱着嗷嗷待哺的孩子，身前身后还围着绕着一堆不停地号饥号寒的孩子。母亲疲惫不堪，孩子们羸弱不堪。疲惫不堪的母亲必须养活那一堆羸弱不堪的孩子。母亲不忍心哪一个孩子被饿死，哪个孩子都是母亲身上掉下来的肉，哪个孩子都是母亲的希望。风尘仆仆，历尽艰辛，母亲硬是用拾到的麦穗养大了一群孩子。

一群孩子！一个民族！

天下母亲！天下黄河！

二

我最早知道黄河，是我父母告诉我的。小时候，母亲常常对我们说，夜间睡觉的时候把耳朵贴在枕头上，静静地听，就可以听到黄河的涛声。

秋虫唧唧，夜凉如水，我和弟弟妹妹们静静地伏在枕头上听。涛声如歌，一忽儿澎湃交响，一忽儿宛若丝竹，隐约如春雷，又像冬天的风。

父亲也常常对我们说，只要登上我们村子西边的那座高高的晋普山头，就能够看到黄河。父亲曾不止一次带我们到晋普山上去看黄河。怕山不够高，父亲就把我们轮流架在肩膀上。天色微明，遥远的天地之间真的会有一条黄色或者褐色的带子，一忽儿漪波纹澜清晰可见，一忽儿又漾漭无际浑沦不清。这时候，父亲会很自信，指着那条涣漫而神奇的影子对我们说："看，那就是黄河！"

我知道父亲指给我们看的并不是黄河，也知道母亲让我们听的不是黄河涛声，当然是很多年以后的事情了。然而纵然知道父亲指给我们的黄河只是缥缈在天际的水雾，游云，或者晨曦，纵然知道母亲让我们在枕头上听到的是风声，雨声，或者从蝴蝶山飘过来松涛声，但却无法抹去我记忆中的黄河。

只是，我有一个无法解开的谜。我不知道我远居于太行山深处的父亲母亲为什么那么喜欢黄河，向往黄河。我不知道父亲母亲为什么那么想引黄河之水滋润儿女们的心灵，浇灌儿女们的梦！

对于这个问题，我当然要问一问父亲的。父亲听了，只是憨厚地笑一笑说："我们祖祖辈辈都是那样的。"

父亲的话让我感到惊奇。我们祖祖辈辈拥有的东西太多了，比如我们的蝴蝶山与塔塔岭，我们的大桥与小桥，我们的松林积雪和斜纹桥头的明月；我们藿谷洞春天的风、夏天的雨、冬天的雪；我们村子里的盐店，马场，炒炉，红炉，八音会，上党梆子，泽州秧歌，古老的戏台，新年的正火；我们的立春、雨水、清明、谷雨，我们二月的花朝，三月的寒食节……祖祖辈辈一路走来把很多东西丢弃得连影子都没有了，但他们梦里梦外却总是黄河。

那是我们祖祖辈辈心中的黄河，是涌流在普通人心里的黄河。没有黄河，他们会失去生命的根基；没有黄河，他们会失去心灵的依托；没有黄河，他们会觉得活一辈子总是寄人篱下。

这就不难让人理解，我们祖祖辈辈的男人们和女人们，他们为什么一定会在金色遍野的秋天，在飞雪点点的冬夜，在嫩寒勾萌的春色里，在简陋的小四合院，在望得见河汉的茅草棚里，在老屋的土炕上，在村边的老槐树底，无不以自己灵巧的或者笨拙的双手，用剪纸、面塑、泥塑、石雕、木刻、布艺、瓦器、陶瓷，表现黄河，张扬黄河。女人会剪一对黄河鲤鱼，剪一朵开在黄河岸上的腊梅花儿，贴在小屋的墙上，贴在暖烘烘的炕头上，贴在布满春光的窗户上，贴在家里的缸缸罐罐上，看上去都是富贵，感觉到的都是安详，都是那么情深而意重，都是那么质朴而纯真。

最容易让人动心的，是回响在黄河两岸的民歌。风尘仆仆的黄河儿女，站在黄土高坡上，顶着西北风，可着嗓子吼：《天下黄河九十九道弯》《桃花你就红来杏花你就白》《三十三颗荞麦九十九道楞》……

没有一曲不把黄河岸边的岁月吼得火辣辣，热腾腾。

面对黄河，他们总是那么乐观，那么自信，那么自豪。

三

我们祖祖辈辈有说不完的黄河，话却总是从自己的家门口说起。

为山河所阻，我们祖祖辈辈很少能够走出远门，走到黄河边上去看黄河，去体验黄河。我们的祖祖辈辈似乎只能指着门口的流水品说黄河，指着门口的黄土地品说黄河，只能忠实地传承枕头上的黄河，也只能指着天边的云影告诉自己的后代，那就是黄河。

庄子说：“秋水时至，百川灌河，泾流之大。”在我们村子里，话却不是这么说的。村子里的人很少知道庄子，也很少知道庄子这样说过，但他们却有自己的对黄河的认知。他们知道黄河的壮阔确确实实来自无数小河与细流。灌入黄河的，能使黄河“泾流之大”的，还应该有半个雨滴，一片雪花。

我们祖祖辈辈都热衷于讲“半个雨滴”，“一片雪花”的故事。

每当下雨的时候，或者下雪的时候，一个小雨点，或是一片雪花，从天上掉下来，落在晋普山大庙的屋脊上，会被磕成两半，半个顺着大殿的前坡流下来归丹河，半个从大殿的后坡流下去归沁河。二河溶溶，殊途经流，但最终重逢在黄河古道上。她们欢呼跳跃，心花怒放，泪水飞溅，在黄河里绽开浪花朵朵。

小雨点的故事很小，包含的意义却非同一般。

海纳百川，有容乃大。黄河不也是吗？不弃涓滴，才有了黄河的波澜壮阔，才有了黄河的汹涌澎湃。

晋普山大庙前坡的水流下来，流过我们的家门口，四季清流，日夜淙淙，像是一湾不舍昼夜的鸣琴弹奏着一曲大自然之歌，向晚的时候越发流得欢快，兴致勃勃。男人们从田里收工回来，常常会在小河中洗头，濯足，抑或也饮羊，也饮牛，也饮马。女人们也会常常蹲在小河边淘菜，浣纱，洗衣裳。但是，谁都不允许往河里倾倒粪便和垃圾。

按说，黄河不就是一条浊流吗？俗话说跳到黄河里也洗不清，极言黄河之浑浊。不允许倾倒垃圾，能改变得了“浊流”的本质和颜色吗？

一石水，六斗泥，黄河是够浑浊的。但我的父老们说，黄河的颜色是被黄土染了的，那是泥土的颜色和芳香濡渍了的黄河。用“浑浊”二字来形容黄河是极不恰当的。那不是浑浊，那是金黄色的，气味是清芬的，本质是圣洁的。掬一捧黄河水洗把脸，不仅能洗净你脸上积年的泥垢，也能洗掉你满脸的浊气与俗气，洗掉你一脸的委琐与卑屈。

还需要再说什么呢？

带着我的家乡父老们的梦，带着他们的希望，带着他们的寄托，带着他们深深的情，流经自己的家门口时，小河的光影永远摇在我的梦里。

说是梦里，也是梦外。梦里梦外，我总是寻寻觅觅。那么我在寻找什么呢？我问了自己无数遍，但很久很久，我始终给不出自己一个满意的答卷。

四

在我的记忆中，黄河似乎自古就是一条苦难的河。

灾难总是发生在春夏之交，或者夏秋之间。

在春夏之交或者夏秋之交那段时间里，总会有一群又一群黄泛区的难民逃上山来拥到我们村子里，几乎是排着队挨家挨户乞讨。我们不叫他们难民，也不叫乞丐，我们习惯叫“讨吃”。不是蔑视，似乎是怜悯。家都没有了，还要什么呢？只要讨得一口饭吃，就会有明天，就会有希望。

“哦！又一群讨吃上来了……”

看到讨难的人群，村子里的人会一脸惊怖，会一阵惊呼。仿佛那些讨难者就是洪水。

惊怖归惊怖，惊呼归惊呼，看着那些怀里抱着孩子憔悴不堪的母亲，看着那些白发苍苍颤颤巍巍的老人，村子里的母亲们都会赶紧给他们舀一杓热饭热汤。过了饭时的，母亲们则会抓一把玉米面或者糠面，放进他们抖着双手撑开的那个混合着各种面屑的口袋里。别说只有半碗热汤，一把糠面，面对一群又一群难民，面对一批又一批难民，一杓又一杓，一把又一把，需要多少啊？要知道，村子里的母亲们也还有自己号饥的孩子呢！尽管自己的孩子也要吃东西，但凡有讨上门来的，一定得给一口，一定会舍一把。看看自己的玉米面或者糠面没有了，没有什么再给逃难者了，可怜的逃难人空空地从门前走过去，村子里的母亲们会不忍，会哭泣，会揪着袖口不住地抹泪水。

傍晚时分，村中的河滩上，村外的寺庙里，山崖根，老槐树底，到处是难民，到处是烟火。他们大部分是河南人和山东人，他们都有丰富的抵抗灾难的经验，都有与苦难抗争的能力，他们有灾难随时都会降临的心理准备与行动准备。他们无时无刻不在筑堤防灾。灾难一旦降临，他们先是不惜以血肉之躯抵上去。实在抵抗不了时，他们的最上上策就是弃家而走。他们首先想到的是太行山。太行山高，太行自古天下脊，黄河说什么也漫不上去。尽管他们也知道太行山是穷山，穷山上却有着千千万万善良的母亲，只要逃荒要饭到她们门上，纵然家里穷到只剩一个糠窝窝头，母亲们也会掰一块给你，让你度脱生命。伛偻提携，前者呼后者应，难民们拖大带小挤到羊肠坂上，那是一条最理想的逃荒之路。

在村子外的任何一个地方，只要有三块石头，他们就能拼一个灶火，支一个锅，烧一把柴禾，把讨要来的稀饭弄热，把讨来的玉米面或糠面煮些粥，先喂孩子，然后是自己，就着西风喝几口，暖暖身也暖暖心。

一个家就是一堆火。或者说，一堆火就是一个家。

有失散了父母的孩子，也有失散了子女的老人，不管相识与否，拉过来在自己的火堆旁边坐下，在自己“家”里暖和暖和，给他们吃自己讨来的残羹剩饭。纵然不相识，也如一家人。烟火在村子边弥漫，苦难却弥漫在村子里。烟火中弥漫的又不仅是苦难，似乎更多的是乡情，是人情，是亲情。幸福各是各的，苦难是共同的。苦难者的心是相通的。灾难给人们带来的是共同的命运。

夜里，难民大都露天睡觉。做母亲的常常会把衣裳脱下来裹在孩子身上，自己则在身上苫一些野草，或者盖一些树枝。

也有睡不着的男人和女人，就聚拢在一起，围着余烬，一边说黄河，一边叹息。一声一声，仿佛都是怨。可谁又知道那叹息声声中有着多少爱呢！那些逃上山来的难民，很少会有人在我们村子里居留不去，他们大都会在灾后回到黄河边上，再种粟菽，重整桑梓。

是他们太容易忘记黄河带给他们的苦难了吗？幸福的记忆会迅速消亡，苦难给人的记忆却是永久的。

但我理解他们。仿佛只有回到黄河岸边，他们才是地地道道的黄河儿女。

五

为我们祖祖辈辈都是那样的，为不太情愿我们祖祖辈辈都是那样的，我决定去寻找黄河，去体验黄河。

我曾不止一次站在南太行山头，就是能够俯瞰中原大地的那个地方，就是狄仁杰忧母望云的那个山崖上，俯瞰黄河。看天下黄河，感受我脚下的带砺山河。

早晨，初升的太阳把曦光投照在黄河水面上，大河熔金，何其壮观！

而当落日将余晖洒在水面上的时候，黄河灿若图绣，又是何其壮美！

已而水月相映，黄河又会化成一片和婉的白银色。溶溶月光柔化了桀骜不驯。此时此刻的黄河倒是多了点儿柔媚，多了点儿婉约与温情，多了点幽雅与含蓄。月光下，黄河有着何等迷人的魅力，像一位体魄健壮的女子，像一位柔情似水的少女，玉色瑗姿，无不令人倾慕，无不让人销魂！

在我的脚下，能有一条波澜雄阔又婉娈多姿的黄河，那是属于我的真实的黄河，我的自豪是最有质感的。

然而毕竟是站在高处，毕竟是俯视黄河，我忽然就有了一种莫名的恐慌与愧疚。从我脚下流过的黄河似乎像是一个漂泊者，像是一个很久不晓得谷物是什么样的滋味的流浪汉，那么瘦小，那么卑微，那么可怜，那么微不足道。真的是黄河如“带”，太轻飘了，既不雄浑，也不伟大……

站在高处俯瞰黄河，像轻慢了神明一样，我轻慢了黄河；

像亵渎了神圣一样，我亵渎了黄河。此时此刻，最让我的灵魂无法安宁。

于是，我决定走下太行山，走到黄河边，去看黄河，去亲近黄河，去拥抱黄河，去拜谒黄河。

正是晚秋，我沿着羊肠坂步行下山。

羊肠坂就在狄仁杰望云处的旁边，几处残痕，几若断肠。

石崖上“古羊肠坂”几个老字还在，被秋风裹在山坡上，被稀疏的荒草半掩半埋，给人一种瑟瑟发冷的感觉，让人感觉到的是被秋雨淋湿之后的湿冷与惆怅满怀。秋天的风又是那么劲厉，掠过枯黄的衰草时发出阵阵尖细的哨鸣，放眼望去，尽是沧桑满目，仿佛曹操的鞭影依然在空中晃动，在驱逐着那一片片冷湿的秋云。

我后悔不该步行羊肠坂下山，但我绕不过去。最让我不能理解的是，羊肠坂居然也如黄河一样弯弯曲曲。羊肠坂也像是在寻寻觅觅。羊肠坂又在寻找什么啊？是在寻找老阿瞒当年的辙痕？

而我，在弯弯曲曲的羊肠坂上行走，是不是也还在寻寻觅觅？我又在寻找什么呢？

是在寻找各自所需要的，还是在所寻找我们共同的目标呢？那么我们共同的目标又是什么呢？

六

倚着娘娘滩的礁石看黄河漪流，此时此刻的黄河不仅是浩瀚磅礴的壮歌，似乎也有水的细腻与柔情，似乎不乏水的惆怅与惋叹。

放眼堤外，远处平林漠漠，萧疏淡远；回看堤内，翻滚的黄河一忽儿跌宕如歌，一忽儿容与徐缓金玉其音。

看着，听着，心境便由晦暗渐渐明净起来，羊肠坂在心上蒙的那层雾霾也早已荡然不在。

日光暖暖的。安适太久让人懒散，便想躺在娘娘滩的大臂弯里睡上一晌。那应该是多么酣畅多么甜美的一场酣眠啊！这么想着，就打了个呵欠，翻身卧在了娘娘滩头。

正是睡意朦胧，忽然有一个人从苍苍茫茫的远方走过来，弯腰撷一朵浪花擎在手里，沿着黄河古道，踏歌而来，又踏歌而去。

说是一个人，却又只是一个人的影子，只是一个人的背影。

那背影是愈行愈见高大，渐渐像一座不停地移动的山，一座高高的山，仰之弥高。头上似乎裹着一条羊肚手巾，却又像一片云。也许本来就是一片白云吧！背上背着一个黑白相间的老羊毛褡裢，手握着一管老玉嘴铜窝窝烟袋，另一只手里握一条老艾蒿火绳，在他前头有一条豪迈的大黄牛，他身后是一头灰灰的小毛驴，不远处有云一样飘动着的羊群，顺着风，听得见羊羔娇声娇气地咩咩叫声。

我看到并非是梦，也不是黄河岸上的风情画，那真切是行走在黄河岸上的一个黄河老人。有点儿风尘仆仆，却是一路山川精神。

他是谁？一个伟岸的行客吗？

于是，就让我想起了苏辙的话："北顾黄河之奔流，慨然想见古之豪杰。"

是的。我想到了伏羲，想到了神农，想到了轩辕。也想到了尧，舜，禹……

恍惚间，行走在黄河古道上的又不仅是一个人，而是无数个人。是一群人，是一群又一群人。有名的，无名的，智慧的，淳朴的。有古人，也有今人，紧随那伟岸的行者身后，围绕在行者的左右，挤挤捱捱，手拉着手，臂挽着臂……

说是人，却又迷离其间，像一排又一排的黄河浪，后浪推着前浪，一浪赶着一浪，向前扑，向前涌，向前冲撞。

目标总是向前的，心总是向前的。

带着重重的黄金色，夹杂其间的也有白银色，像披了铠甲的武士，像着了戎装战士。

是的，那是一排又一排战士，是一排又一排斗士，在与狂风搏击，在与旱魃拼杀，在与冰雪抗争。

前一排被击碎了，后一排挺起来。一排又一排被击碎了，一排又一排挺起来。还没有来得及喘口气，就汹涌着，澎湃着，狠着命向前扑过去……

轰然一声巨响，我被惊醒了。

一个高高的巨浪正被风撕得粉碎。被粉碎了那一个巨浪还未曾倒下去，接着就有一个巨浪挺起来，巍巍然挺立在黄河中流，瞬间的凝然不动，瞬间的静穆，显得那么样地威武雄壮，像是行将攻击，像是严阵以待，却总是视死如归。

虽然只是瞬间，却永远回响着一曲古老的歌……

七

沿着黄河向上走，漪流回澜，总是能让人陷入梦境之中。

路有多长，梦就有多长。

尽管已残破不堪，旧梦重温，梦里梦外却都是黄河人。他们和他们的祖先一样，或者说他们的祖先也和他们一样，都是无根漂萍，都是流浪者。

其实，任何一个民族的先祖都是一群浪人。

一群流浪者盲无目的游走天下，他们会走得异常困顿。走到黄河岸边，他们停下了脚步。他们看重的是那一河金黄色。

。

他们知道那不是一滩黄金，但他们知道那一滩金黄色要比一滩黄金贵重许多。

一滩黄金有尽时，那一滩金黄色却是永远的。

除了一滩金黄色，隐约可见的还有“采采卷耳”，还有“绿竹猗猗”，还有“雝雝鸣雁”，还有“春日载阳”，还有“七月在野，八月在宇，九月在户，十月蟋蟀人我床下”……

太富赡了。太富有诗意了。

那才是一个真正可以诗意地栖居的地方。

那里既可以寄托生命，也可以存放灵魂。

他们选择了黄河，黄河也接纳了他们。

他们把黄河当作母亲，黄河也把他们当作儿女。

母亲用圣洁的黄河水为他们洗礼，洗出了一身永远不能够褪去的金黄色。

用黄河水洗过的并非圣子，或者说，用黄河水洗礼过的个个都是圣子，黄河水从此也更加圣洁无比。

把散着婴儿香的他们小心翼翼放进摇篮里，他们再也无法忘记摇篮的温馨，他们永远走不出摇篮的庇荫。尽管摇篮中不少苦难，让他们流过不少泪水，但怨归怨，爱归爱。

怨也会流泪，爱也会流泪。当爱恨交加的时候，其核心还是爱。

唯其爱得太深，九十九道湾才弯得那么有力度，那么有刚性，那么有韧性。

像一张又一张弓，弯如钩，弯如虹，弯如满月，发出的是一支又一支岁月无法阻挡的响箭，是一支又一支风雨无法销蚀的飞镝。

唯其爱太深，九十九道湾才没有哪一道不像一张琴。

也如瑶琴，也如绿绮，更像是九霄环佩与太古遗音。

金色的涟漪就像金色的音符，泛着金色的旋律，弹一曲《咸池》或者《大章》，可陶钧六合，统御八方；可达神明之德，可与天地同和。

那才是真正的大块噫气！

那才是真正的天下黄河！

八

站在洒满阳光的黄河滩头，望着熔银销金的黄河，自然会想起成公子安的《大河赋》：“览百川之宏壮兮，莫尚美于黄河。”

黄河是豪迈的，黄河是辉煌的，黄河是壮丽的。

黄河的豪迈与辉煌壮丽似乎见诸于大唐，见诸于李白，见诸于诗人的胸怀。李白把一腔豪情都化在了黄河的波涛之中：“君不见，黄河之水天上来，奔流到海不复回！”

一部辉煌的唐诗，多半是属于黄河的。随便拈一句唐诗，无不带着黄河的芳菲，带着黄河的金色，带着黄河的涛声，轰然于大唐，回响于华夏。

大唐朝的所有文化人几乎都是诗人。而多半诗人都生于黄河两岸又终身行走在黄河两岸，唐诗之花也多半扎根在黄河两岸，芬芳在黄河两岸。

隔着千载风烟，我们似乎都能望得见行走在黄河岸边的一代又一代诗人，感觉得到一代又一代诗人在歌吟黄河状写黄河的用情与用心。

“吟安一个字，捻断数茎须。”“险觅天应闷，狂搜海亦枯。”“青云高兴入冥收，一字非工未肯休。”“苦吟僧入定，得句将成功。”“孟浩然苦吟，眉毫脱尽。王维构思，走入醋瓮。”真是“语不惊人死不休。”那才是真正的呕心沥血，那是真正的用破一生心！

然而，是不是唐诗把黄河推向了一个高度呢？

或者说，唐诗是不是就是黄河的一个高度呢？

其实，说到黄河与诗，无论如何都应该是《诗经》。

关关雎鸠，在河之洲……

河，当然是指黄河，除了黄河，世界上没有哪条河可以真正称得上“河”。

也如只有《尚书》才有资格称为“书”，只有《诗经》才可称为“诗”。

《诗经》开卷便见大河平流，绿洲横斜，鱼鹰对唱，一片水墨烟雨把人带进了黄河，带进了诗。

“蒹葭苍苍，白露为霜。所谓伊人，在水一方。溯洄从之，道阻且长。溯游从之，宛在水中央……”

——只有黄河两岸才有这么柔美的风光，这么柔美的人物，这么柔美的诗。

“投我以木瓜，报之以琼琚。匪报也，永以为好也……”

——只有黄河两岸，才有这么柔婉的习尚，这么柔婉的爱情，这么柔婉的心灵。

“十亩之间兮，桑者闲闲兮，行与子还兮……”

——只有黄河两岸，才有这样醇美的格调和情调，这么好的风俗与风情。

这就是写在黄河岸边的诗，这就是流淌在诗中的黄河。

虽然黄河并不仅是一部《诗经》，但《诗经》却是一条黄河。

河乃诗之根，诗乃河之华。

是黄河孕育了诗，是诗壮美了黄河。

一条雄浑的河，一部温婉的诗，联袂瀛寰，交响阆苑，那是真正的天作之合！

如果没有《诗经》伴流，黄河无非一条世俗的滚滚浊流而已。

如果没有诗化，黄河也绝不会诗意地澎湃在黄河古道上，显得那么古朴醇厚，那么天趣盎然。

若非黄河之水浸润，《诗经》怕不会有如此温柔敦厚。

如果没有黄河，整整一部《诗经》绝不会彩焕致美如黻冕，而只会显得苍白，显得没有根基，像一个没有血色的女人，没有一点生机，没有一丝青春活力。

论《诗经》的品质，孔子只给出了三个字："思无邪"。

论黄河的品质，古人越发简明，只有两个字，"德水"而已。

这就是历史对诗与河的定论。

江山易数，沧桑几回，没有谁能够改变和否定得了诗与河的卓越品质。

诗与河，一缘一会，针芥相投，那才是真正的一脉相承！

论定诗与黄河虽然只有五个字，但要想读懂诗与黄河，却非易事。

要想读懂诗，你得先读懂黄河。

同样，要想读懂黄河，你必须读懂诗。

黄河与诗，才是这个国家的基本国情。

倘若读不懂黄河，也读不懂诗，你会读不懂中国。

连自己的祖国都读不懂，你想读懂世界，又谈何容易！

当然，你也会读不懂人类，读不懂你自己。你会不知道你是谁。

黄河能够给人以精神，诗能够给人以魂灵；黄河能给人以活力，诗能给人以魅力；黄河能够让人骄傲，诗能够让人自信。

黄河让人豪迈，诗让人温厚；黄河让人自强不息，诗让人浩气长存。

千年万年传唱于黄河流域，回响在黄河岸上的，是诗，是黄河的涛声，是中国人的心灵呼唤，是黄河儿女的情语，是中华民族的乡音。

伫立在黄河滩头，和着黄河涛声吟咏《诗经》，我弄不清楚我是在春天的夜晚，还是在冬天的午间，是痛歠羊羔老酒，还是品瀹雨后新茗。

我不知道自己是沉醉了还是清醒着，我不知道自己是魂归闾亭，还是梦回乡梓。

于此，我就有了一个小小的梦。我想将来有一天把黄河与诗做我的安魂曲，让我的灵魂长眠在诗的光辉里，长眠在大河的涛声里。

其实，这种感觉，这样一种想法，不仅我有，我们的祖祖辈辈都有，他们也这么想过。此时此刻，他们的灵魂就正长眠在诗的光辉和大河的涛声里。

否则，他们不会一代又一代带着孩子去晋普山上眺望黄河，他们不会让他们的儿女在静静的夜晚爬到枕头上听黄河涛声。

九

其实，黄河之水不只浇灌了一部《诗经》，还有包括《诗经》在内的十三经，及十三经之外的诸如《黄帝内经》《山海经》《水经》《道德经》，以及未曾入经之列的，如《齐民要术》《天工开物》等“非经之经”。

又是一个大雪纷扬的冬季。

屋子里海棠开得渥红，滴水观音绿得让人总是好心情。

我在我的止观斋翻阅自己收藏的十三经。

太古老了，虽然不是线装本，但纸质已经发黄得像耄耋老人，骨骼尽管还硬朗，毕竟已是风烛残年，书里书外都是暮年之象，字里行间也多是不合时宜。

虽然尘蒙蒙兮满面，但毕竟是中国文化的一方老圃。

在中国文化园林漫步，行止所在，到处都能闻到黄河水花的苾芬。无论夕晖之下还是晨曦之中，到处都能看到黄河浪花摇曳的光影。在你感觉到黄河脉动的宵分之时，或许也会听到黄河水的呜咽声。不过不要紧，那会更加激发你的民族感情，让你为之不平，为之奔走呼号，为之生风鼓羽，为之击鼓催征。

像一介泛槎狂客，孤独地行走在古老而沉寂的大漠深处，眠过不知道多少荒烟废垒，绕过不知道多少老树遗台，执经叩问，我就想，如果没有黄河，我不知道中华文化能否有如此的厚重，有如此的幽微，有如此的辉煌壮丽与博大精深，能够如此动天地而感鬼神。

每一部经典都像是一颗夜明之珠，在中国历史的长夜曾经大放光明，照彻暗夜的长空，照彻中国人的心灵。

虽然明灭有时，但时至今日，余光依然如雷鸣电闪，依然能够穿透世纪隧道，穿越未来，不但没有强弩之末，而且是愈以弘毅强劲。

与黄河并流的诸多文化经典，能不能算得上是黄河的一个高度呢？

数尽万卷皆不是，但却并不意味着没有。

为此，我们不能不去寻找。我们不得不溯源而上。

遥远的《河图》与《洛书》又怎么样呢？

传说伏羲氏时期，河中浮出龙马，背负《河图》献给伏羲，伏羲依此而画八卦。

传说夏禹治水时，河中浮出神龟，背驮《洛书》献给禹，禹依此治河并定九州。

是传说还是史实？是神话吧？

其实，不管是传说还是神话，都太让人着迷了，太容易让人陶醉了。

无论是一个民族还是一个国家，即使一个地区，一个村子，如果没有动人的神话与美丽的传说，那就太寂寞了，太等而下之了。

《河图》与《洛书》上的黑点点和白圈圈不仅排列有序，而且有趣。在有序而且有趣的构图中，蕴藏着无穷奥秘，而其核心是不是就是老子说的“道”呢？一个“道”字，点破了中国文化蕴藏的奥秘。

“道生一，一生二，二生三，三生万物。”

“道之为物，惟恍惟惚，惚兮恍兮，其中有象；恍兮惚兮，其中有物。”

“有物混成，先天地生，寂兮寥兮，独立而不改，周行而不殆，可以为天下母。”……

太神圣了！简直是奥妙无穷！

然则在我们看来最神圣最奥秘的事情，在古人那里实在是最简单，最普通不过了。

《河图》《洛书》，圈圈点点，是不是就是结绳记事时期在绳子上绾的小疙瘩呢？

把许多绾有小疙瘩的绳子横着、顺着、斜着，一条一条或有序或无序地摆开，摆成许多图案，像是将一些重要的文件汇综一样，作为文档，保存起来。古人们居无所定，他们毕竟还没有自己的图书馆和档案馆，因此多数文案和图案被历史湮没了，能够保存下来的，也就那么几件，被我们称作《河图》与《洛书》。

在后人，自然是最珍贵的。

后人实在没有办法道出万千爱意之一二，便假于龙马与神龟，假于神话与传说，让每个黑点与白点都散射出神圣的光。

“小疙瘩”，我这样说是不是有点轻蔑了呢？

是的。但那绝非我们平常所说的疙疙瘩瘩。那是我们的先民不知道经历了多少劫难，把人类的大痛苦，大悲哀，大欢喜，大智慧，大思想，都缩在了绳子上，缩成一个又一个结，缩出了中国文化的渊源。

“天行健，君子以自强不息。”

“地势坤，君子以厚德载物。”

没有经历过大劫大难，人类不知道该去哪里寻找这样的文字！

白点为体，黑点为用。《河图》与《洛书》为古代最高的生命哲学与自然科学，成为中国传统文化思想最原始的主峰，阴阳相抱，互为经纬，诞娩了儒家与道家两座青山。

除此之外，我不知道我们今天能够站在世界屋脊上对天下人说，中华民族可以颖秀于世界民族之林的凭据是什么！

高山仰止。这是不是应该就是黄河文化的一个高度呢？

我想是的。这些都应该是我们曾经有过的文化高度，我们必须有自己的文化自信。

这就是我在梦里梦外都想要寻找的：黄河的高度！黄河的自信！

十

我并非在黄河滩上捡拾陈年蚌壳，也不想在黄河里打捞已经没有气息的死鱼，更不愿意早已经半死的沉渣泛起。

我们的优秀民族传统文化与腐朽的封建文化初看上去很像一回事，却绝非一回事。倒是很像一对同胞姊弟，尽管本质不同，却又一脉相承，落地生根在一块土上，却是两样心肠，两种情怀。姊姊淑艾景懿，胞弟却恶贯满盈。胞弟不光常常拉了姊姊的布裳当外衣做恶事，还不惜淫亵姊姊的内衣。千百年来很多人被蒙蔽了，以为姊姊帮着弟弟一样灭绝人性，丧尽了天理良心。

然而一代又一代有着慧眼的文化人看得明白，总想努力将姊姊从弟弟的“金屋”里救出来，虽然气力不逮，心却未曾死。

我和我的邻里们没有拯救什么的力气，我们只会像“我们祖祖辈辈都是那样的”，于星月之下，于雨雪之时，蹲在自家屋檐底下，或者窝在自家的炕头上，讲我们自己愿意听的故事。

我的邻居和哥是一位有思想的乡村知识分子，他百览群书，通阅上下古今。他会时常给我们讲《天工开物》的旧事。

轰动过大明朝野的一部《天工开物》，为其开卷有益，曾经一版再版风行天下。

然而，就是这样一部书，在中国绝迹了三百年之久。20世纪初，有一位学人在《云南通志》上偶然看到有关《天工开物》的文字，他便赶忙查找此书希图钩沉。北京各大图书馆，全国大小藏书家，他查遍了，也问遍了，但没有《天工开物》的影子，也没有人知道《开工天物》这个书名。在他万分失望的时候，又是一个偶然的机会，他在日本友人家里发现了日文版《天工开物》。他兴奋极了，赶忙循迹追踪。在英国，在俄国，在德国，在法国，他发现都有《开工天物》的译本。

这位《天工开物》的追寻者沮丧到了极点。他掉泪了。

当他在法国国家图书馆找到《天工开物》最原始最精美的刻本时，他真的要疯了。像找到自己多年失踪的孩子，一把搂在怀里，噗通一声跪倒在地，长呼苍天，嚎啕大哭……

这也算是故事吗？但和哥却不知道讲了多少遍。每次讲到这里，和哥总是一脸凄然，呆呆地坐在院子里的红果树下，不言不语。

和哥想缓冲一下自己的情绪。然后，不管他人愿不愿意听，不管他人能不能够接受，他会很生气似地提出一连串问题：

祖国为什么会让自己的文字浪迹天涯？

中国的文字珍品为什么会在中国没有了痕迹？

中国在世界近代史上曾经成为衰败之国遭受奇耻大辱，与丢失自己的家珍国宝有没有关系呢？

西方列强之所以能够成为列强，能够拥有坚船利炮无情地撞开中国的大门，他们的力气是从哪来的？是不是吸收了中国文化的营养致使其悍壮无匹？

我们没有人能够回答他。他茫然四顾，不知道该去问谁。

但他依然会提出一系列问题：我们的文化，我们的国粹，难道从来都是落后的，保守的，腐朽的吗？难道全是应该挨打的吗？

十一

我没有能力回答和哥的问题。我只能也像和哥一样，讲我所知道的犁铧的故事。

犁铧产于黄河岸边，是我家乡的一个特产，是晋城地区的一个品牌，是农耕时期老式步犁上铁铸的一个组件。

一张老式步犁，一根犁杖，一根犁辕，一个犁底，一个犁铧，一面犁镜，套在一起，像一张老式弓弩，拉犁的又是头老牛，从早到晚，一步一步慢腾腾行走在荒疏的田野上，不知道哪一步是始，也不知道哪一步是终。

多么笨拙！多么落后！多么土头土脑，又多么小农经济啊！

然而，它却是我国最早用于耕田的最好的农具。

最早早于什么时候呢？我们有文字记载，早于春秋时期。

按美国学者罗伯特·坦普尔说，早于公元前6世纪。

那就让我们按坦普尔的话说吧，也许会更有说服力。

坦普尔说："公元前6世纪，铁包木式和实心铁式犁镜已在中国广泛应用。这是世界上最早的铁犁镜。"

坦普尔说："这种犁镜在质量上比西方古代通用的犁镜好得多。希腊与罗马的犁镜通常是用绳子捆在犁的底部，既不结实又不牢靠。公元前3世纪，随着冶铁技术的提高，中国人用可锻铸铁制作了更坚固的犁镜。最晚在公元4世纪，中国宫廷和学者们正式推广框架犁，那时候世界上没有一种犁能比得上中国的这种犁，她可以精确地调整犁地的深度，并可适应各种类型的土壤，适应各个季节，适应不同的气候条件，以及不同的作物。犁成为多种用途的农具。到公元前1世纪或公元前2世纪，四种不同的犁镜已广泛地应用于中国犁。”

坦普尔说：“在中世纪欧洲才知道犁镜，设计也是极其粗糙的，在犁地时，欧洲人不得不一次又一次地停下来从犁上抓下土和杂草。”

坦普尔说：“带有犁镜的中国犁传到欧洲之后，欧洲人进行了仿制，并因而直接导致了欧洲的农业革命，欧洲的农业革命又通常被认为导致了工业革命，致使西方成为世界列强。这一切基础都是来源于中国，而非欧洲本土。”

一面犁镜，太普通了，实在算不上中国的文化高峰。

但是，就是那样一张让人瞧不上眼的老式步犁，就那老式步犁上边那个让人不怎么看中的部件——犁镜，竟然引起了欧洲的农业革命乃至工业革命。

是不是有点神奇？是不是有点不可思议？

有人说，是西方先有了原子弹，先有了火箭，先有了宇宙飞船，先有了电子计算机。

是的，从现象看，是西方首先拥有了这些东西，科学的东西。

但是，启发与刺激西方科学走向先进科学文化高度的，应该是中华民族的优秀传统文化。比如我们的老步犁。再比如电子计算机，看似肇兴于西方，但其生命的核心“二进制”却源于《易经》。

有人赞美西方的月亮比中国的月亮圆，殊不知西方人攀上黄河文化的高度，才有了西方的明月。正如牛顿所说："如果我看得比别人更远些，那是因为我站在巨人的肩膀上。"

是不是有一点像我，只有站在父亲的肩膀上，才能看到天边的黄河呢?

黄河孕育了灿烂的文化，灿烂的文化又反照黄河两岸，黄河两岸就有了世界上最早最灿烂最辉煌的科学与哲学，物理与化学，数学与文学。那是我们最珍贵的财富，是我们曾经有过的历史高度。为曾经有过的高度，我们的祖国才是名副其实的金瓯，才是四海膺服的华夏，才真正称得上神州，才真正称得上中国。然而，为什么自己的文化在自己手里被视作葑菲，到西方人手里便大放光明?

西方人用于轰开中国国门的坚船利炮，其中包含了多少中国文化因素?有没有"老犁镜"的文化基因?

如果真的要让中国传统文化助西方人轰开中国大门的事件负一点责任，恐怕责任在于中国文化不应该具有那么强大的生命力和创造力，不应该让西方人站在中国文化的高度去认识自己，发展自己，强大自己。

然而，谁又能阻挡住文化大潮的流动与涵涌呢?

文化的发生是属于民族的。但文化一旦发生，它鲜活的生命就应该属于全人类。谁信任它，谁尊崇它，谁亲近它，谁拥抱它，谁发展它，谁不断地给它注入活力，它就会成为谁的上帝。

是不是这个道理呢？

缘着古老的河道，黄河缓缓流淌。

往事不堪回首，却又不得不回首。

十二

披了牧羊人送给我的那件老羊皮袄，伫立在黄河边上，我在欣赏黄河的冬季风光。

那是一个黄河已经不再澎湃的季节。黄河结冰了。

金黄色的黄河结冰之后，化作了一片白银，化成了一匹白练。不是飘动在那里，而是婉嫕在那里，绰约如处子，那么安详，那么娴静。

黄河不再咆哮，也没有了喧哗，大朵大朵的雪花纷纷扬扬落在黄河的冰面上。那是只有黄河才可以拥有的雪花，厚实，肥硕，朵儿大，色质坚润，瑟瑟簌簌，触冰有声。

放眼远近，雪雾迷蒙，天地寂寥，连个飞鸟也没有。不过，好在不时能听得见远处有火车的叫声，那是时代的回声。

我想踏冰过河。

虽然知道已是三九天气，应该是冰冻三尺的时候，但没有向导，至少没有见到冰面上有行走的狐狸，我会不放心。

在没有渡桥的河段，在交通工具还不发达的时期，黄河结冰之后，两岸通行便不用渡船，车子人马可以踏冰过河。河冰是否结实，是否能够承载得了车辆行人，即使常年生活在黄河边上的人也不敢贸然断定，他们也得先问问路。

不是投石问路，是问道于狐狸。

那是黄河人家最有趣也最有效的测冰之术。只要看到狐狸踏冰过河，说明河水就已经冻结实了。狐狸多疑且耳聪善听，狐狸能听到冰下是不是有流水声。倘若冰下还有水声，说明冰冻还不够结实，还差有承载能力，狐狸决不轻易移足涉冰。

踏冰过河，可以节省许多人力畜力和时间，给办事的人带来高效率，这是日本人也知道的。日本人侵华时期最想要的当然也是高效率。

日本人先想到的就是大部队强行渡河。中国已经是山河破碎，似乎已经没有一寸土地一条江河能挡住日本侵略者的铁蹄。

但是，从府谷向南到韩城禹门口，黄河奔腾在陕西与山西两省之间的大峡谷中，吼声震动，雷霆万钧，犹如从天而降一泻千里。日寇临河一顾，震颤都来不及，哪里还敢生渡河的心。

那么出禹门口怎么样呢？黄河从禹门口冲出狭谷，打一个滚儿，河床猛然拓宽数十里，河水滔滔，若海潮汹涌，且沼泽四布，随处都有泥潭深陷，自古就是军渡大忌。中国部队尚且辟易，日本兵想从这一段过河也是痴心妄想。

黄河固乃天险，却更有日寇野心。曾经横扫过大半个太平洋的大和军人，倘若连黄河都过不去，还谈何东亚共荣！还说什么“八纮一宇”！只有存有野心的人，才敢于铤而走险。即使破釜沉舟，日本人也要过河。

但是，日本侵略者怀着不过黄河心不死的决绝，20多次强渡黄河，没有一次不以失败告终。

渡水不行，渡冰如何？

于是，黄河岸边就有了一帧戎马图：数九寒天，北风裂肌，军刀光寒，战马嘶鸣。日本的马队在黄河岸边一字排开，等河结冰。冰河铁马，何等痛快！

日本人，或者汉奸，也懂得未雨绸缪，也读过《述征记》。“冰始合，车马不敢过，要须狐行，云此物善听，冰下无水声乃过。人见狐行方渡。”于是，日本人就想捉几匹狐狸来预测黄河之冰。但是，不管是派出去的士兵还是抓来的夫役，昼夜伏候，居然没有窥到一匹狐狸的踪影。莫非饱饮过黄河水的狐狸真是灵物，不肯为倭寇占领自己的家园效命？

有狐狸没有狐狸都不要紧，要紧的是不能改变日本人的渡河方略与决心。

那就等吧！北国风光，千里冰封，自古就是中国的一大奇观，不信黄河不结冰。

捉辔横刀，踌躇满志，放眼四顾，日本人站在黄河边狞笑起来。待到黄河冰封，日本大部队自可槌马过河。铁骑劲旅，何愁八百里秦川不能在转瞬之间乱蹄踏平……

不知道是挖苦还是讽刺，在马队等待黄河结冰的时间里，汉奸与日军长官忽然来了闲情，想欣赏中国的《诗经》。

是欣赏《诗经》进而欣赏中国？还是欣赏中国引而欣赏《诗经》？也是想读懂《诗经》而后读懂中国吗？

其实，根祖不在，又谈何容易！

不容易也要读，囫囵吞枣也比没有枣好。

诗三百，欣赏哪一章不好，却偏偏就翻开了《河广》："谁谓河广？一苇杭之。谁谓宋远？跂予望之……"

也许觉得可笑，也许觉得可鄙。日本虽小，却以为自己可以小天下，更可以小黄河。小天下，大东亚共荣圈或唾手可取。小黄河，小日本也许会大起来。

这也许就是日本侵略军读《河广》的本意。

然而，然而，然而……据说日本侵略军等了整整8年，黄河居然没有结冰。

不，应该说，黄河居然不结冰。或者说，不肯结冰！

8年，整整8年，黄河一直在怒吼，在咆哮，就是不结一个冰花儿。

是神话吗？

是的，很像是神话。

但是，又不应该是神话。日寇侵略者的炮火烈焰腾空，整个中国的天空都烧红了，想让黄河结冰，不知道是痴人说梦，还是愚若胶柱。

不过，不是神话，也应该是神奇。是天地有情，是山河通灵。

面对踮起脚尖就可以看到对岸的黄河，面对驾一叶扁舟就可抵达彼岸的黄河，秉持着在亚洲及太平洋地区建立殖民帝国的野心，靠“肉弹”精神敢于觊觎世界的日本军国主义，纵然不知耻，也应知羞！

此间，有没有山水比德精神？

国破山河在……杜工部是有深意的。

十三

天下黄河，不仅是通灵之水，也是血性者流。

山河百二，自古关中好。自三皇五帝，到秦汉，到大唐，以至后来的千百个春夏秋冬，中国历史最瑰丽的油彩几乎全部涂抹在关中，中国历史最辉煌的光芒也都投照在关中。

千百年来，所有的异族无不觊觎关中，也无不把野心与旃戎指向关中。

因此，日本军国主义把一个重要战略目标划到关中，是有根据的。

为了放马关中，日本侵略军不惜倾十万之众，想横断中条山脉，踏破潼关，挥军西进。

于此，号称三万“陕西冷娃”的一支抗日队伍，夜渡黄河，在中条山与日军对峙。11次大攻击，11次被粉碎，致使十万日军苦战3年，而未能向前挪动跬步。

激战之中，二十一万中国军人为国捐躯，血染黄河。翻开当年关中仅有万数人口的某县志，十多页密密麻麻光辉耀眼的名字，没有一个不是铁血男儿。

最让人不能忘记的，是1939年6月6日那一天。

那一天，抗日队伍中的一个新兵团拼到最后，只剩下八百名战士。

说是八百名战士，其实还是八百名孩子，年纪小的只有16岁，年龄大的也才18岁，当地老百姓叫“冷娃”。不用说，他们身上还带着母亲的奶香，带着母亲的体温。他们中间没有一个不是新兵，刚刚入伍，编成新兵团开赴前线，以稚嫩的肩膀抵抗日本法西斯的铁骑。

6月6日那天，八百名“冷娃”被日军逼上了黄河边的马家崖。

崖高百米，下临黄河。子弹打光了，刺刀拼弯了，只有血还沸腾着，只有仇恨的火焰在燃烧。

或者战死，或者做俘虏，除了这两条道儿，他们没有别的路可走。

战死已经不可能了，他们已经没有与敌人死拼的条件。

做俘虏更不可以，做了俘虏，会有受不尽的屈辱，会丧尽中国军人的尊严。

他们必须死，而且必须死得壮烈。

马家崖下，鬼子嚎叫着，狞笑着，等着捉俘虏。

马家崖上，一片宁静，一片肃穆。

日本鬼子端着刺刀扑上了马家崖，刺刀的寒光已经逼近到战士们的眼前。

此时此刻，一个战士扑通一声跪倒在地，朝家乡磕了三个响头，然后转身，大吼一声，扑进了黄河。紧随其后是八百名战士，一起朝家乡跪拜，一起扑进了黄河。

八百壮士，一条黄河。

八百冷娃，一部史诗。

黄河，也如关云长所言长江：这不是水，这是30年流不尽的英雄血！

十四

静穆的马家崖高高地耸立在黄河岸边，黄河水吻着马家崖的脚，容与回环不肯离去。

风迅疾地从马家崖畔擦身而过，把一片又一片黄河浪花揪起来，揉碎，抛出去，再扯回来，再揉碎，直到揉成一片片云雾，抛向空中，化作烟云。

然而，风的力气再大，也有不曾被她揉碎的浪花。那是坚硬的浪花，那是性格倔强的浪花，是一朵又一朵会思考的浪花。

站在马家崖上临流俯视，看血色大河，听风行如歌，似乎让人有点不安于腑膈。

有人说黄河曾经是一头睡狮，是真的吗?

其实，从巴颜喀拉山到东海之滨，一路奔腾，一路吼声，连个盹儿也未曾打过。她一直是清醒的。她平静过，也从容过，但却总是怒吼多于平静，咆哮多于从容。有时候，几近于发狂，乃至于发疯。

与其说黄河是一头睡狮，倒不如说她是一匹拖缰带绳的马，不得不时常发疯的马。

一路奔腾，一路挣扎，她一直想挣脱拴在她脖子上的那条缰绳。

一匹骏马，一条缰绳，风雨三千年……太结实了！

她不得不咆哮！她不得不挣扎！否则，她的生命，她的灵魂，她的思想，她的精神，都会被那一条缰绳绞杀。

黄河两岸，峰峦遥列，那是她的儿女们创造的一个又一个历史与文化的高度。

她紧紧盯着那一个又一个高度，希望着，希望着……

她希望我们能把大唐诗人王之涣读懂。

“白日依山尽，黄河入海流。欲穷千里目，更上一层楼。”

这是王之涣在黄河边上徘徊既久，挥笔写下的《登鹳雀楼》。

鹳雀楼巍然于蒲州，立在黄河中流的高阜。

在我们牙牙学语的时候，母亲先就教我们读这一首唐诗。

河岳靖重，春秋易代。不知道几人能够理解母亲，体谅母亲，真正读懂王之涣，读懂这位大唐诗人的情怀，读懂《登鹳雀楼》的文化含意与哲学精神。

《太行文学》2014年第四期

太行云海

一

我看过华山云海，也看过黄山和泰山云海，以我的感觉，哪里的云海都比不上太行云海，既没有太行云海壮阔，也没有太行云海那么瑰丽，没有太行云海那么多姿多彩，没有太行云海那么富有活力。

华山云海和黄山云海浩瀚无垠，但白茫茫一个世界，很少有特点，也很少有个性。或者也有怒涛翻滚，但翻过来滚过去都是云，云几乎把所有的山峰都淹没了。淹没了山峰的云是没有骨头的，也没有豪气的，缺乏雄拨与英姿。盖住了所有的山峰，也就等于盖住了自己，让自己没有了生命的活力。黄山还好，露了一点，就有了一个著名的“猴子观海”，尽管单调，总算有一点，虽然有一点可怜。

太行云海便不同，“云谲波诡，摧摧而成观。”太行云海丰富到让人派不过名堂来，什么“海国神龟”“云境仙驼”“群鲸跃浪”“神蛟惊涛”“抚云崖”“云浮蓬莱”“八仙过海”，云云，诸景与共，姿态各异，让人目不暇接，看不过来，也数不过来。

看太行云海的最佳去处是王莽岭，王莽岭云海是太行云海的经典。

看那岗峦遥列夹着千姿百态的云涛，不由你会吟哦起曹操的“东临碣石，以观沧海”，诵念起屈原的“观江河之纡曲兮，离四海之霑濡。攀北极而一息兮，吸沆瀣以充虚”。

然而，我却以为那也还只是太行山的一件小品。小小的，像盆景，小巧而妩媚，尽管小，却又不失风致。

二

在太行云海中，有对峙二峰，一曰“云海神龟”，一曰“云海仙驼”。看那海龟的样子，似乎有点蠢，有点笨，有一点龙钟，有一点硕大无朋，让人越看越想笑。然而那昂起来的头，那噘起来的嘴，尤其是那转动的眼珠，有一点灵动，透着一点灵气，活灵活现，神气十足，却没有贪欲，没有邪念，没有卑劣，怎么看都无愧于那一个“神”字，神气得让人肃然起敬。

再看那仙驼，嘴巴、头颅、驼脯、驼峰、驼身、驼尾，无不像是活的。那是一匹行走在大沙漠中的老驼。金色的太阳光透过云层投照下来，连驼茸都是金色的。是不是因了那一身金色的驼茸，就有了一点仙气呢？为其逼真，为其仙气氤氲，王莽就拿过来做幌子，说那“神龟”“仙驼”二峰是他做皇帝的符瑞之兆，以欺世，以盗名，以惑众，以窃国。然而也无需多怪王莽，大凡窃国者，哪个没有幌子？哪个没有欺骗？“与前世而皆然兮，吾又何怨乎今之人。”

既无欺世而不盗名者，又何怨乎王莽！

与其沉沦一个怨字，倒不如静心看云海。

三

太行山的云海中如龟如驼的山峰太多了，见的只可以称为其代表作。如我眼前所看到的八仙峰，八尊奇峰，八尊神仙。铁拐李坦腹跛足、蓬头垢面，活脱一个丐人；汉钟离摇着扇子，袒露着一个大肚皮，一派散仙之风；张果老倒骑小毛驴，急急匆匆，不知何往；何仙姑手执荷花，清香溢远，轻身往来于山谷之间；吕洞宾手持宝剑，斩蛟江淮，弄鹤岳阳，身边隐约还盛开着一丛牡丹；蓝采和，一足着靴，一足跣露，手持大拍板，行乞闹市，醉歌天下，却不忘把一篮子鲜花撒向人间；曹国舅始终显得那么尊贵，即使已经化成了一座山峰，依然一派国舅架子；韩湘子，把一管长箫，将山风吹得呜儿呜儿响，云吹散了，一鸟儿吹醉了。

八仙峰隐约出没于云海中，一会儿清晰可见，一会儿云遮雾障，一会儿峥嵘其间，一会儿又闹腾得云翻涛怒，徘徊在苍茫的云海中，神秘莫测，变幻无穷。

按说，八仙过海应该过的是东海，或者南海，哪里有过云海的呢？然而，我却疑其过的就是云海，因为这里的云海太丰富了，太美了。唯有踏在这云波之上，才真正称得上神仙。据乡人说，八仙原来是想过海的，想过海去蓬莱仙山，但看到这里的云海这么丰富，吕洞宾就不想走了，就说我要变成一座山峰，海枯石烂，我想永远留在这里了。说着，吕洞宾说声变，茫茫云海之上果然就有了一座神仙峰。张果老见吕洞宾变了个仙峰久居了太行，便出生了出世之想，就也不想走了，也说变就变成了一座山峰。蓝采和、何仙姑、曹国舅、汉钟离、李铁拐、韩湘子，真羡慕吕洞宾与张果老，也纷纷说变变变变，就变出了这个八仙峰。

看那一座座山峰，立在云中，像砥柱，像春笋，像是在努力跃入高空，又像是想努力扑进海里。有拿扇子扇起浪涛来的，有拨宝剑斩蛟斗怪的，何仙姑把一朵朵的海浪花放在篮子里，不知道是云动还是雾动，鲜花也动，枝叶也动，仿佛还有蜜蜂与蝴蝶翩翩翻飞，云耶雾耶，使得仙人的袍襟裙带以及白眉黑髯都在云雾之中翕然飘动。

不光是八仙过的是这个海，据说精卫填的也是这个海，愚公移山上帝派了两位神仙把太行山与王屋山背到大海边也是这个海。海没有了，太行山永远留在这里。沧海没有了，大自然在这里生出来一个云海，一个千变万化的云海。

传说也好，故事也好，看那八仙峰，你一定会相信八仙一定在这里显过神通。看那空中飞过的鸟儿，你一定会疑为那就是填海的精卫。

不管是八仙峰还是龟驼二峰，如果没有云雾，没有太行山那浩瀚苍茫的云海，便没有神气，也没有仙姿。

云海沧茫，犹如大海，人们称其为“云境”，或者叫做“海国”。“云境”也好“海国”也好，除了八仙峰和龟驼，还有云海永远淹没不了的众多水族，蓝鲸，白鲸，鲨鮀，龙，蛟，鳄，鳌。雾消云散之后，这里又成了一片山野草地，会有虎，豹，熊，狮，牛，马，羊，鹿，在草地上悠悠自在地行走，觅食，追逐，搏斗。会有雕，雁，鸭，鹅，鹳，鹤，鸽子，鹧鸪，杜宇，喜鹊，各种各样的鸟儿。

是的，它们都是山峰，都是石头。石头是没有生命的，也没有灵魂。它们的生命就是你的生命，它们的灵魂就是你的灵魂。你的生命有多少活力，它们就会有多少活力。你的灵魂是一朵蔷薇，它们便也是一朵蔷薇。你是野蒿，它们便也是野蒿。你有多么潇洒，它们便会有多么潇洒。你有多少情趣，它们就会有多少情趣。你本身就是一个索然无味的人，就别怪那些石块索然无味。

其实看太行云海，是你与大自然的一次最有趣最深刻的对话。当然也是你与你自己的一次最有意义，对你的灵魂最有启发性的一次对话。是你与你自己的心对话，是你与自己的灵魂对话。

所有的水族、飞禽和动物，或者行走在草地上，或者畅游在云海里，或者翱翔在云海之上，嬉戏也好，格斗也好，那狮子老虎居然可以发出地动山摇的吼声，那鸟儿居然能够用翅膀掀动天空的白云，那云海中的巨鲸竟然可以借着云浪腾跃而起，荡起一摊海波；那神蛟在云海中悠游裕如，云海便犹如沧海。其实，那所有动的，只是你的心动，是你的情动，是你的灵魂和生命在动。

你的心就是云海，你的心应该就是沧海。

四

云海平静的时候，软得就像是一摊乳汁，就像哪家的新娘为自己的新婚锦被絮了新棉花，那样的洁白，那样地柔和，仿佛将有新生命在那柔和的云海中诞生。

如果你想感觉一下云海的质地，不妨去拜访一下抚云崖。那里可以触摸到一团团柔软的云，绵和的云，如絮的云。也如你畅游了一次云海，也如你的人生在云海里受到了一次圣洁的洗礼。你一定会想，揪上一把云回去吧，或者也能絮上一床软软和和的锦绣被子呢。

这个时候，龟也好，驼也好，只在那平静的云海里懒懒地徜徉，缓缓地爬行，或者茫然四顾，徘徊不前，不知所往。它们是那样地从容，又那样地安详。

这时候，你才是真正领略到上善若水。只有水才可以滋润生命。有生命，水才有意义。没有水的水族会因干涸而消亡，没有水族的水，没有生命的水，又怎么能称得上水呢？啊，水！这里本没有水，这里只有云海，云海让你产生了幻觉，云海在你心中也就成了沧海。

不过，你可别久久沉浸在那云海的平静之中，也别以为云永远是柔和的。云海也不会让那些有灵性的峰峦一直那样懒懒地徜徉在那里，一动不动，老死安乐。

五

云海也有发怒的时候，仿佛是那些仙驼神龟的过于悠闲激怒了它。懒懒的驼，懒懒的龟，让它没有了生命的活力。

死水微澜，对于云海也是一件让人极不乐意的事情。无故地面对死亡，谁都不愿意。人不愿意，大自然也不愿意。那云海，那云涛，一定会为此而动怒。

当云海发怒的时候，不光是白浪滔天，也一样是浊浪排空，也一样的惊涛裂岸，乱石崩云。还有那来势凶猛的闪电与雷鸣，那暴雨倾盆，那摧枯拉朽的样子，那排山倒海的阵势，给那些未曾“迨天之未阴雨，彻彼桑土，绸缪牖户”者一个措手不及。

云海发怒的那一刻，很像革命到来的前奏，先是静悄悄地酝酿，暗暗地蓄势，待到力量足可以摧枯拉朽的那一刻，其锋锐是谁也挡不了的。

那才真正是太行山的雄风，那才真正是太行山的英姿，那才是太行山的气概。

那云浪，那云涛，把那些龟呀驼呀蛟呀统统打翻到海底，让其不得高踞在这“天下之脊”的山巅之上毫无建树，坐吃山空。

然而那些龟们驼们哪里甘心就此沉沦啊！那海龟在海浪里急急的爬行，逃生，居然慌不择路。那神驼，那神蛟，那游龙，那群鲸，于惊涛骇浪中跳荡腾挪，不是为了逃生，倒像是要发奋而起，来一次灵魂的救赎。

这时候，你会感觉到那些峰峦都是活的，都是有魂魄有灵性的。它们也曾在风雨中呐喊，在风雨中狂啸。它们要自证自己的生命力如此地丰盈。

此时此刻，山峰与云海全都变了。动态变成了静态，静态反倒变成了动态。

是的，你不会弄错，此时此刻，并不是那些山峰在动，是云动，是云海在动。

那才真正是大自然的奇观。此时此刻的你，已经不是一个单纯的你，你已经与大自然融为一体。会动的身子站在太行山头反而一动不动，而心却激荡不已。你已经成为大自然的骄子，与大自然有了通感。

这时候，你恐怕是怎么都不想离开这太行山了，即使不得不离它而去，也是一步三回头，且会在以后的日日夜夜魂牵梦绕。

六

如果你真的放它不下，你就和我一样，时不时到太行山一顾，或者四季常驻，一年四季，感受不同。

春天，山花遍野，看那神驼在野花丛中奔跑的雄姿是那么地骄健，看那海龟因春天到来高兴得忘乎所以的傻样儿，看那鲸那神蛟为春云霭然而神气活现。

倘若是夏季，都处都有灵芝之香，参花之香，闻一闻那葛叶、麦兰、松蕈、青芝与地莪之香。《诗·小雅》说“菁菁者莪，在彼中阿。”说的就是太行山里的莪。闻一闻那莪的香气，你会如那仙驼和神龟一样健康长寿。还有，你可以闻一闻那空气中混合了青壳、连翘、柴胡、黄芩、苍术之香，那才是中草药的天然配方，不光可以让你嗅觉通灵，还足以让你祛病、驱邪。你看那龟那驼，之所以那样雄健，就是因为它们吸纳了太行山的菁华。

倘若是秋天，看那峰峦叠嶂，色彩斑斓，霜叶似火，整个太行山都醉了，整个太行山都燃烧起来了，那沟沟壑壑实在拘不住憋不住的时候，会一坡一坡流向山外，流到太行山坳的村子里，流到孩子们嬉戏家门口，彩绘一个五彩缤纷的太行人家，给孩子们童年的记忆中留下一个五彩缤纷的岁月。

倘是冬季，大雪封山，会更加有趣。八仙峰披了雪的斗篷，踏雪在雪的海中，静悄悄的雪景满山，雾凇垂怜，那奇峰，那怪石，峥嵘的面貌也弱了许多，温和了许多。那龟，似乎在雪地睡着了，驼也睡着了，但都会有一个好梦，梦里千山雪。

冬天冷到一定季节，那雾凇更是美到了极致。冰雪世界，冰雪美人，冰清玉洁。“玉骨那愁瘴雾，冰肌自有仙风。”正如苏轼的《西江月》说的。

风雪精神，松柏品质，正是太行山的风骨。太行山太美妙了。身临其境吧，也许你的体会更加深刻。

羊肠坂秋思

羊肠坂，就是曹操北征高干走的那条路，在晋城市南不足一百华里的地方。其实，它就横在我的家门口，所以心上也就常常挂着它的影子，只要想到它，就难免会想起曹操和他的《苦塞行》：北上太行山，艰哉何巍巍。羊肠坂诘屈，车轮为之摧……

不管诗写得有多好，每每想起来，我都想把老曹的这首诗从诗林中抹掉。它的存在，无疑在广告天下，太行山永远是那么个糟样子。

然而，能怨曹操吗？会写诗的，谁到这里能不生出感慨万千呢？白居易不是也曾无可奈何地叹息：“马蹄冻且滑，羊肠不可上”吗？就连写过《蜀道难》的李白不是也难免摇头说：“北上何所苦，北上缘太行…… 叹此北上苦，停骖为之伤”吗？还有南朝诗人江总，也说：“三春别帝乡，五月度羊肠，本畏车轮折，翻嗟马骨伤……”那是多么地不幸啊！所以，即使把曹操的诗划掉，难道也能划掉历史上那条真实的羊肠坂吗？

曹操才走了一回羊肠坂，他就写诗发牢骚。而一代代的太行山人，一辈辈的父老，为了生计，为了活命，一条扁担横在肩上，曾经在羊肠坂上熬过了多少岁月，流尽了多少血汗，耗尽了多少生命，他们又该说些什么呢？

其实，曹操也不止走了一回羊肠坂，要只走一回羊肠坂，他不会写出那苍凉千古的诗来。纵观曹操一生，可以说，他一辈子都在羊肠坂上踯躅。不过，那都是他心灵上的羊肠坂罢了。只有那次北征高干的时候，才借了太行山上真实的羊肠坂一散他胸中的块垒。

我也曾不止一次踏上过羊肠坂。那是一条用不规则的碎石砌成的一条山间小径，那些石块不但大小不一样，形状不一样，就连颜色也不一样，红的黄的黑的和散发着幽幽蓝色的石块，很不规则地从太行山上一直砌到黄河岸边，大约只有两步宽的样子。作为连接晋豫两省的一条通衢，说是一条羊肠，或用羊肠来形容它，是再形象不过了。数千年的中国历史，就在一条羊肠坂上，绕来绕去，才绕到今天，不能说不艰难备极。然而人的心志是很难被羊肠坂局囿的，历史也是很难被羊肠限定。羊肠坂已经被人世间的风霜绞断，就像几小段被野狼或是猎狗丢弃了的几段干肠子在那荒草漫没的南山头上。我小心翼翼地扒开披着霜迹的荒草，在细细寻觅着那一小段一小段的羊肠坂，像是历史的高树上飘零的几枚残叶，上边隐隐约约能读到的，只有那一曲《苦寒行》。我在仔细地寻觅时，心里总有一点惶惚。想，除了《苦寒行》之外，他是不是还会在说不定哪一小段羊肠坂上遗落一点什么，也许是一声咳嗽，也许是一阵大笑，我好拿了来证明曹操的一生并没有那么痛苦。你不要看曹操一生都可以“挟天子以令诸侯”，但他的整个内心世界却是储满了痛苦的，他的许多诗句都证明着这一点。然而似乎像是山风掠过的荒草稍尖一样，多的却是一声又一声的仰天叹息，没有别的，断断续续的羊肠坂上，多的只能是说明曹操一生苦辛备至的东西。“对酒当歌，人生几何，譬如朝露，去日苦多。”是。“瞻彼洛城郭，微子为哀伤。”是。“我心何怫郁，思欲一东归。”是。“冉冉老将至，何时返故乡。”也是……

啊，难道曹操的一生就是一条羊肠坂吗？

站在凛冽的西风中，我向豫中平原眺望，一天的灰色，一天的清冷，别的东西似乎什么也看不见，只看眼前的一道山峰如曹公衣带飘飘，洒然行走于天地之间。没有等走到我的跟前，就又掉头而去。来来去去，徘徊有间，像是有什么心事要对我说，却欲说又止。逆着北风，看着他的高大的背影，我想，不论怎么说，曹操都不应该是这样子的呀？当年，那是何等样的丰采啊，世上谁还能再有那么一回煮酒论英雄呢？赤壁酾酒临江，横槊赋诗，固为一世之雄。即使年轻的时候，太尉桥玄与名士何某对小小的阿瞒是何等的器重，说其有命世之才，然后受人推荐以“孝廉”为“郎”，很快又做了洛阳的北部尉。就是这个小小的北部尉，造了五色棒，悬挂在官署的门上，有犯禁者，不避豪强，皆棒杀之。连汉灵帝宠幸的小黄门蹇叔的叔父也因为犯禁而被曹操棒杀。在任济南相时，县官长吏倚仗宦官和贵戚的势力贪赃枉法，也被曹操奏免了七八个。一时“大小震怖，一郡清平”。就是这么个敢于打击宦官豪强，违忤诸常侍的曹操，怎么竟也能吟出那么一曲《苦寒行》，让今天的我读起来依然觉得冷风袭袭心胆觳觫呢？

为了改变一下我的心境，使我周身多少有点温暖的感觉，我便跳了几个沟坎，立在狄仁杰望云处，佯装超然的样子，默诵《三国》中那一段文字：

酒至半酣，忽阴云漠漠，骤雨将至，从人遥指天外龙挂。操与玄德凭栏观之。操谓玄德曰：“使君知道龙之变化否？”玄德曰：“未知其详。”操曰：“龙之变化，能大能小，能升能隐，大则兴云吐雾，小则隐介藏形；升则飞腾于宇宙之间，隐则潜藏于波涛之内。方今春深，龙趁时变化，犹人得志而纵横四海。龙之为物，可比世之英雄……”

读着这一段锦章，曹操谈笑风生的模样与语藏机锋的英锐气概，仿佛就在我的眼前。而这么个“治世之能臣”，他的心怎么竟会终生都困于羊肠坂呢？

我想寻觅自己所想要的答案而却无从所得。我不得不又从狄仁杰望云处回到那断断续续的羊肠坂上。羊肠坂在它刚刚延入本市境内的地方，就有个天井关。羊肠坂上有个关，好比羊肠上长了个瘤子，那才是真正的“一夫当关，万夫莫开”！一个小小的关，曾经隔断了多少在羊肠坂上艰难流通的财货啊！仅此也还罢了，一个“孔子回车”，居然连儒家文化也想阻隔在关外。一块“孔子回车”的石碑断然立在羊肠坂上，面对悠悠岁月，面对茫茫群山，它想证明什么呢？如果说它能够证明些什么，它也仅仅只能证明历史曾经将文明与富裕阻隔在关外，而自己却只是相当麻木地守着贫穷，守着落后与愚昧，守着日月的无比艰难、困苦与熬煎。偶尔能够使心灵为之一颤的，无非是久久氤氲在长平古战场上那一点白起坑赵的悲壮与惨烈。

那是关山的阻隔，也是心灵的阻隔。

记得60年代那会儿，有一条宽宽的公路早已经傍了羊肠坂，从太行山上一直修到黄河岸边。按说，有了路，就该富了。至少，南北客商货财皆可通达贸易。然而不知为什么，丽日之下，一国之内，两省交界，非要有个关卡不可。那个关卡还非要设在岁月风雨与世事沧桑都没有能摧毁的天井关。旧关上又设个新关，无异于旧疤痕上又长了个新疤痕。给人的感觉呢，依然是山河迢递，关山重重。家乡人实在没有粮食吃了，南粮又不准北上，仅有的一条公路上尽管车如流水，因为那个关卡，却没有人敢乘车到河南去买一点粮食，河南的老乡也不敢带粮到山西贸易。如果谁偷偷带点粮食被关上的人捉住，粮食丢了事小，罚款也是小事，重要的是人就有了受不完的罪。倘是冬天，倘是夜半三更，人要挨训挨揍，训完了揍完了，就在冰天雪地里站着，等候处理，又有谁会想到处理结果是一顶什么很难卸掉的帽子呢？白天不敢过关，夜里恐怕会好些吧。乡邻们只好结队夜走羊肠坂。夜走羊肠坂，夜过天井关，并不比五子胥过昭关好多少。冬春之交，雨雪霏霏，夜黑路滑，不小心就会掉到深沟里被摔成粉身碎骨。那会儿，只要一提羊肠坂，连小孩子也毛骨悚然。

可是，就那么一条令人毛骨悚然的羊肠坂，接济了我那苦难的乡邻。

因此，对于羊肠坂，我有一段时间的感情是很复杂。文明曾因它而被阻隔，历史又曾有它而延续。生命因它而干涸，却又因它得以滋润。我憎恨它，却似乎又应该感激它。羊肠坂啊，功焉？过焉？

在羊肠坂上行走，一步一颠，使我陷入恍惚与迷惘。然而陷入恍惚与迷惘的岂止我呵，曹操不也“迷惑失故路”，“中路正徘徊”吗？历史正是陷在恍惚与迷惘中，才在这羊肠坂上徘徊，踯躅，几近于爬行。否则，一部封建史不会让中国人阅读五千年而仍于困惑中困惑不解。

风萧萧，有毛毛细雨在风中飘飘洒洒地落着。那是秋末冬初的一个下午，我又想去走一走羊肠坂，去体会一下走羊肠坂的滋味。

距羊肠坂不足百步之遥，便是曾经气概山河的狄仁杰望云处，孟良寨，碗子城，天井关。这些在古代不知道曾经怎么样耀武扬威的地方，如今都已成为岁月的陈迹，淡化在秋末的风雨中，只能供游人借此温习历史，凭吊古人。石崖上，“古羊肠坂”四个老字在秋风中显得分外苍凉。触摸着被秋雨淋湿了的“古羊肠坂”四个老字，像是触摸着一段历史的残痕，又生涩，又冰凉，我不知道那老字会不会痛，而我的心却是沉痛不已。

秋雨一刻也没有停过，我的衣裳已经被雨水淋得湿透了。有一点冷。手也似乎冷得有一点抖。头上的雨水顺着头发往下滴流，流得满脸满腮，以至让我弄不清楚到底顺着脸颊流下来的是雨水还是泪水。

用碎石块铺过的路面埋在枯黄的杂草之中依稀可见，只是被雨水冲成了断断续续，像一截截断肠，走在上边，令人肠断。

走在我们古老的中华文明曾经艰难跋涉过的羊肠坂上，我的心情一点也不轻松。其实不用说我一介草民，即使是人杰鬼雄，他的心情也不会有些许轻松。否则，曹操不会吟出那样的诗篇。

太艰难了啊！我的祖国，我的民族，我的父老。

孤凄的风轻轻吹过。久久地，我沉默着……

《光明日报》2001年9月12日

棋子山拾棋

一

秋云漠漠，似要有雨。晚间看央视天气预报说不会是那样的日子，是途中变的。倒好，正好可以避开喧嚣，披着秋风，在溟蒙的秋雨中静静地登一回棋子山，捡拾几枚历史遗落在那里的棋子，或者循着围棋的踪迹，去探寻一回围棋的源头。围棋的故乡在晋城陵川棋子山，那是沈告诉我的。他说是杨晓国先生于20世纪90年代撰文论定的，消息震惊海内外，聂卫平先生还到晋城陵川去寻了一回根。

途中，我心中总是难免有种恍惚之感。我对沈说："现在旅游热，各地都在抢热点，山水风光，文物建筑，历史事件，文化名人，民间传说，神话故事，甚至连妖魔鬼怪也不放过。晋城是不是抢了个围棋的故乡在炫耀？"

对我的说法，沈持否定态度。他说："晋城是围棋的故乡，这是谁也驳不倒，谁也抢不走的。其他任何地方都没有晋城那样充分的历史根据。”

虽然这样说，我的疑惑仍然难以被打消。我说：“围棋的发源地到底在哪儿，说法很多，广东肇庆、四川达县、陕西洛川，都有烂柯故事。浙江衢州，传说更是具体。有时代，故事在晋；有人物，名王质。说晋人王质入山伐薪，见二童子对弈，他在旁边观局，局未终，斧柯已烂成灰了。人们说那里是围棋的发源地，你能作出解释吗？”

沈说：“烂柯的故事是太多了，别的地方有，晋城也有，所以以烂柯决定围棋的故乡是困难的。再说，烂柯是神话传说，只可以混淆视听。任何神话传说都只能是人类的精神依托，可以丰富文化，却不可以充当史实。”

我说，晋城作为围棋的故乡不也是传说啊，有史实吗？

沈说，据《博物志》载：“尧造围棋，以教子丹朱。”这是一则重要的历史消息，与晋城的关系太大了。晋城毗邻尧都平阳，西出晋城只有百里之遥。尧是历史上最著名的贤君，他做帝王后，处处为人民着想，不乱行特权，住的是简陋的茅屋，过着粗茶淡饭、刻苦俭朴的生活。尧的时代还没有都，到周时各国把国都叫国，把有宗庙或先君神主的城叫都。将平阳作为尧都，最早也应该在周。那巍峨的尧庙是后人为了祀尧而建的。那泥塑的庄严像表也只是人们想象中的尧，心目中的尧，距陶唐氏的真实面貌究竟有多远，谁也无从知晓。即使那时候有宫殿峨峨，尧也绝不会只做一个像后来只在皇宫中摆驾的帝王。他的作风，他的道德思想和做帝王的品质，都不允许他安坐在帝王宫中传圣旨、颁诏书。石器制作相当精致。骨器、木器、玉器、陶器更加精美，农具和农耕技术有了改进，作物育出了良种，粮食已经有了丰余，也有了酿酒，不但有了葛布，而且有了丝织品，有了文字符号，有了绘画，有了雕刻艺术，有了音乐和舞蹈。科学的进步鼓舞着尧，激励着尧，让这位贤君兴高采烈，激情澎湃，未来的世界与成就吸引着他，迫使他必须走出去，他必须去创造世界、创造生活，他得去调解矛盾，化解纷争，平衡利益，偃清四海。他还必须去进行“普德”教育，育化民众，清沐品行，启沃善根，想着法子去掉初民人性中的愚劣，顽钝，野蛮，残忍。不管尧天多么广阔，尧的每一寸土地都应该有尧的足迹。

讲到这里，沈稍稍停顿了一下。大概心中也如我一样感慨吧。我轻轻地说，这才是尧啊！

沈说，是的，这才是个尧呢。如此说来，尧是不能不到晋城的。更何况炎帝的陵墓还在晋城的羊头山，作为帝位的继承人，他不能不常常到晋城的羊头山祭奠炎帝。祭祀，也许只有祭祀还不够吧，还必须把儿子丹朱派去为炎帝守墓。这是一件两得其所的好事。丹朱性情暴烈凶狠，让他守着炎帝陵，上有青峰茂树，下有涓涓流水，宗庙古风熙然，以润化丹朱的心性。怕还不够，就又造了围棋作为另一种驯化之器。寓教于宗庙，寓教于自然，寓教于娱乐于游戏，多方面吧。德教，德教在圣人是多么重要啊！所以炎帝陵所在的羊头山下便有了个丹朱岭。发源于丹朱岭的那条溪流也就名之丹河。清流涟漪，碧水如瑶，饮之甘美，不知道滋润了多少生灵。尧都，炎帝陵，丹朱岭，围棋，谁能说这之间没有必然联系，没有历史关联与文化姻亲？

想了想，我笑了。我说：“难道上古带光的事都是尧的？”

沈说：“是的，是尧的。倘若尧无德行，尧无智慧，尧不作为，何为尧？”

我点头称是。但是，尧置围棋，不也是传说吗？就《博物志》，也是晋人所著。

沈说，是的。尧创造围棋也是传说。但却是可信的。上古对尧的传说只要是符合人类行为的，都是可信的。“古人形似兽，却有大圣德。”我们的先人最淳朴，最少伪诈，不大会造谣言，也不大会胡编滥造。古代的传说就是最古老的碑——口碑。口碑与文字相较，更不容易篡改。

这我是相信的。无怪乎登上棋子岭的时候，熏风拂拂，心头总萦回着那古老的《卿云之歌》与《南风之辞》：

——卿云烂兮，纠缦缦兮，卿云灿兮，旦复旦兮。

——南风之薰兮，可以解吾民之愠兮；南风之时兮，可以阜吾民之财兮。

二

车过陵川，在去往棋子山的道上稍稍有些儿颠簸。到王莽岭，我先被太行山的雄姿惊呆了。那是太行山的最高处，陵川历史上叫“行巅”。岗峦遥列，势如奔涛，云海茫茫，无数山峰峥嵘其间，如狼豸奔突，鬼蜮难测。雾落下来的时候，车子小心翼翼回环于山道上，我真怕司机不慎将车子驶入幻术无痕的云海之中。一旦驶入，是既找不到希望，也不知道哪里是个前途。

心里总悚悚然地悬着一个绝境。恍惚之间，不禁遥想当年，王莽把个刘秀赶到这里，也真可谓赶到绝处了。然而，自古“败棋有胜著”呀！谁又能料到刘秀会绝处逢生呢？而且竟做了照覆汉室的光武帝，竟让行将衰弱下去的大汉江山又雄踞了将近两百年。真是白云苍狗，世事如棋！

想到棋，我忽然想起一件事来，便对沈说，我总觉得我小时候玩过的“方”差不多就仿佛围棋。“方”至今也还流传在民间，流传在我的故乡，每每回乡，都会见到乡里仍然有人在玩方。

沈说，是的，他小时候也玩过方，但在乡间并不叫玩方，叫“走方”。地头，路旁，河滩，饭场，碾盘之上，廊庑之下，任是什么地方都可以设局。随便在地上捡个石头子儿，或者是捡块石灰，即使弄根草棒，也能画个方盘。纵横各6道，子各18个，不限于黑白，各人随便在地上捡两色小石子，如《辞源》所说的“小碎石块。”四子占一格为一方，方多为胜。名为走方，却也是纯粹是走，着子先抢方，先抢而后走，其间也有“堵、断、隔”等的走法和规矩，只是比围棋粗简许多。

我说，从地域环境讲，陵川是围棋的故乡。但从社会角度讲，围棋的故乡应该是民间。就像风起于青萍之末，围棋起于民间的“方”。韦曜《博弈论》有“所务不过方画之间”。《辞源》上也说：“博局，方目也。凡画为方目者，皆曰方画，俗称之格子。”围棋的名字是后来才有的。《西京杂记》《搜神记》皆言“汉宫竹下围棋，为围棋之名所自始。”

沈对我笑笑，说他非常同意我的观点。我们谈得太投机了。我也太兴奋了。我非常兴奋地对沈说，如此说来，方应该是围棋之祖了。也如“下里巴人”应该是“阳春白雪”的祖先一样，围棋与阳春白雪是登堂入室后的“方”与“下里巴人”。诚若鲁迅先生所言，“杭唷杭唷”便是先民的歌。

三

是的，我承认，围棋应该是长大了的“方”。从“方”的纵横各 6 道，到格五，到纵横各17道，到唐代以后的纵横各19道，围棋是有一个流变过程的。在围棋的流变过程中又分出两支。一支为“棋卜”，一支为“博棋”。《方术》记十二棋卜是围棋误入歧途。《西京杂记》说：“八月四日竹下围棋，胜者终年有福，负者终年疾病。”这就失却了棋品。所以既未苟容于阀阅人家，也未残留于闾社巷陌，而断于中流。

另一支则结缡为琴、棋、书、画，一起跻身雅品之列，入诗入画，入了文士的厅堂，入了女儿的闺阁。记得我母亲的箱面上就有描金画儿，有佛手，花瓶，琴，书，也有棋局。“数杯竹阁花残酒，一局松音日午棋。”“花间酒气春风远，竹里棋声夜雨寒。”“日移竹影侵棋局，风送花香入画屏。”那是棋在诗中。围棋是越走越高，终于走进了钟鸣鼎食之家，走到了富贵闲人身边。“闷来敲棋子，闲时看落花。”围棋成了没落文人与士大夫消愁解闷的工具了！《红楼梦》第二十回写道：“彼时正月内，学房中放年学，闺阁中忌针黹，都是闲时……宝钗、香菱、莺儿三个赶围棋作耍。”险乎哟，要知道，这是围棋的另一支啊！是不是也要走向邪路，走进死胡同呢？尘容面垢的几粒小石子，忘记了出身的低贱，居然要平步青云了，竟然姗姗地走进了至圣先师孔子的府门。孔子说：“饱食终日，无所用心，难矣哉！不有博弈者乎？为之犹贤乎已。”

是的，是几颗不起眼的砾石，但经尧的点拨，便化为了精灵。虽然只有黑白二子，却是真正的“不着一字，尽得风流。”

而到梁武帝萧衍那里，就越发精详了，细微了。梁武帝，活了81岁，夹在南北朝好不容易弄了个大梁，总共存活了55年，他连王带皇帝就做了45年。45年间，他不拿全部精力去巩固江山，开辟疆土，却据闲情撰了一部《碁品》，也真算洒脱到了极致。他不光一个人写书，还号召臣子士子都一起滤沙陶金为围棋酌定品调。确定了九品：“入神，坐照，具体，通幽，用智，小巧，斗力，若愚，守拙。”九品之外，不可胜计，只是未能入格。除了酌定品格，还让皇祐中学士张拟之写了一部《棋经十三篇》。围棋之名，多到三十有二。“夫弈棋者，凡下一子，皆有定名。棋之形势、死生、存亡，因名而可见。”“围棋之人，意在可周。临局变化，远近纵横，吾不得而知也。用倖取胜，难逃此名。”你说难不难？烦不烦？那么，我不禁想问一声，围棋的路是不是也是越走越窄了呢？

沈说，那正是围棋由“方”的粗简化、大众化走向高级文化、精英文化的足迹。它的成熟正可以代表中国文化风格，中国文化品位。

要说萧衍也是无可非议的。一个皇帝也和一个人普通人一样，他也惆怅啊，他也闷啊。有愁有闷就都得有个消愁解闷的法子，有个打发闲日子的事做。萧衍还算好，他只是让臣子们与他一起下下围棋，做做围棋方面的文章，思想行为都是很文化的，也是很雅致的。另外有一个皇帝，就不是那样了，玩什么都容易腻。于是发个文告，谁发明个好玩又玩不腻的东西，就舍半壁江山给他。听说过吗？有不要江山要美人的，却还没见过为了好玩竟舍得让出半壁江山，败家子都不知道怎么出。中国自然不缺聪明人。于是，象棋就出世了。不腻味倒是，但皇帝却要赖账，他到底有点舍不得江山了。那么，不给江山可以，愿意给米吗？米当然行，要多少给多少，只要江山在，还怕没米？那好，就在棋盘格子里放米吧，头一格一粒，第二格两粒，第三格四粒，第四格十六粒……平方式，驴打滚，挨着格放。满格之后，全盘总数再平方一次，全部存入“楚河汉界”。就要这点米。皇帝高兴得眉色飞扬，狂笑不止。此何难哉，不就一个棋盘儿吗？少则半斗米，多则斗半米，足矣，足矣。然而，管米的一合计，天哪！天哪！罄天下之米仓，再卖掉全部江山，也难填满那个棋盘。真是昏庸啊，也真是多事。前边有围棋，后边再弄个象棋出来，邯郸学步吗？东施效颦吗？亦步亦趋吗？

沈说，但毕竟风格不同，蕴艺不同，包含的文化特质也不一样啊。

我说，可象棋更像战争啊。总是有点明火执仗，杀气腾腾地。炮隔着山就可以打过去轰击目标，车煞气横出，从这头一刀便可以捅到那头。卒子过河，短兵相接，火牌兵符，攻城打援。偶有闲棋，也是明修栈道，暗度陈仓。内不见文采蔚炳，外没有半点和平气象。帝王将相，又实在是封建专制的老套路。哪里如围棋一种，乃先天河图之数，三百六十一着合着周天三百六十五度四分度之一；黑白分阴阳，以象两仪；立四角，以按四象。手谈之间，见心见意见德见器。

围棋历经五千年，五千年风雨，五千年智慧。从“方”到棋，从陵川棋子山到九州方圆，从民间到宫廷，从古代到现代，从弈秋到聂卫平，以至代表中国传统文化一脉，隋唐时东出日本而后欧美，丰富了金瓯，也丰富了世界。涵濡之处，那才真正是中国传统文化，是中国传统文化精神。

四

说到琴棋书画，那可是中华民族传统文化艺术的四大件，四大瑰宝。虽然不像柴米油盐酱醋茶，是人们日日生活的必须品，但却也是少不得的。少了哪一样，都会消减中国传统文化的光辉，都会让中国人的心里有丝丝的悲凉，孤独，寂寞，黯然；让人们觉得生活是枯燥，沉闷，不复聊赖。尽管也不是人人都喜欢玩味的，或者人人的庭堂上书案上都有一样或者两样摆在那里，但它却在有形与无形中给“文化人”一种虔心，一种韵致，一种精神，一种慰藉。我说的文化人，不是一般意义上的文化人，既不是识了若干文字会读几句诗书文章的小文化人，也不单指学问做到炉火纯青的大儒。是普遍意义的文化人。三百六十行，木工，瓦工，农夫，商贩，兽医，裁缝，将军，教授，酿酒的，烧茶的，炒菜的，只要懂得了一门学问，掌握了一门技艺，即使身在穷乡僻壤，即使穷愁潦倒，民族的传统文化艺术的光与露都会时时刻刻地照耀着，滋润着，浸淫着，濡化他的心灵，栉沐他的灵魂。人类对自己民族文化的追求与眷恋，无异于万物对太阳的思欲与渴念。不要说听一曲《汉宫秋月》或者《平沙落雁》，不要说看一帧马远的《雪滩双鹭》或者郭熙的《早春图》，也不说你手上有没有一卷李斯的小篆或者张旭的大草，单说棋，只要看一眼那闪着尧德之光的黑子与白子，尽管你神态自若，表情上会沉静得像玉，但你的感情会狂热得不能自已，你性情中的德器和善根会不自觉地焕发出光彩，你的品质瞬间会像金子一样高贵，像月光一样皎洁起来。那就是尧置围棋的初衷。

太古老了吗？太传统了吗？不，根深本可固，源远流方长。光辉灿烂的传统文化，于我们不仅仅是一种骄傲，不仅仅是一种荣耀，那是一个民族的资本，一个国家的根本。其中的精微之妙，是必须用心去体会的，是必须用良知去体认的。他在你心里会是一种财富，一种永远只会增值而不会贬值的金钱。它传达给你的越是深刻，它传达给的人越多，它的价值就越高，增值也越大。它是精神流质，是心灵的传感器。

因此上，有人就不断地寻祖，寻根。寻根寻祖是一件最具功德的事，不光温暖逝者，更重要的是鼓舞生灵，为灌溉生者干涸的心田有了个永不枯竭的源泉。我们不是一直在寻找先进文化吗？古代有，当今也有；西方有，东方也有。中华民族传统文化中并不乏先进文化质子。特别应该注意的是，我们不是只要寻求文化伎俩，我们更加需要寻求的是文化意识，文化精神。我们能够发展和正确地运用外来文化，也能够正确发展和运用我们的民族文化。

回眸王莽岭，我不禁又想起了大汉之变。汉高帝一打九龙棍打下的江山到了平帝刘衎那儿，为什么就差点落到王莽手里？眼看已在王莽掌握之中，为什么却又属于了刘秀呢？

我们不光可以寻找到围棋的踪影，我们也可以寻找到我们传统文化的意义。

五

秋雨蒙蒙。

在蒙蒙秋雨之中，弃车步行，并没有费多大力气便登上了棋子山。

差不多覆盖了整整一个山头的大棋枰赫然出现在眼前。不是历史留给后人的，是后人留给历史的。很现代，很夸张，很浪漫，有点硕大无朋。我不知道陵川人叫它什么，我想叫它天枰。它的确就像落在山头上的一片天。天枰对面的山坳里就是箕子洞，是箕子逃难时的栖居地。传说箕子与微子曾在洞中弈棋。固然也是传说，但我却非常愿意是真的。那里幽静啊。给两位失意的老人在那里博弈，实在是再好不过了。实在说起来，是两位逃难的贤臣呀。狂澜已失，砥柱无耐，箕子与微子，于既倒之殷商已无力回天，又看不中商纣王腐败残暴荒淫无度，还有什么好说的呢？王纲既已解纽，任何话都是多余的。只有手谈，也许可以释放胸中悲情无限。说是悲情，其实应该是悲愤。是两个老头子就在那黑白两色之间，观天地之变，阴阳之化，借一方棋枰砺志，淬情，磨研德行，那才是尧置棋的初衷啊！洞旁有烂柯石，仿佛孟郊的诗就写在上边：“仙界一日内，人间千岁穷。双棋未遍局，万物皆为空。樵客返归路，斧柯烂从风。唯馀石桥在，犹自凌丹虹。”洞内有泉水淙淙，洞的周围尽是农田，桑麻历历，雨中偶有不知名的虫儿孤鸣一声，显得那样幽静，那样悠远，让人怆然。

不过，踏上棋石岭的感觉好极了。因为那里有天然棋子可供人捡拾。传说是箕子弈棋之后遗落在那里的，其实不对。如果说岭上就有如棋子样的天然砾岩，箕子与微子捡了做现成棋子，还是能够让人相信的。偌大一个棋子岭，星星点点，到处都散落有棋子，但大都很粗陋，不规则，不够精致。且也不是地面上处处都能看得见的。霏霏秋雨中，我拨拉着荒草细心寻找，才捡到黑白二子。太像了，圆圆的，大小像两粒扣子，宛若切磋琢磨过的一般，色泽光润，晶莹澄澈。两子相击，声如圭瑗磕碰，清越而爽脆。

一边敲棋子，一边听棋子玉声悦耳。想，这些小小的带有灵性的石子，从“方”走向围棋，越走越高，越走越雅，走进了儒家的文化圈，又几近于道，几近于佛。是不是越走越远，行止于象牙塔中，只供少数人比博，供饱食终日者适兴、纵怀、排遣愁闷呢？

我不能否认，为种种原因，围棋曾经离开过故乡离开过人民。

但也由于种种原因，围棋终归要回家。只有回到故乡，还给人民，围棋才有自己生命的魅力与灵魂的光辉。

人民始终是不忍放弃围棋的。围棋也极不情愿孤独地走进象牙之塔。《二刻拍案惊奇》中写一周姓村童，“见村中老人家每动手下棋，即袖着手儿站在旁边呆呆地厮看。看到闹处不觉心痒。”这是个棋痴。《聊斋志异》中有个村童，是个“见弈遂忘其死：及其死也，见弈又忘其生”的弈鬼。更让人钦佩的是《西酉杂记》中住在山里的婆媳二人。晚间无以解闷，二人便下围棋。堂内无灯烛，是以口弈。婆婆说：“起东五南九置子。”媳妇应道：“东五南十置子。”下到三十六着，媳妇说：“你输了。我胜了九枰。”婆婆也认了输。王积薪隔门听着甚是惊奇，翌日拜师学棋，婆婆教了他几着“攻守杀夺救应防拒之法，”意虽甚略，“止此亦无敌于人间。”

也许这些故事都是文化人编排的。但我是亲眼目睹过围棋爱好者那种痴迷状态的。记得20世纪80年代中，与聂尔先生客居潞州，他那时候才开始学围棋，买了棋书整天地手不释卷，面对棋枰研求、揣摩，状如禅定，能让人想起唐朝“清凉国师”澄观的话：“夫心冥至道，则浑一古今。”

我正在写《棋子山拾棋》时，“四方教育城杯”全国围棋团体赛正在围棋的故乡举行。那么多普普通通的青年男女，沉浸在黑白两色间。正是百花盛开的春天，卿云百合杜鹃，南风柳丝清涟。围棋才真正回到了故乡。

围棋不管发展到多么精妙多么文化多么高级，他都应该是存活在民间的精灵。

《2005年中国散文精选》长江文艺出版社

陵川春秋阁

一

陵川春秋阁在陵川县城内一条小巷的东头。小巷横贯东西，过去叫状元街，现在还叫状元街。七叉八口都能走到状元街，但通过春秋阁步入状元街最好，最能让人生许多遐想，生许多感慨。

步入春秋阁在状元街，行十余步便是三状元第。如果说陵川是一本书，春秋阁就是书的一个封面，虽然残破，却不失雅致。如果把春秋阁比作封面，状元街就应该是书的序言，而书的主要内容却都在三状元第。有经验的读者，读一本好书往往先读封面，一本好书的封面能让人久久地摩挲不已，赞叹不已。所以到陵川，万万不可错过去看陵川的春秋阁。先摩挲书的封面，然后步入状元街读一读书的“序言”，再然后就是入状元第，打开书的正文，你会想很多，很多。

我去陵川看春秋阁，是世纪末的晚秋时节。

世纪末的晚秋，与他年之秋没有多大不同。不但没有强弩之末力不能穿鲁缟的意味，骏马秋风，反倒有点余勇可贾。大概因为它还得穿透厚厚的一个寒冬，把时代之箭射向新世纪的春天吧。

太行山的秋风是有点劲厉，而秋色却显得格外地妩媚。淡淡的秋光，阑珊到恰似一点影子，方如洗净铅华回归本真的娟美。尽管姗姗来迟，若稍不留意，便会稍纵即逝。因此，它又让人感到弥足珍贵。

为其娟好为其珍贵，谁都想留一瞬于万古。只是不知道能不能留得住。即便是留得住，却又不知道能存储到哪儿。

不过，只要翻翻古人的诗词文章，浸楚汉风雨，润唐宋月华，一段又一段有滋有味的华夏春秋，便会清涟一样溢漫出来，泱泱漭漭，流经我们的眼底，涌到我们的心里头。大概就是为了这个缘故吧，中国太行山陵川诗词笔会于世纪末在霜叶如火的陵川举行。与会者有李锐先生，有刘征和李汝伦、周笃文及王澍先生。随同这一行皓首学者，还有北京、天津、广东、四川、甘肃、山东、山西来的，著名的与不著名的学者和诗人——好些个不惜寒夜挑灯穷微的老少雕虫，那些个日无暇晷勉力推敲的青娥黄眉。其中有轻车如舟的玉色瑗姿，也有安步当车的稼穑子弟。有策杖而来者，有踏歌而至者。挤挤捱捱，咛咛嘈嘈。于是，陵川便在历史上拥有了一个满山红叶满山诗的秋天。

陵川地处太行绝顶，经济无论怎么腾飞，要飞出个凤凰来，怕是很难的。一块无法弄肥的瘠地，日月并不怎么宽余的地方，在人心差不多全被铜气熏焦糊了的时代，我不知道怎么竟会吸引那么多诗人，不惜爬高山绕羊肠汗流浃背气喘吁吁到这里。

陵川的山色风光倒确实是耐人寻味的。有人给陵川下过一个定义，说陵川是“岗峦遥列，风光奇秀；红叶如燃，文气如云。”这话说得并不过分。然而要单单说诗人们就是为了猎奇，为了游山玩水，就有些亏了他们的初衷了。在那一张张写满书生气的脸上，似乎还浮着一种使命感，一种责任。

责任，切不可以为是什么任务。他们没有任务，只有自觉，追寻历史的自觉。

二

八百里太行山，陵川在最高处。不到陵川，你便不知道太行山是怎样的雄奇。

在陵川的许多地方，你都能看到“行巅”二字。说不是炫耀，其实就是炫耀。为什么不炫耀呢？陵川是值得陵川人炫耀的。因为只有到陵川，人们才能找到太行山的峰巅，才能领略太行山的风光。所谓的“太行雄姿”，应该是指陵川所居的那一块。人们所说的太行天下脊，脊的极处就是陵川。

到陵川想一览太行雄姿，又只有到陵川的王莽岭。王莽岭，王莽赶刘秀落下那么个名字。登上王莽岭，你会想到刘秀被赶得狼狈。他跑到陵川那个地方，是他再也没有地方跑了，才跑到了绝处。你也会看到王莽的心有多么恶，已经把刘秀赶到了绝处，还要赶，直赶到刘秀绝处逢生，中兴汉室……

因此，王莽岭不但是太行山的一处奇景，沟壑之间处处都藏生机。

登上王莽岭，放眼太行山，壁立千仞，岗峦遥列，怒者如海涛，舒者如云涛，峭拔如惊涛，汹涌如波涛，微茫如烟涛。也许你会说山是不会动的，不会像海水一样波涛汹涌起来的，不会像云一样风起云涌起来。但在王莽岭看到的太行山，确是波涛一样汹涌着翻腾着的，不光是波澜壮阔，而且变幻诡谲。不过，那是云，是光。汹涌着翻腾着的是云的波涛，是光的流动，那是沟壑奔云的奇景，是光在峰峦之间瞬息万变，是光和云在交错，在遮掩，在穿透。云息光冥，山静如太古；云生光耀，喧腾如闹衢。这一闹，就又出了生命的活力。不光是形闹，还有声闹。松风动，涛声起，就是所谓的“阴壑寒生万树涛”。还有鸟雀的啼啭，狼的嗥叫，虎的啸声，豹子的吼声，及如琴如瑟的水瀑之声。都是美妙的自然之音，都是天籁。

在中国，或者在全世界，无论哪一座名山，华山，黄山，泰山，庐山，峨眉山，五台山，你都可以游，漫山游遍，脚想踏到哪里就踏到哪里，想在哪里印证一下自己的魄力都可以。但太行山却不行。八百里太行你可以游，但陵川的山不行。

陵川的山只能观，就像钱塘观潮。

站在王莽岭上，冬天观雪涛，夏天观绿涛。春天呢？你就把眼睛眯缝了笑吧。如春水盈盈向你招手的，都是“豆蔻少女”，牵动你情肠千回百转。秋天真是个开胸的季节，漫山遍野的红叶如染，峰巅岗峦直如烈焰腾跃，不由你想拔剑出鞘，或者弯弓放箭，而又不仅仅是弯弓射雕。

至于棋子山的落日，大峡谷的水，西溪的牡丹，锡崖沟的挂壁公路，比诸王莽岭统统都属小品之类。

不过，有一点还是需要明白的，就是，虽是小品，却没有一样不是世间的一流品质，没有一样不吸引千里之外的诗人。

更何况，陵川还有个春秋阁呢！

陵川的春秋阁，可以说是蕴藏着陵川历史上最为辉煌的一段文化春秋。说是陵川的，也是中国的。陵川的文化是中国文化史的一个缩影。

人们常常说经济是文化发达的物质基础。我并不否认。但在陵川，有那么一段时间，就是金元时期，发生了一系列奇特的文化现象，似乎与上边的那个观点有点相悖。因为陵川无论在历史上还是在现代，都是个困郡，但她的文化却辉煌到一个极致，不能不让人感到中华文化历炼五千年之久的那种自强不息的精神。

陵川高踞太行之巅，历史上就患有先天性的贫脊荒僻。但那里的文化和教育却像一豆灯火，温暖着一带山里人的心体，烛照着一代又一代人的灵魂。元好问曾经不避千里之遥，从晋西北跋涉到晋东南，攀上太行峰巅的陵川拜师求学，终使诗名远播。郝经学有所成，走出太行山，一直走到忽必烈的大蒙古包里，做了元代重臣，除了诗文，还撰写了一部重要历史文献《续后汉书》，“敦尚气节，学有本源。故所论说多有禆世教”。与元好问同时代，也就短短的一个金元时代，区区一个陵川县就出了一百多名进士，七名状元，平均不到两年出一个进士，何等了得的一件事情啊！而祖居城东的一户武姓人家，叔侄四人，民甫、俊臣、天佑、天和，四人中了三名状元一名进士，时人号为“陵川四凤”，章宪皇帝亦御书“三状元第”的金字匾予以锦表。不由元好问大发感慨：“金时国中以科取士，一时瑰奇俊伟者，不惟汇于一国，且钟于一家。”

那实在是陵川历史的不朽。

人们曾把陵川的这种不朽称做陵川的历史现象，或者陵川的文化现象。

因为与陵川同埠，我曾不止一次去过陵川，但我却从未写过一点像样的文字。面对陵川，我不知道该从哪儿下笔。其原因是我一直对陵川这种文化现象无从认知。

三

诗会的第二天清早，与诸诗友早早地就去看陵川春秋阁。因为我不是个有经验的读书人，所以没有怎么摩挲春秋阁，很快就步入了状元街。

毕竟是晚秋时节，而且刚刚洒过一阵秋雨，晓风习习且清冷，状元街也很悄谧很安静。

状元街在陵川城东。说是城东，其实就在城内，只是稍稍靠了东边一点。要说是时代把它遗忘在了城的背后一个旮旯里，也未必不是。因为它古板，太陈旧，县城正街的建设在努力向现代化的目标发展，在极力向远方的客人展示自己的现代气派，把一条小小的状元街逼至很少能见到人的地方，那也是自然的。

状元街两旁的屋舍矮檐参差，显得有些零乱。长街泥泞且坑洼不平，说是一条街，其实也就是一条小巷，景象与闾闫井庐没有什么差别。当年的状元街虽然也是那么窄狭，想来绝不会是那样地冷清，即使晚秋时节风雨飘零，也绝不会那样凋蔽。那武氏叔侄四人金榜题名之后，带着章宪皇帝给他们题写的“三状元第”四个大字衣锦还乡时，役众们抬着四乘猩红大轿，沿着泽州府通往陵川的小道迤逦而来，彩旗迎风，铜锣开道，两面“肃静”“回避”的虎头牌，走一段路放几声冲天大铳，声音像放大炮，“咚咚咚”声把半个太行山震得山鸣谷应，地动山摇。那一时间，状元第是何等地巍峨，状元街是何待等地热闹！金猊香馥，红烛高烧，觥筹交错，盛宴风流。锡壶与夜光杯琅然有声，杏花村与葡萄美酒流光溢彩。诗曰：“有飶其香，邦家之光。”不用吃喝，光看都能把人看得醉醺醺的。

那绝对是一个热闹非凡的日子。

不过，在那热闹得如新鼎烹油的日子里，新科状元们从状元府走出来，仰望门头上那“三状元第”四个字的时候，是怎么也笑不起来的。他们是噙着两眼泪在那儿瞻望那四个字的。那四个字倒是用墨写成的，但那黑黑的墨中却调了他们自己雪白的膏油。否则，那四个字不会那样亮，那样熠熠生光。

是的。在三状元未曾及第的时候，那巷子是不会热闹到哪儿去的。那时候的那条街，也一定不叫状元街。至于叫什么街，想已无人知晓，当然也没有考证必要。只不过在它未曾叫状元街的时候，一定没有状元及第那时节的气象。无非也是闾闫井庐的模样，狗会在秸秆狼籍尘埃满地的当街卧着，鸡在旧地基的篱笆旁边觅食、叫鸣，几株老榆树在西风中颤颤地抖动，昏鸹在老树枯枝上缩着脖子，连展展翅膀都懒得动一动。就像现在，冷冷清清，有秋雨一阵一阵地冷落着，差不多一个早上都静悄悄地，像是从来不曾有过人迹。

在状元及第之前，那条小街，那条未来的状元街，靠北边的那一户人家的寒窗上彻夜都亮着一豆灯光。差不多一整夜，那一豆灯光之下，士子们在苦苦地孜孜不倦地读《大学》，读《中庸》，读《论语》《孟子》，读《易》《书》《诗》《礼》，读《春秋》。就是后来明清订正的《四书五经》。

一部《四书五经》，两千多年，中华民族就那么一条小路，有多少人在上边挤挤搓搓，踯躅、颠踣。

然而它却又是支撑中华古老文明的唯一的一柱砥石，虽然坚实而冰冷。但就为那坚实而冰冷，曾使多少英雄“醉里挑灯看剑，梦回边角连营”。

只是，能够给中华大地漫漫长夜一点温暖的，又唯有那一盏又一盏彻夜不熄的小小油灯。灯里边熬的是豆油，是麻油，而灯盏外边熬的，却是中华士子的膏油。

中华文化是辉煌的，那是豆油或者麻油加了中华士子的膏油熬出来的。

那一盏盏小油灯就一直那样亮着，从傍晚时分，透过那一方方小小的寒窗，一直亮到公鸡打鸣，亮到东方泛起鱼肚白。

那一盏盏小油灯，从它点亮的那一天起，不分阴晴雨雪，不论春夏秋冬，就那样一夜一夜亮着，一亮就是十年。十年寒窗，饱融了莘莘学子的无限艰辛，那就是中国古代知识分子成长的艰难历程。

中国知识分子成长的历程，也是中华民族成长的历程。都一样地艰难，一样地苦辛。

十年寒窗，能有一盏小油灯点着是幸运的，怕是连盏小小的油灯也没有。那么怎么办呢？人只要居心，总是会有办法的。晚上拿个铜盆到屋顶上映着月光读书，夏天把萤火虫儿装在瓜叶柄里，冬天在雪地里映着雪光，没有月光没有雪光也没有萤火虫儿的时候，就在邻家的墙壁上凿个洞偷人家的光。怕瞌睡，就用绳子把头悬在梁上，大腿下放一把锥子。要说苦，不能说不苦。但纵然把苦吃尽，纵然都把头悬到梁上，也不见得就都能成为六国宰相，成为状元、进士，或者举人秀才。然而我们的民族，以及它的子子孙孙，一直到今天，以及往后的若干些年头，却是真的都仍然需要头悬梁锥刺股。我们需要那种心志，那种精神，那种毅力。我们的每个学子，都需要和我们的民族一起负重前进。你尽可以不同意他们，甚至持批判态度，但本民族的薪火就是那样艰难地传承下来的，这你没有别的办法。因为那时候绝不会哪里一声炮响，就给我们送来一个伟大的主义。

我的一位朋友听了我的话直摇头，说，在中国古代，他们，也如陵川武氏叔侄那许许多多的士子，在读那些让他们能够靠近帝乡的“圣贤书”的时候，未必就想到了国家，也未必就想到了民族和人民。他们想得最多的，只是为个人奋斗，仅仅只是为他个人的前程。你是不是对他们估价太高了呢？个人奋斗，不只是觉醒后的中国人反对，外国人早就有过微词。19世纪法国批判现实主义作家文学奠基人司汤达笔下的于连·索赫尔，就是波旁王朝复辟时期个人奋斗的一个典型。

是的，我承认，在中国古代，读书人和没有读过书的人都知道，“书中自有黄金屋，书中自有千钟粟，书中自有颜如玉”。所有的读书人都想通过读书，去寻找自己的“黄金屋”“千钟粟”和“颜如玉”，去寻找自己的出路。他们别无选择，他们只能通过那条布满荆棘的小道改变自己的命运，改变自己生命的内涵。你说是他们错了吗？他们都错了吗？

我现在不能够知道武氏叔侄四人得中高魁之前的处境怎样。如果武氏叔侄四人也像范进中举之前一样，连条臭猪肠子都吃不起，你让他先就有了忧国忧民的思想，怕是超客观的，是不现实的。在马克思之前，你能要求他们先发一个“先解放全人类然后解放自己”的宣言吗？

今天，我不知道我们五六岁的儿童们背了书包上学的时候，他们的心里都是不是先想着将来要去解放全人类，我也不知道我们今天的学子们一心想考入北大清华的初衷，是不是就是要为自己的民族去献身，为人类的解放去献身。但我们并没有责备他们都错了。我们也并没有多少责备家长们不应该“望子成龙”，我们最多只是说不顾客观“望子成龙”心切是不对的。农家子弟一旦有考入北大或者清华者，媒体与民众几乎说的都一样：鲤鱼跳了龙门。从家庭到学校，从家长到老师，从政府到社会各界，从平民百姓到政府官员，奔走相告，弹冠相庆，又是奖学金，又是助学金，不是也很热闹也很乌烟瘴气也很不亦乐乎吗？我们也没有怎么去责备他们都错了。那么我们的古人又错在哪里呢？

如果要硬说我们对青年学生的要求不一样，那么我们的先人也并非一味要学子们去找“黄金屋”和“千钟粟”之类的东西。“修身，齐家，平国，治下天”，如果我们不用僵化的观点去对待，我们也把他们继承和发展下来，给予丰富和完善，民族的瑰宝绝不会因为历史或者风雨，就失去它的光华。

古人读书体会很多。“书山有路勤为径，学海无涯苦作舟”是其中的一条。不管是古人还是现代人，他们努力读书，努力学习，他们在用自己的勤苦，用自己诚实的劳动，熬着生命中的膏血脂油，去努力地发奋地改变自己的命运，改变自己的地位，改变自己的生存环境和生存条件，去辉煌自己的生命，丰富自己的人生，不也同时丰富了我们民族的历史，辉煌了祖国历史吗？他们呕心沥血的结果并没有使中华民族在他们的时代成为文化空白，五千年文明历史没有在他们活着的那些年月断了代，就是他们的功绩，就是他们的不朽。光是他们那些名字，不知道给中华文明增添了多少光彩，我们还能怎样要求他们呢？

高尔基说知识就是力量，并没有确定地说，整体的知识才是力量，公众的“知识”才是力量。即使应该是整体的公众的，你能排除它首先是个人的吗？个人和公众的关系又是怎样关系呢？雨季你去山沟里看看，到底是大河涨水小河满呢，还是小河涨水大河满呢？

这只是一种自然现象。但知识，学识和智慧她同自然现象一样，无论什么时代，无论什么环境下，无一例外都是从个人出发的。从现象看上去，似乎都是属于个人的，但最终都是整体的。

知识分子穷的时候，如果说“独善其身”是可以原谅的，那么“达”就绝对应该兼济天下。发了，做了官，稳坐庙堂之上，掌了权，不为天下人着想，不为老百姓办事，不为人民服务，说到哪儿都是天理难容的。

也就是说，当读书人的处境和地位都有了改变的时候，心里还只牢牢地惦记着“黄金屋”“千钟粟”和“颜如玉”，那就不能算个正品的文化人了，充其量只能算一个文化掮客，准确地说，应该算是一个“文蠹”。

承认也好不承认也好，在文化人中间并不缺少“文化掮客”和“文蠹”。就像商人中不缺少奸商，官场上不缺少贪官，党派中不缺少内奸。我们绝不能因为读书人中出过“文化掮客”或者“文蠹”，就一概否定文化人。你可以闭上眼睛想一想，自古至今，哪一条道上走过来的人都是清一色的，都是纯而又纯粹而又粹的？

文蠹，文化掮客，的确都是不讨人喜欢的，就像我们不喜欢谷地里长莠子一样。他们的存在很讨厌人。但他们没有一个不是历史惩罚的对象；不是被人民唾弃，就是被历史遗弃。

“居庙堂之高则忧其民，处江湖之远则忧其君”，是正直的文化人永远应该具备的良心。达到那样的境界，固然应该是一个具有平民意识的政治家，是一个饱经忧患的文化人。具有平民意识的政治家和饱经忧患的文化人这样两重身份的人，即使穷愁困苦到死，也不会忘记惦念国家，惦念人民。如果说瘦死的骆驼比马大，那么，穷死的具有平民意识的政治家和饱经忧患的文化人的思想境界，品质操守，怎么说都应该高过黎庶的水平。

今天，我们有几个文化人能做到这一点呢？

我的朋友默然无语。

所以我说，我们即使用现代人的观念去苛求他们，苛求古代的读书人，无论如何先别太“政治”。应该历史一点，人性一点。

四

三状元第并不轩敞，虽然不失状元第的气度，却少有状元第的风光。就一个单院，一个普通的四合院，门楼并不高大，小小的，不怎么巍峨。不说比陈廷敬坐落在阳城的浩浩相府，就是与沁水的柳氏民居比较起来，都显得相形见绌。要抹去章宪皇帝写的“三状元第”，人们会以为是个小生意人挣了一点钱而后修了那么个小院子。

那就是陵川人。陵川人的人格，品格，风格，都透过那个并不轩敞的“三状元第”摆在那儿，不但可以让人通过“三状元第”领会陵川人的品质，也可以通过那个小院子去洞察陵川人的内心世界。也许有人会问：太行山的雄姿，太行山的气势，那陡峭的绝壁，峻拔的峰峦，连鹰飞翔起来都有点儿发怵的深沟大谷，难道就没有给陵川人的为人办事和思想作风上留下一点影迹吗？

有的，都集中在与“三状元第”相邻的春秋阁上。

春秋阁离三状元第大约只有几十步远，阁下拱形，可以通行。阁上边全是木雕的花格门窗隔扇，建筑风格，安排、布局都很风致，不知道是秋天的云气，还是阁子之上有香烟氤氲其中而后萦绕其外。如丝的秋雨使春秋阁显得格外的巍峨。忽然秋风紧了一阵，秋雨也紧了一阵。诗人们纷纷望阁下去躲雨，我却站在雨中仰望着春秋阁的飞檐，看它从容地把压上来的秋天的浓云挑开，在冷冷的秋雨中，仿佛要奋飞的样子。真的，它真的时时想要奋飞，一点也不顾打在它飞檐上凄冷的秋雨。那秋雨反倒淋淋沥沥，仿佛阁子上的书声。我想找一找春秋阁的门径，登临阁楼，在秋风的余绪中略略体验一下中国古代士子在秋雨中苦读《春秋》的那种心境。但是我的愿望没有能够实现，因为春秋阁的北边只有一个小小的拱形侧门，干砖垒着，把我挡在了春秋阁的下边。我只好站在残檐之下，把脸仰起来瞻望，遥想当年的读书盛景。那红墙、木柱、琉璃瓦、镂花窗棂，都在雨雾中若隐若现。秋风秋雨中，只是缥缈着一段中国文化的影子，连同冷冷的烟雨，笼罩着我，使我凄然不可名状。

我的朋友一点也不顾我的心情如何地坏，总在我的耳边絮聒，说我不应该只看到金榜题名时盛宴上的武氏叔侄，也要看到咸亨酒店门外断了腿的孔乙己，还有因疯病跌入粪池的范进。

其实我也正为此困惑。我说，我们可不可以不脱离现实，也不脱离历史，重新审视一下这些历史人物和他们的遭际呢？不为缥缈已逝的什么制度，为在缥缈的历史风烟中已经困惑了不知道多少岁月的中国文人。

孔乙己虽然只是鲁迅笔下的一个典型人物，但我们应当承认，中国历史上的确有孔乙己那样的悲剧人物而且不止一个。

也不止一个范进。吴敬梓和鲁迅先生笔下的这两个人，一个仕途多舛，一个是科举制度的牺牲品……

朋友看我顺着他的意思说话，稍稍有些得色。诗友们都陆续散尽，春秋阁下只有我和我的朋友。我没有再急着说话。让如丝的秋雨随风飘零，让我的朋友在飘零的雨丝中尽情地自我陶醉。

但是我终于又说话了。我的观点一旦形成，就会产生强烈的表达愿望，淋漓地，痛快地，百分之百地表达出来。是非面前，我从来不想屈从别人。

是的，我承认，古代的取士制度的确不好。但时至今日，世界上哪一种制度是完美的？哪一种制度下没有牺牲品呢？有人拿公款横渡一回太平洋，就把彼说得比月亮还皎洁还光润，事实是真的吗？蟾宫固然可以折桂，让人总想飞去，但却不是又总怕“高处不胜寒”吗？

烈火出真金，可与真金同时从烈火中出来的还有什么呢？

一母九仔，因为一个败类的出生，就怀疑母亲的子宫彻底有问题吗？

无论哪一种方法哪一种制度，能把个连吃半截臭猪肠子还得靠岳父送的范进，一下子提升到有“房子、银子、土地”的位置上，那种制度的提倡者和拥护者，都会宣扬那种制度好得不得了。

当然也有反对的。反对的人，往往是没有得到实惠的人。

提倡者和拥护者在宣扬他所提倡和拥护的什么时，脓疮边的桃色都可作炫耀的本钱。反对者则往往会把他人脸上的一小片疤痕，也当成他人品质不纯的佐证。

其实，林语堂早有说法：科举制度基本上“是一条由寒门通向权势与名利的向人人都开放的途径，尽管在后来的朝代中，科举制度多少有些修改。这些考试从本质上讲，是有些机械，尽管这种机械性多少也有些必要。所以，它往往不能吸引真正的天才，但是它却适合选举一般有才能的人，可以被看作是一种智力测验。这种制度使得农村有才能的人不断进入城市，弥补了上层阶级那逐渐失去的活力，使得社会健康所急需的内部再生能力得到周期性的补充。纵观多少世纪以来的情形，科举制在统治阶级的质量上，起了重要的选择作用，从而使社会得以稳定。”

历史已经给了科举制度一个定论，我便没有那么多的兴致和朋友讨论其好与不好。我的意思是，我们只需要常常回头看一看我们的历史。看看历史并不是坏事。历史毕竟是一个民族一个国家的背景。看看历史的高度，想想我们应该怎样超越。

好了，关于制度，在中国，在世界，尚且都是敏感问题，也是个复杂问题，马克思谈了上千万字，也还没有谈清，我们写几千字或万把字的文章，谈什么呢？徒费口舌不是！白白遭嫌而已！

所以我还只想说人，说孔乙己。

孔乙己是个读书人，他没有能够中状元或者进士，甚至连个秀才也没有。这并不足为奇。读书人千千万万，要出仕，就是要做官，还得经过一道手续：选士。即由科举及第而取得入仕的资格。“选”是严格的，也是残酷的。在“选”字面前，有人必然被选中，有人必然被淘汰。优胜劣汰，是大自然的基本法则。是统治阶级政治的需要，也是人类社会进步的需要。从秀才到举人到进士到状元，一层一层地选，层次越高，命中率越少，被淘汰的人也就越多。社会只要存在应试制度，落榜是必然的，出现孔乙己也是必然的。虽然落榜者不一定都像孔乙己一样穷愁到那样的地步。

至于孔乙己的落拓，是应该由他个人负主要责任的。鲁迅说，“他有一样坏脾气，便是好喝懒做。”“懒”是万恶之源，不用说读书，干任何事，只要懒，便一事无成。

如果也要社会负一点责任，那就是教育制度问题了。就是那时候没有“教育同生产劳动相结合”的方针，课程设置单一，除了一部《四书五经》，没有别的书可读，没有化学，没有几何，更没有物理。因此孔乙己也没有一技之长，“于是愈过愈穷，弄到将要讨饭了。”

孔乙己弄到将要讨饭了，“但他在我们店里，品行却比别人都好，他是从不拖欠；虽然间或没有现钱，暂时记在粉板上，便不出一月，定然还清……”钱从哪儿来呢？他绝不会去写黄色小说，垃圾文学，也不会去当文化掮客。他给人家抄书。用诚实的劳动换钱。

包括咸亨酒店老板在内的许多人都嘲笑他：“孔乙己，你真的认识字么？”“你怎的连半个秀才也捞不到呢？”这样的讽刺，一般人是受不了的。当然，于孔乙己，也无可奈何。“孔乙己知道不能和他们谈天，便只好向孩子说话。”他都吃不开饭了，却总忘记不了对孩子的教诲。“你读过书么？”“读过书，……我便考你一考。茴香豆的茴字，怎样写的？”“不能写罢？我教给你，记着！这些字应该记着。将来做掌柜的时候，写账要用。”“对呀对呀！回字有四样写法，你知道么？”读《孔乙己》到这里，真是催人泪下。那感情自然是复杂的。试想，一介书生穷困到那样的程度，别人对他一点也不理解，他还不忘教诲青年，还没有忘记他的“之乎者也”，也如今日的学生不敢忘记“A B C D”。只不过课程设置不对，要也学化学也学物理，只怕那一回的诺贝尔奖到不了居里夫人手里。

在孔乙己除了那一样坏脾气，即“好喝懒做”，还有个毛病，就是偷。但除了偷书，没迹象表明他还偷过别的东西。他偷书的目的不是为了生计，他偷书不是去换酒喝，也不是去换米充饥。这就有点很是难能可贵了。“窃书不能算偷……窃书！读书人的事，能算偷么？”孔乙己的说法固然是站不住脚的。但他说那种话，已经带有一种病，痴病。或者，痴迷不悟。读书人读到这种程度，的确是可怜的，是让人同情的。我们不希望读书人都那样。

按孔乙己的脾性和人格，他绝不会要你对他可怜和同情。你想给他的，也不应该仅仅是可怜和同情。你应该给他赞许，给他崇敬。赞许他那种对文化追求九死不悔的心志与坚毅，对自己的追求永不放弃的顽强与不屈。

至少，你应该给他理解。鲁迅先生的笔锋所向，除了孔乙己的那一点“怪脾气”，他并没有讥嘲孔乙己的意思。似乎有点儿同情，有点儿怜悯，但更多的是理解，抑或不少崇敬。

在任何领域里，在任何事业上，都有成功者，也都有失败者。只要不违反人类道德，成功者和失败者在人格上和本质上没有任何差别。

在中国古代，人有四大幸事：洞房花烛夜，金榜题名时，久旱逢甘雨，他乡遇故知。

有人一生可能四件事都碰上，有人穷尽心力体力也难碰上一件。

机会、条件、环境，组成了人的命运。即使有满腹经纶，倘若没有那样的机会，没有那个条件或者环境，他也自然就没有那个命运。

但中国正直的知识分子不管有没有那个命运，不管成败，不管出仕与否，都有一种“穷且弥坚，不坠青云之志”的人格，这是谁也抹杀不了的。文化人穷了，是穷酸。穷酸了也“不坠青云之志”，是文化精神，是文化人格，是文化人的品质和藻行。

春秋阁是为三状元修的，因为上边明显镶钳着“三状元故里”五个字。修春秋阁的意图是为了表彰成功者。我在为成功者感发赞许的时候，更多的却是对“穷且弥坚”的读书人的钦敬……

我终于没有机会登上春秋阁。清晨即将过去，我不得不离开它。

在我走出十数步的时候，回头望去，有些破败迹象的春秋阁，依然不避风雨，巍然立在秋风秋雨之中，像在目送谁远去，又像是在等待谁的到来。毕竟是世纪末了。

风雨中的春秋阁虽然有些凋败，但在我的视野中却依然是那么巍峨，那么坚定，那么精神。

原题《陵川的状元街》

《2004年中国散文精选》长江出版社

话说白马寺

白马寺说是在晋城的城区，其实却在山上。晋城地处太行南端，因此城在山里，山又在城里。无论你怎么样走，都有山影相随相伴；无论你怎么样看，也看不够山的倩姿。如果来时带着的是对山的景仰，那么走时你带去的一定是对山的情思。

天下白马寺不止晋城一处，我去过的却不多。但洛阳白马寺是一定去过的。洛阳白马寺规模大，泥罗汉就有五百。五百罗汉神态各异，显出工匠的心巧。那里有个略带迷信色彩的说法，说无论从哪个罗汉数起，数到与你年龄等数的那个罗汉，那个罗汉就代表你的形象。肥头大耳的，你现在不是官将来定然有官可做；愁锁眉头的，一辈子都忧着怕天塌下来……怕这就是吸引许多游人到此一游的主要原因吧。文化层次高且有艺术鉴赏能力的，前来欣赏艺术。文化档次差些的，就只是想去照照镜子。人造迷信如此而已，无论如何它是不及晋城的白马寺的。

在我的记忆中，晋城的白马寺没有寺院，所以人们就叫白马寺山。白马寺山上有两件东西我是很感兴趣的。一样是塔，却又有别于舍利塔，叫景公塔。古人建塔是很有意思的。佛家的舍利塔是和尚圆寂后的归宿，道家建塔是为了镇妖邪，正风水，而儒家则是为了营造人文环境。当然，包括舍利塔在内，也有如海上灯塔的作用，陌路行来，重峦叠嶂，树木掩映，哪里有村哪里有店，除了可以循着钟声去寻找外，就只有塔可为标识。倘系晴日，登塔眺望：八百里太行，岗峦遥列，青蛇起舞；九万里黄河，茫茫苍苍，触龙吞海。左襟齐鲁而右带陕甘，北依幽燕而南扼中原。值此，你就很容易理解两千年前为什么这里会有长平之战，曹操为什么不惜“车轮为之摧”要北上羊肠坂，抗日烽火为什么会与太行黄栌一样红。

另一样是白马寺山上的玫瑰，漫山遍野都是。到四五月份，花开处处，山上的空气都被芬芳馥郁的玫瑰花香濡染得让人流连忘返。据植物学专家说，白马寺山上的玫瑰品质好，法国人造香水求之不得。不过山民们也只是偶尔撷来用红糖喂养一罐，做月饼、糖果、八宝粥时，放一点，食时香味扑鼻，食后余香满口。姑娘们倘要出阁或去参加什么沙龙什么晚会时，只要嚼上米粒儿大小一点，不光齿颊生香，通体都是香润润的。有人说白马寺山周围村子里的姑娘心也是香的。我想想，也是。要不，白马寺山上山下村子里的姑娘怎么都那么柔情似水呢！有人说白马寺山周围的人都是芳魂，我想也未必不是，要不白马寺山上山下的山民们为什么都是那么善良，那么勤劳！遗憾的是，人们对上品的玫瑰缺少开发，把一笔很容易得的财富没放在心上。每每听人谈起白马寺山的时候，说到白马拖缰的多，说到马铃石的多，至于玫瑰，山花也似地，就见多不怪了，就任其“花开花落两由之”了。那么，难道要等到地下的兰花香煤刨光之后，人们才会想到玫瑰吗？兰花香煤有尽日，玫瑰花开无已时。要是地上地下一起开发，兰花、玫瑰能双葩并蒂该多好，晋城不借任何广告媒体，也会香飘万里，名播四海。

当然了，白马拖缰也是值得说一说的。为什么叫白马寺？一说汉明帝时，摄摩腾自西域以白马驮经来，初止鸿胪寺，遂取寺名；一说据《高僧传》记：“天竺国有伽蓝，名招提，其处大富。国王利于财，将毁之，有一白马绕塔悲鸣，即停毁。自后改招提为白马。诸处多取此名焉。”对于晋城的白马寺，我同意当地人的说法。说长平之战中，赵国一白马将军战死，秦将见白马雄骏，便欲据为己有。白马不降，挣断缰绳长嘶而狂奔，马铃散落山坡，便化为今日我们所见的马铃石。弯腰捡颗马铃石放耳边摇摇，真的有铃声叮咚。三种说法都与白马有关，但我却更倾向于后两种。“白马绕塔悲鸣”，感天动地；“白马长嘶而狂奔”，慷慨悲壮。据此看来，俗语说的对极了：马为君子。仁也矣，白马！义了矣，白马！为白马筑寺，为白马设祀，是人们为自己能有嘉言懿行塑的一个典范吧。居一方水土，谁不想自己的家乡多有一点丰厚的历史背景作自己人生的依据啊！

说白马寺山上没有寺院，那只是在我个人的记忆中。县志上有“千年古庙映崇岗”的记载，说明那里也曾有过辉煌。前几年这里来了位隆慧法师，他本事不小。辗转数年，他就在片瓦不存的白马寺山上立起了一幢藏经楼，一座大雄宝殿，及厢房廊庑庙门寺墙，足足有了一个寺庙的规模。大雄宝殿开光时我去了。对一些为了搞迷信活动，或用粗工简料胡乱修些庙宇寺舍，伪作旅游景点专门为了挣钱的行为，我是不满意的。所以在白马寺我特意细心地察看过，那里的建筑是不错的，不光是宏阔壮伟，朴然高古，而且结构谨严，工艺考究。形貌巍峨而堂皇，气象冲和而幽微。循山路而上，入山门行来，穿堂过院，塔影相随。大雄宝殿在寺院中央，占地亩许，殿宇高20米，中有48根柢柱，内塑十八尊铜铸罗汉，巨匾“大雄宝殿”为中国佛教协会长赵朴初先生所题。藏经楼居大雄宝殿之后，楼高18米，宽24米，六根5米多高的汉白玉廊柱在暗红色的窗扉与彩绘的斗拱衬托下，显得古朴，典雅。金碧辉煌的殿内供奉了六尊玉佛。玉佛出自缅甸，年前身自西来，高者2.3米，金箔饰面，栩栩如生，暮鼓声中，香烟萦然，给人一种很强烈的庄严感。藏经楼上藏有1700卷《大藏经》，为本省唯一一部比较完整的佛经。

我以为无论古今，寺庙最多只有三大功能：一是装点江山，二是保存和传播文化，三是净化人的心灵。从这三点讲，隆慧法师功德不小。在隆慧法师主持修造的藏经楼内珍藏千卷佛经，不光是为保存和繁荣文化做了贡献，因为那部佛经来自中国台湾，对发展祖国两岸佛教文化，联络和增进两岸人民的感情和友谊，促进祖国统一所做的贡献，就更是功德无量的。

那次去白马寺，有一个问题一直缠着我想不清楚。作为一个城市，几代人做了许多努力，至今仍然没个像样的图书馆，而隆慧法师一个人在不长时间里就完成那么浩繁的工程，都有些让人弄不懂是事在人为呢，还是佛法广大。

在将要离开白马寺时，我的心里仍然萦绕着这个问题。不知怎么，我忽然就想起了李白的诗："好风凭借力，送我上青云"。白马寺的重建系人之功是无疑的，但更为主要的是乘了人们对白马的崇敬之心。据此观世象，世界还是充满希望的。

《光明日报》1998年8月27日

第2辑 · 一抱乡愁

插 花

我的母亲很喜欢插花，但她却不知道插花是一种艺术，而且是一种雅俗共赏的艺术。

在我国古代，人们也多喜欢插花。富贵人家的小姐太太喜欢，乡妇村姑也喜欢。富贵人家的小姐太太插的花都是在街市上买的，大街上卖什么花，她们就只能插什么花，没有卖花她们就没有花可插。这样，就把插花的情趣减了一大半。乡妇村姑就不一样，她们插的花都是山坡上或地头田间沟底涧边长的，她们想插什么样的花就采什么花，很是随心所欲。艺术与自由结成伉俪，那情致就大不一样。

明万历文学家袁宏道，号石公，就是一位插花专家。写过一部插花专著《瓶史》。囿于旧时纸贵，民间很少能有人读到。日本人插花是有名的，也是受了《瓶史》的影响，而后才有了他们自己的“池坊”“小原流”和“草月流派”。

人们大都喜欢成名成家，殊不知道这插花本是一种闲适的韵事，雅兴所致。一旦成了名成了家，就会累人，也就不知道它还能有多少韵致还在其中。

至于袁氏，却不止于“家”，而更有“专家”名在，他的插花艺术可谓阳春白雪吧，且不说和者寡，就他自己那套插花理论，我就觉得太繁，也太累，且迂腐。他在自己的著述中说：“插花不可太繁，亦不可太瘦。多不过二种三种，高低疏密，如画苑布置方妙。置瓶忌两对，忌一律，忌成行列，忌以绳束缚。”看看说得有多么麻烦。这就与他的文学主张“独抒性灵，不拘格套”有些相悖了。为了插花，就还得有相应的陈设：“室中天然几一，藤床一。几宜阔厚，宜细滑。凡本地边栏漆卓，描金螺钿床，乃彩花瓶架之类，皆置不用。”以此心侍花，可为高士。然而如此插花者，非富贵人家，焉得为之？

不过也难为他。官到吏部郎中，能有此清趣，也实属不易。也许你会觉得他官做到那个份上，饱食终日，没事找事。其实无论于人于己，于国于家，都是有好处的。一是插花可以陶冶情性，保持自己灵魂的纯净与官心的清正；二是可以自己的行为来正世俗、清风化、顺天心、导民情。若说插花怎么就能保持官心的清正，那是有道理的。闲，是生非的三大要素。人要干坏事，比如串女人，就需要权、钱、闲。权、钱缺一尚可，却万万不可忙。权有了钱也有了，却忙得陀螺一样，事情就不好办。无论在何时何地对于何人干何种事，闲比权比钱宝贵。闲人也想权也想钱，却没权、钱缠身的人想闲想得那样渴。一个人难得有闲，有了，又得想着法子消掉。不消掉，闲不光生非，也消磨意志，危害身心，损折寿数。所以就有了“消闲”一说。官做大了，有权，有钱，也有闲，既然闲着，就不妨插插花，在花下或小斟，或品茗，或吟诗，或作画，或弄箫，或抚琴，比没事时就想着法子去算计别人好，人也会活得有忙有闲有情有致有滋有味。

老袁的插花理论高也插出了水平。可以说他把花插活了。我说的活不是指基因生命，是指灵魂，指心。“夫花有喜怒寤寐。晓夕，浴花者得其候，乃为膏雨。澹云薄日，夕阳佳月，花之晓也。狂号连雨，烈焰浓寒，花之夕也。唇檀烘目，媚体藏风，花之喜也。晕酣神敛，烟色迷离，花之愁也。攲枝困槛，如不胜风，花之梦也。嫣然流盼，光华溢目，花之醒也。”花不光有这么多的“喜怒寤寐”之态，且在其心态变化之际，对她的环境也应有所变化：“晓则空庭大厦，昏则曲房奥室……所以悦其情性，时其起居也。”花须淋水，谓之浴花。浴花用水也有讲究：“用泉甘而清者，如微雨解醒，清露润甲。”让人觉得过分的是，浴花的人比浴花的水还讲究。“浴梅宜隐士，浴海棠宜韵致客，浴牡丹、芍药宜靓装妙女，浴榴宜艳色婢，浴木樨宜清慧儿，浴莲宜娇媚妾，浴菊宜好古而奇者，浴腊梅宜清瘦僧。”天气不好，气温低时，又“当以轻绡护之”，就像现在的复地膜或筑温室。看看，有多麻烦。

那花也太娇贵了。

不过，我们普通人也有我们插花的方法，也得我们插花的情趣。其情其趣并不亚于老袁。

我的母亲就很喜欢插花。小时候，我们住的屋子并不大，说是三间，只是面积太小。母亲不知道怎么也会说“室雅何须大，花香不在多”这样的话。是啊，母亲总是把个小屋子收拾得干干净净的。一张方桌，一个杌子，墙上只有一张毛主席像，顶显眼的，就是毛主席像还有过年贴的一个梅红纸神头。要说简洁，也算再简洁不过了。但却并不寒酸。土炕，木床，储粮的大缸小瓮，然而却又不觉得拥挤。那原因就是因为母亲在家里插了花。一枝插花迷人眼，满屋芬芳醉人心。谁还有心他顾？

每逢上地回来，母亲总要采一束花，插在桌子上的那个淡绿色的细颈酒瓶里。春一开，母亲就开始插花。最先是黄黄的迎春，接着就是雪一样白的丁香。然后，乳色的杏花，粉怒怒的桃花，紫色的马兰，肉色的小媳妇，浅蓝色的并并花，金黄色的柿子花……隔不了几天就会换一种。有时，先插的还没萎谢了，就插上了第二种第三种。插一种花时，是满屋的清芬；插几种花时，那花香就有些浓馥得化不开了，就过门过窗的往院子里逸散，屋里屋外就时常有小小的蜜蜂儿嘤嘤嗡嗡，就有一个一个的大蝴蝶翩翩地飞来飞去。熙熙攘攘，喧喧闹闹，总让觉得生活就是那么热烈，那么美好，那么有奔头。于是，贫也忘了，愁也忘了，让人心上长劲。

母亲也是把花插活了的。母亲把花插出了精神。

不管插几种花，母亲都不会有像袁老先生那样讲什么“主婢相配”。也许是母亲的心里没有那种不平等的观念。也许有，才在插花时讲一讲平等，来对抗那种封建等级制度。

母亲插花最讲究的是疏密有致，高低般配，浓淡相宜，花色谐和。比如插丁香时，就只插丁香，绝不让它色污了那雪白。白白的丁香，四周纷披，花枝匀开，中间隆起，像是那淡绿色的细颈瓶子上堆起了一抔白雪。间以数片嫩绿的新叶，清雅恬淡，素心高洁。杏花就只插一枝，再往花苞与细叶上淋几滴水，婀娜娇羞，便似仙子初浴。桃花不要绿萼包得太紧的花骨朵，也不要大开了的全花，疏疏地只插三两枝，仪态端庄，大方如耕读传家知书识礼的农家闺秀。淡青的豆豆花三五朵，肉色的小媳妇三五朵，浅蓝色的并并花三五朵，诚如一群山乡的女孩厮跟着去赶庙会，你挨我挤，欢天喜地，热情奔放，天真无邪。

夏天，母亲在静静的屋子里插几条柳丝，那小小的屋中就生了一点凉爽；秋天，或插一捧雨榴，或插几枝葛米，鲜艳的山果子便使那秋天少了些肃杀，多有了几许成熟与收获的喜悦。

冬天，母亲在瓶子里插上一两枝松树枝或者柏树枝，把孩子们的书和作业本子放在瓶子周围，让孩子们围着松柏树枝做作业。母亲一直频频地往那瓶子里落水，那松枝上就能一点一点溢出松脂来。淡黄的，墨绿色的，棕褐色的，纯茶色的，不知道同一枝松枝上怎么就能溢出那么多不同色调的松脂来。一样的晶亮，一样的莹润，那松脂的香气就散的满面屋子是，和了那书本隐约散出来的淡淡的墨香，一缕缕地直往我们的小鼻孔里钻，一直钻到我们小小的心脾里。难道那就是熏陶？那就是濡染？那就是浸润？那就是潜移默化？

在那炉火不甚旺，雪光冷气重重的小屋子里，母亲不光是希望她的孩子们有文化有知识有出息，她也想让她的孩子们有人格有品藻有气节。

到了快过年时，是最少花的时节。可母亲也有办法。萝卜头，白菜心，一个白白的小笨碗里一个，一个开淡蓝色的小花，一个开淡黄色的小花，这两样花都放在明净的窗台上。那么桌子上放什么呢？把蒜瓣用苇篾串成一个小小的圆圈儿，放在一个淡蓝色的青瓷碟子里，再汪汪地浅浅地放上一点清水，待蒜苗长出来时，白白的蒜瓣，青青的叶，嫩黄的尖，那是我们的水仙。不管它屋外的雪怎么铺天盖地，屋中却始终是春意盎然，满目生机。

我的母亲是插花高手；我们乡下的母亲和袁郎中一样，

个个都是插花高手。那诗意，那文化品位，是绝不亚于袁郎中的。

只是，我不知道是我们的母亲们向袁郎中学的呢，还是袁郎中向我们的母亲们学的。大概十有八九是袁郎中向母亲们学的，是他剽窃了母亲的插花艺术写成了书。

母亲，能孕育子女的母亲，也能孕育文化，孕育艺术。

《散文》1999年第12期

我的中国字

一

年节就要到了，又要写对联了。每当这个时候，我就会想起父亲说的“我的中国字”这个话来。

父亲并不识字，怎么就会说“我的中国字”呢？

事情发生在母亲送给我那本字典之后。父亲见我能够常常翻着字典看，高兴得他做活走路都是打口哨，唱。我的家乡没有山歌，就是唱戏，唱上党梆子，很豪气，唱得山谷响应。听的人都说父亲唱得好，就问父亲：“福根哥，有甚喜事了？”

我的家乡虽然是个穷乡，辈分却很严，即使同辈，也是互称兄弟。尽管若兄若弟，你也问，他也问，父亲却不说，只管笑，只管唱。我曾问父亲，为何不告诉人家你高兴什么？父亲说，我还没有见到效果。

父亲是想要见到什么效果呢？

父亲不认得字，他唱的戏文，都是识字人一句一句教他。教给他，他一辈子也忘不掉。倘若把戏文拿给他看，他就摇头，嘿然一笑，说，满纸黑豆，我一个也不认得。

然而自从家里有了那本字典，父亲从地里回来，每天晚上都让我念字典上的字给他听。父亲说，听儿子念字，比看戏还过瘾。念到好听的字，父亲就让我指给他看。看着，还说一定要抿一点小酒。母亲就给父亲斟一小盅酒。但父亲并不喝，只抿一点，把剩下的让母亲重灌回瓶子里。虽然只是抿了一点，却像是已经醉了。是陶醉了。陶醉着的父亲拿手背擦擦嘴连连说："哼哼，好字！好字！"

听父亲这样说，母亲就抿着嘴笑，就说："那只怕也是满纸黑豆呢。"

父亲就连连摇头，说："不是，不是黑豆，是你说的咱们家的小媳妇儿……"

母亲很喜欢听父亲这样说。不知道为什么，听父亲这样说，母亲的眼里就会有泪光莹莹。

二

母亲，最多的似乎就是泪水。悲伤是泪水，高兴也是泪水。儿子的心灵几乎都是经母亲的泪水浸泡过的。

每当我念到好听的字，吉祥的字，父亲就会喊母亲也过来听，指着给母亲看。穿着水绿衣裳的妹妹，拖着鼻涕的二弟三弟，一个个又瘦又小，却拉着母亲的衣裳角，嚷嚷着说也要看。父亲嘿嘿地笑，说：“好好，都看……”一家人就都把头拱在那盏豆油灯底，围着那本字典，看了又看。不过，尽管看，就那同一个字，父亲即使看上好几回，再见到时，依然是不认识的。能够记得些的，只有弟弟妹妹。母亲倒也能记几个，但过后总是又忘了。

可是，父亲在说“我的中国字”的时候，却是一脸庄重，让人敬畏。那是一件让我很吃惊的事，让我一辈子都忘不了“我的中国字”。如果他这话要是对外国人说，也许很是顺理成章，意思也很明确。但他却是说给我们的邻居的。

那年腊月，鹅毛般的雪花纷纷扬扬，下得铺天盖地的白。父亲早早起来就戴着草帽去买红纸。父亲买回来的还有毛笔，还有墨和砚瓦。砚瓦是一个圆圆的黛色小瓦碟，是磨墨用的，很容易摔碎，却很便宜。父亲进门就笑，就说：“哈，今年不去求人写对联了。”

母亲就看住父亲，说：“你写呢？”

父亲下巴颌往我这一努，说：“我儿子！”

母亲吓了一跳。吓得看看我，看看父亲。似乎是高兴，却多是担心。儿子，还没有捉过毛笔呢，他会写对联吗？他能写得好对联吗?

三

虽然是农户人家，贴对联却也是们的一件很讲究的事情。平常日子不管过得如何窘迫，门上贴的对联，纸是一定要红红的，字一定要黑黑的，不但要黑，还要发亮才好。字能写得有骨头有肉，是越发光彩的。

母亲希望儿子能写对联，却又担心儿子写不好。平常做事有条不紊的母亲，那一时真是有一点手忙脚乱了。父亲却很自信，把那长长的灰蒿烟袋悠悠地抽着，让袅袅的烟云在屋子里到处飘散着，等着我说话。但是，我却让父亲失望了。

我对父亲说，我不敢写，我怕写不好旁人笑话呢。

父亲一听，就阴了脸，像是要下雨了。

按说，母亲应该为我辩护一句的。但是，我压根就没指望母亲为我辩护，因为母亲从来都是站在父亲一边，总是维护父亲在孩子们中间的威信，维护着父亲在家庭里的中心地位。当然那一次却不同，母亲似乎想为我说话。可是又想到父亲每年腊月最发愁的事就是去求人写对联，再刚强的父亲，求人总是一种屈辱。母亲疼儿子，也疼父亲。两难之间，母亲一时不知道该说什么好，就只悄悄低着头纳鞋底。

屋子里的空气很重。妹妹吓得看看父亲，看看母亲，再看看她的哥哥。懂事的二弟赶紧拉了三弟，溜到院子里去堆雪人。我在等着。等着父亲重重地骂我一声："没出息东西！"

但父亲没有。因为母亲不断给父亲使眼色，意思说，快过年了，别让孩子不高兴……

父亲没有说话，只不住地抽烟。

忽然，母亲放下手里的鞋底，去数父亲买回来的红纸。"怎么就买了六张？"母亲说，"往年……带上剪窗花用的，不是三张红纸就够了吗？"

见父亲没有吭声，母亲忽然就明白了。就对我说："看你爸爸，计划性多好。知道你头一回写，难免会错，就多买了好几张红纸。"

接着，母亲又对我说："写吧，大胆写，自家孩子，就写个马马圪叉叉也好，不要让你爸爸生气。"母亲说着，泪就落下来，落在她那蓝印花水裙上。

我理解我的母亲，也理解我的父亲。我恭恭敬敬地站在父亲面前，对父亲说："爸爸，我写，我一定努力写好。"

父亲说："那就好。写吧，就是你娘说的，写个马马圪叉叉也好，毕竟是自家孩子写的。"

四

为了不让父亲失望，我就抓紧时间练字。白天练，晚上练。傍晚，为了节省灯油，我就趴在门礅上练，冻得手都发红我也还是练。母亲看我练得苦，就对我说："去问问你和哥，也许能投个门道。"

和哥是我们的邻居，不知道在什么军队里做过事，有脚病，常年拄支短拐杖，性情很古怪。一个人孤独地住在码头上，一颗大红果树把个院子遮得青苔荫翳。三间堂屋，屋顶上的裂缝能看得见天。屋墙被陈年的烟火熏得发黑，墙上字画零乱。一张香几斜在屋子里，那是为了躲雨。和哥爱写字，也爱看书，冬天常常在火边讲《东周列国》给人听。腊月天，和哥的屋子里尽是红纸。整个腊月天，和哥的手都是红的，嘴唇上，鼻子上，会时常有一片墨。

和哥很乐意把写对联的门道教给我，他非常希望他的这个小邻居能有出息。我在和哥家里讨教的时候，父亲也去了，坐在和哥的炉子上，不住地抽烟，不住地把他的旱烟让和哥抽。他在向和哥为他的儿子"淘艺"。和哥教我了很多，父亲问我记住了没有，我点点头说记住了。父亲就兴冲冲领上我回家，让我按和哥说的方法练字。

在我练字那些日子里，家里所有的人都在为我忙。母亲慌忙把桌子上栽萝卜花的瓷碟拿开，把门帘卷起，让家里更光亮些。二弟捧了砚瓦，三弟只管研墨，妹妹帮我割纸。父亲坐在桌子旁边的凳子上，一边抽烟，一边看我练字，样子很自得。

说话就到了腊月三十，该写对联了。邻家的叔叔伯伯大哥哥们也知道我今年要写对联了，就都来看。邻居们不光是想看热闹，他们都是抱着一种希望的。我也知道，我就是邻家们的希望。那希望压得我有一点喘不上气来，我的心几乎一直提在嗓子眼上，笔一直在砚瓦里不停地转着，润着。我抬头看父亲，父亲嘴唇抿得很紧，只对我微微抬了抬下巴。邻居们谁也没有说话，但气出得却很粗，满屋子几乎都是出气的声音。……当我把最后一个字那最后一笔写完的时候，家里憋着的空气才算松弛下来。所有的人都只是笑着，围着写的对联看。不，不是看，是欣赏。父亲依然没有说话。母亲只紧紧拉着妹妹的手，只是泪水盈盈。

五

大年初一，我们村里人有挨门挨户看对联的习惯。那一年，看对联的人几乎把我家的门围了个严，争着挤着看老王家才十来岁的儿子写的对联。父亲也站在人群里，在一片赞叹声中，陶醉着，兴奋着。

和哥也来了，依然拄着那支短拐杖，一瘸一瘸，还笑着。父亲一直看着和哥一瘸一瘸地走到院子里，走到我家门口。父亲脸上都是笑，父亲的笑里藏着一种期待。

但是，和哥看了我写的对联却寒了脸，不说话。

父亲沉不住气了，就蹭过去，问和哥说："和，写得怎么样？"

父亲在等着和哥说个"好"。但是，和哥却揉揉他那有一点发红的鼻子，说："这写的是什么字？"

父亲一下子就愣住了，好像陡头泼下来一盆冷水。院子里所有的人都不知所措了。

一下子，父亲的脸就憋红了。父亲说："小和！你不认得？你不认得我告诉你。这……这是中国字！"

父亲的口气真是很硬的，几乎噎得和哥出不上气来。

和哥看看父亲，依然一脸庄色，就说："我是说，这写的是谁的字？"

父亲态度非常强硬，说："这写的是我的字！我的中国字！"

父亲那时候的那种神气，活像是只有他才有中国字。那时候站在门里的母亲，却把脸都吓白了。

我以为和哥要生气了，但和哥还依然笑着。他知道我的父亲不能够听懂他的话，就对父亲笑笑，说："你说的也对，这是中国字，也叫汉字。可是，我是说，写字写得最好的，在历史上能够称得上体的，在民间流传最广的，是颜真卿，是柳公权，和欧阳询，他们各家有各家的笔体。我是说，你让孩子这写的是谁的字？是哪家的字？是柳公权，王羲之，还是欧阳询的字？”

见和哥就样说，看对联的人就吵吵起来了。就说人家孩子才开始写对联，和哥不该大年初一就来驳斥人家。咱们农户人家，哪里能讲究得起那么多啊！人家老王家的孩子敢写，写得一笔一划，墨不但黑，还有光气，这已经就很不错了，不应该打击孩子的积极性和上进心。……

和哥不管旁人说什么，他只管说他的。别看他两条腿不顶一条腿用，他的肩膀上却好像肩着写好中国字的责任。他反而更加认真了。他认真地说：“要写字，也得有个老师，有个师承，有个继承和发扬。来没有源头，去没有方向，你写不出中国字的精神来。难道一点精神也没有，一点劲也没有，就算是‘你的中国字’吗？”

说到这里，和哥停了停。好像有人要说话。父亲立刻拿手制止了。父亲对和哥点点头，说：“你说，和，你说……”

和哥说：“我知道，在场的人大部分不能接受我说的。大伙是光说把自己的地种好就行了，写字似乎只是写字人的事。是的，写字应该是写字人的事，但写字的人写个狗字，贴到你门上，别人是笑话谁呢？如果有人说你的头剃得像狗啃了一样，你说是剃头师傅丢人还是你丢人呢？把字写得不像个字的样儿，贴出来，人家外村人过来看了，不说咱大箕人没有文化吗？不骂咱大箕的文化人都死光了吗？”

依然有小声议论。不过，风似乎在向着和哥一边倒。

和哥就继续说：“且不说外村人怎么看，就说孩子吧。要说，这孩子也算是有出息了。敢写，能写成这个样子，真的很不错。但是，孩子才开始学写字，才上路，我们，尤其是我，先识了几个字，难道不应该给孩子拨一拨水道儿，引引路，让孩子迈出的头一步就走在正路上吗？……”

人们一时都鸦雀无声了，都在静静地听和哥说。

父亲很激动，看着和哥，手不由自主地哆嗦。我还听见，母亲在屋子里啜泣。

和哥继续说：“我也认为老王家这孩子是会有出息的。但是还得下苦功练，好好练，不管谁家的字，都是中国字，都是汉字……那天我不是告诉过你吗？要记住汉字的基本要点：横如卧蚕，撇如刀，点如瓜籽，竖如悬珠；当然，竖划也还有垂针一势。照这样练下去，才能练出写好中国字的功夫来，但并不等于就能写好中国字。要想真正写好中国字，那得写出中国字的精神来，写出汉字的精神来……”

那天，和哥还说了很多。但是对和哥说的，父亲可能不是全懂，但母亲却似乎是完全听懂了。那年大年初一，母亲一定要我去给和哥送一碗肉菜，送两个馍和一盘饺子，感谢和哥。

六

过罢年，当我照着和哥送给我的那本柳公权帖练习写字的时候，母亲竟拿了珠子穿上线，把针穿上线，吊在我的面前，让我看，让我照着和哥说的“悬针”与“垂珠”练“竖”。母亲把老南瓜切开，挖出瓜籽来放在桌子上，让我照着练“点儿”。母亲硬嚷嚷着让父亲到村里剧团上去借回来一把劈刀，让我照着练那一“撇”。春天来了，母亲就回娘家去要了蚕种，养了蚕。麦黄时节，先捉一只老蚕放在桌子上，让我看着练那一“横”，母亲真是费尽了心。但是，照着母亲摆下的样品，我描着，画着，多少有点像，但父亲却总是摇头，说我的字没劲。后来，父亲忽然想起来了，说：“你和哥不是还说什么来呀？哦！对了，你和哥说，要写好中国字，要写好汉字，要写出汉字的精神来，是不是？”

我回答父亲说：“是，”但是，我又问父亲，或者也是问自己，什么是汉字的精神呢？

在此后的许多日子里，我似乎一直在寻找汉字的精神。母亲看儿子犯愁，嘴里也总是不住地念叨：“汉字，汉字……”

总是恍恍惚惚，寻寻觅觅地样子。

有一天，父亲挑了一担沉沉的谷穗刚进院子，母亲就惊呆了，就惊奇地对我说："哦！孩子，看，看你爸爸，一个汉子，一个真正的汉子！"

我不知道母亲说的是"汉子"还是"汉字"。我一下子也惊呆了。转身去看父亲。光着膀子，肌肉骨突的父亲，一个真正的汉子。

我一下子全明白了。父亲就是一个汉字，就是我的中国字。在父亲的身上，我找到了中国字的精神：周正，坚强，刚毅，堂堂正正，顶天立地！

听我这么说，母亲的泪珠儿就落下来，落在蓝蓝的印花水裙上。

原载《光明日报》

母亲蓝

一

我所说的母亲蓝，是一种染料，叫蓝靛，也叫靛青。就是“青出于蓝”的那个“青”。蓝是从蓼蓝中提炼出来的那种蓝，也叫菘蓝。

母亲说，用靛青染出的“蓝”让人心静，用极淡的“蓝”洗白布，白布会更白。

我不知道母亲怎么会知道那么多，只是看着母亲，想，母亲一定见过很多蓝。

那时候，因为年纪小，不太懂得母亲的意思，但小小的心上却就染上了一种蓝，一种让人心静的蓝，让人觉得白布会更白的蓝。我一直把那蓝叫“母亲蓝”，或者“蓝蓝的母亲蓝”。

我的老家是一个美丽的小镇，山里的小镇。那时候，我们小镇上有一个的染坊，只有三间屋子，一排几只大缸，大缸里是各种颜色的染料。染布的师傅天天都把染过的布晾出来，晾在横过河滩的那条铁丝上。铁丝高高地从小镇的河滩上空拉过去，高得让人仰着脖子才能看得见。云，或者雾，会时不时把铁丝遮断。红布，黄布，绿布，青布，一幅一幅，就会像是隐约在云中雾中的虹，随着风，一漾一漾，若隐若现。

染布师傅也不总是把各色花布一起晾出来的，或红布，或青布，或藏青，染布师傅常常只晾一种。不知道是有意的还是无意的，又总是在中午的时候晾藏青色或青布，傍晚多是晾些红布，早晨晾的都是蓝布。中午晾些藏青或者青布出来，那燥热的夏天仿佛就凉爽了许多。晚间晾些红布，或者水红色的布，乡间小镇的傍晚就会多一些热烈，多一些浪漫，就能听到歌声和笑声。至于蓝布，那是最适宜于早晨晾出来的。只要早晨晾出蓝布来，不管是印花布，也不管是纯蓝布，小镇的早晨就会显得格外地清新，就会显得格外地明净而恬淡。

二

母亲也总喜欢在晾了蓝印花布的早晨去河里洗衣裳，母亲洗衣裳的时候也总是穿一身蓝。空中晾的是蓝，映在河水里的是蓝，母亲穿的也是蓝，洗的也是蓝。不知道母亲为什么就那么喜欢蓝，爱蓝。

因此，我就想让染布师傅多染些蓝布，染些蓝印花布，晾在河滩高处的那根铁丝上。每天早晨，我都会早早从床上爬起来，跑到我们小河边，去看染布师傅是不是染了蓝布，是不是把蓝布晾在小镇河滩的上空。早晨的水气与雾总是多，白白的水气与雾总会把河滩上空的铁丝遮断，让人仰了脖子也看不见。但不管看见看不见，染布师傅都能准确地把布晾到绳子上。他拿一支长长的竹竿，把带着水湿的蓝布挑起来，往上一送，一下子就能把那蓝布搭到绳子上。那动作很有一点让我佩服，因此我也总在那个时候对着染布师傅笑。染布师傅从没有让我小小的心失望过。

一幅幅的蓝布和蓝印花布，长长的、蓝蓝的，搭在高高的绳子上，雾里，云里，晨风一吹，悠悠地飘过来，又悠悠地飘过去，好像把一片片缀着星的天空扯了下来，好像一片片的花雨花雾随风飘散在水清砂净的河滩上。风大的时候，蓝蓝的印花布便会在空中鼓荡着，抖出哗哗的响声，像一条条蓝色的飞瀑，从蓝蓝的天上飞流下来。而风静的时候，那蓝布和蓝蓝的印花布便也会静着，很安静地，很稳重地，一幅一幅垂下来，像是天上往下流蓝。蓝蓝的天，蓝蓝的河，流出来的是一个蓝蓝的世界，一个让人觉得很和平的世界。给人安闲，给人宁静，给人简洁与生动。

蓝蓝的印花布会把整个河滩的空气都映成淡蓝色，而荡漾在空气中的，仿佛还有一种蓼蓝的香味，淡淡的，那是药香。我常常到河滩去，脱掉鞋子袜子，跳进漾着蓝色波光的小河里，耍一会儿水，然后从小河水里爬上来，坐在蓝蓝的，被河水冲得极其干净的青石上，静静地闻那淡淡的蓼香。

三

夜里，即便是参横斗卧的半夜三更，也总是能听到母亲在东屋织布的机杼声。有时候竟是整整的一个夜晚，听那织布机的梭子“听括听括”，窜过来，又窜过去。有一回我被那织布机的梭子敲得心都疼了，我知道心疼我的母亲了，就从西屋的床上爬起来，悄悄去到东屋。门被“吱”地一声推开之后，母亲一惊，说“小鬼灰你，吓死我了。你不睡起来做什么？”我怯怯地对母亲说：“爸儿，”我们那里的孩子叫母亲都叫“爸儿”。我很委屈一样说：“爸儿，你也睡吧。看你，太累了。”母亲一下抱住我，我感觉母亲的手在颤抖。母亲有很长时间没有说话，母亲大概一时说不出话来。不过，母亲终于还是说话了。母亲说：“不累，爸儿不累，你去睡吧，爸儿一会就织好了。天就要冷了，要换季了，爸儿不织出布来，一家都穿什么呀？”母亲说的是，我极不情愿地挪着脚步回了西屋。

但那个后半夜我也始终没有睡稳，那织布机的梭子来来去去的声音仿佛是在揪我的心。

黎明时分，一匹白白的棉布织成了，母亲立即把白棉布送到染坊去，告诉染布师傅，染多少纯蓝布，染多少蓝印花布，染多少藏青布，染多少青布。染布师傅总是夸母亲的布织的好，经是经，纬是纬，经纬分明。瓷瓷板板的，又结实，又平整。

四

母亲把青布给父亲缝衣裳。父亲似乎总是一身青。青布棉袄，青布大裆棉裤，青布鞋。一身青，是一身轻吗？然而却是个铁塔一般的男子汉。不过，父亲的皮肤并不黑，是那种所谓的古铜色，因此显得越发英武，显得越发魁伟，一条扁担横在肩膀上，挑一担黑黑的煤，上山，下山，扁担上下闪动，说是像一只燕子，其实更像是一只鹰。

藏青色似乎是专门为了母亲才有的颜色。母亲常常自己做一件藏青色斜襟布衫，套在旧棉衣上，再做一条藏青色水裙，水裙的上方总是绣一支白莲花，睡在一片绿绿的莲叶上。一片绿绿的莲叶，一支白白的莲花，那是母亲最爱的。

蓝布都是缝成衣裳给男孩子穿的。男孩穿一身纯蓝，女儿穿印花蓝。等我们穿了蓝蓝的棉衣走到城里去，城里人会一不溜嘴说：“哎哟，山死了！”看那样子，脸都皱起来了，就像猛喝了一口家做的醋，酸得叫起来：“哎哟哟，酸死了！”那时候，我会很惊讶，心里也会很难过。城里人怎么会这么说人呢？我就眼睁睁地去看母亲。母亲低下头悄声说：“不用听他们，他们不懂。”回来的时候，母亲告诉我说，山里的孩子嘛，要不得脂粉气，也要不得娇气，要的就是我们这山气。山里的孩子如果也像城里人，打扮成公子小姐模样儿，捏手捏脚，轻来轻去，抬不得轻，掇不得重，高粱秆儿扎的人一样，在山里怎么过日月呢？既然是山里人，就要有个山里人样儿，就要有山里人的脾性。就要能够推山山动弹，捏虎虎叫唤。母亲说，山气，论起来，比俗气好。你看城里的女孩子，红缎衣裳，绿绸裤子，花花鞋，绣上龙，扎上凤，手里还掂一条大红手绢，还没有俗气死了呢！黑老鸹看不见自己，还笑话山里人呢。山里人是蓝，天上的蓝，水里的蓝，树枝枝上的蓝，草叶叶上的蓝。自自然然，平平气气，他们哪里比得上呢？

五

母亲说得真好。母亲笑着说着，把蓝都说到我的心里了，让我一辈子忘记不了蓝。以至老大了，在给作家王中一先生的散文集写序时，题目也叫《那是蓝色》。中一在他的散文中说那蓝色“从来都是精灵的象征，并演绎着爱情的浪漫，看见它，就想起了海洋，想起了蓝天，想起了理想，那是永不褪色的梦幻！”中一也是从山里出来的孩子，也同我一样，喜欢蓝。山里的孩子大概都喜欢蓝。所以我在序中说：“谁的生命中都会有一种蓝，那是生命的底色。”

这一个观点是在母亲对我说那一番话的时候就有了。那时候，只要看见蓝，就会觉得舒畅，就会有一种平稳感，安全感。那时候少有镜子，看不见自己，却能看见弟弟与妹妹。二弟三弟只要穿上一身蓝蓝的新衣裳，就显得越发的英气。妹妹穿上一身蓝印花布衣裳，站在大门底下，就像是一个字。至于像哪一个字，我不知道。后来上了学，后来写文章的时候，我才知道了，那一个字就是一个‘淑’字。你说不是吗？那你就走近了看看，看看那印花蓝布上，蓝蓝的地儿，白白的梅花朵儿，一朵一朵，闻一闻，就能闻到淡淡的香，淡淡的药香。

那就是蓝，是蓼蓝，很淑的蓼蓝。我就一直叫她母亲蓝。

《本草述》上说：“有人病呕吐，服玉壶诸爽不效，用蓝汁入口即定，盖取其杀虫降火耳。若然，如蓝靛之由石灰合成者。”说的就是那种蓝。

《诗经》上也说：“终朝采蓝，不盈一襜。”说的也是那种蓝。

就是那种蓼蓝，既可以做染料，又可以入药。开紫红色花朵，幽香醉人。

六

这么珍贵的蓼蓝，不知道外乡有没有，反正我们家乡有，很是宜春。惊蛰养苗，春分栽培，清明换苗，整整一个春天都会长得生机盎然。到五月就要收割了。连根拔起来，敲净泥土，全棵放入水池中淘洗，再放入水池中浸泡，浸泡的过程叫作“沤蓝”。浸泡上几天，水变成绿色的时候，就赶紧将蓼蓝全部捞出来，给池中的绿水里兑上适量的石灰汁，用木墩捣，如同打夯一样，叫“打蓝”。真是可惜，怎么那么好的蓝，居然是打出来的，而且是越打越蓝呢？

打蓝打到池内汁液由绿色变成深蓝色时，让池水静静地澄清。待蓝色下沉，池水表面就会浮出一层清水。把清水淘出，剩下的浆就叫“蓝浆”。

在地里边挖个土坑，垫上谷草，铺上布单，把蓝浆倒在布单上，等水分渗到蓝浆呈稠糊状时，装在木桶内，撒上一层细细的石灰粉封存起来。这就是蓝靛，就是母亲说的那让人心静的“蓝”。

早些时候，会源源不断地有骡马队、骆驼队前来我们晋城驮蓝。看着那些骡马驮和骆驼驮，我就会不高兴，就会对母亲说：“怎么让远处的人把我们的蓝都驮走了呢？”

母亲笑笑，说：“真是个不懂事的孩子。为什么不让人家驮？你看那山，山那边还是山，近处，远处，不知道有多少山，山里该有多少孩子。让他们驮吧，驮给那些山里的孩子，让所有山里的孩子都能穿上一身蓝，就像是你的弟弟妹妹一样……”

就像我弟弟们一样，那样英俊，那样淑气，是吗？

是的。不过，事到如今，我们已经很少见到有穿蓝了。可是，只要听到有人说蓝，或写蓝，画蓝，我就会有一种亲切感。就会想，他们可能也和我一样，小时候都有过自己的蓝——蓝蓝的母亲蓝。

2013年于怡园

清明感事

每逢清明，那感情一定是异样的。不光是与平时不同，而是异样地复杂。

复杂的感情无法排解时，总想吟咏一回杜牧的诗："清明时节雨纷纷，路上行人欲断魂。借问酒家何处有，牧童遥指杏花村。"

原是想拿杜牧的诗来当一帖消愁散的，谁知不说杜牧的诗尚可，待念及那"路上行人欲断魂"时，就有如排的晓雾朦朦，云也低到几乎能擦着头皮，天也真的有点点滴滴的清明雨在洒落着。清明时节的雨和其他季节的雨也是不一样的，雨意朦胧，雨声也凄戚。明明是该晴晓的天，却又阴惨惨地暗将下来。瞻前不见山河浴在春光中的清姿荡动它的秀色，回头又不见父母在阳光下拉得老长老长的身影。

于是心上就如压上了一块比五行山还不轻的石头，那九曲回肠中就越发多了几丝排解不散的云翳。是该到父母的坟上去的时候了。

把头天买来的烧纸、冥币放好，把锡箔折成元宝，篮子里放上几炷香、一挂浏阳鞭、三个清华炮，再买几个馒头或者糕点作献供。牢牢地记着的，是不要忘记带一壶茶水，那是家父临终时交待过的。父亲在病危时汤水不能进，干渴的嘴唇都裂了。父亲实在渴极了，便对趴在他跟前侍奉他的儿子们说：清明十五到坟上烧纸时，什么也不用带，不要忘记带口水，渴，渴，渴……

我的妹妹与三弟妹告诉我，说今年要给老父亲做周年，我才记得老父亲仙逝已经十九年了。十九年不算短日子，要讲历史，也已经有好几个页码可翻了。风无论怎么样像刀，霜无论怎么样是剑，都无法截断父子情长，也无法削减儿子对慈父的思念。做儿子的总不敢忘记老父的一声交待，那低回的带着父亲特有的气息的声音仍在儿子的耳际回响。每想起老父的交待，就会清淅地忆及老父亲病中的情景，就有些五内俱焚，禁不住泪水会从眼里涌出来。我知道我不是个很坚强的人。在这点上，我知道我是一个不肖子。父亲却是很坚强的。记得初中刚毕业的那时，我与父亲同在地里劳动，早饭是在地里吃的。说是早饭，实际是莠糠面糊糊放些豆叶菜，这两样东西放在一起，就全沉了底，上边是墨绿的黑汤，下边是污泥一样的莠糠与豆叶菜。两样东西各放各都咬不烂，放一起，一是咬不烂，二是粗糙得难以下咽。我咕咕地喝了两口汤，实在是又苦又涩咽不下去。可不吃吧，肚里又饥得难奈。那一时，我连想都没有想一想，就哭了，躺在地里呜呜地哭个不了。地里的人都停了吃饭，谁也没有心思吃，也吃不下去，谁也不说话，大家的心里都很沉重。但父亲并没有停止喝汤，也没有停止吃那苦涩得难以入口粗糙得难以下咽的糠菜，父亲一声儿也没响，既不劝我吃，也不劝我喝，自己只声色不动地，用他那长满老茧的双手捧着那个偌大的铁桶，就把那一桶如墨水一样的汤连糠带菜吃喝了个干净。吃喝完了，抹抹那沾着糠芽与菜屑的嘴巴，就喊大家干活。父亲是生产队长，他吃得苦耐得劳，是条刚硬的汉子。在他生命垂危时，要不是真渴得受不了，他是不会对他的儿子说那番话的，他是不愿意让他的儿子们时时记着父亲口渴而难过终身的……

往事已经成为历史，但如烟的往事却实在难以忘怀。

踏着荒径，我先走向的是祖宗的墓地。在南山岭上，有三处墓地我是年年清明必去的。一处是我们的老坟，已经在五代以上了，那地下埋了几代人，是无从知道的。小时候记得那也是一处很肃穆的墓地。整齐的石条砌边的墓地上，两根显示门第的石柱子巍然伫立。村人叫望柱，我想那意思大概有两层罢。一是家道兴望，二是一望便知道这坟墓底下埋的什么样的人物。柱子上的石雕一般有三种，文官笔、武官猴、狮子象征员外郎。已经记不起那柱子上是笔是猴了，但记得墓屋是砖砌的，墙壁上绘有彩图，如华屋然。记得打开那墓屋时是1966年，生产队要用砖，队里人就把墓刨了。当然，刨的不止我们一家，谁家的墓里有砖，就刨谁家的。那时候似乎是不讲老祖宗了。老祖宗有什么用？已经都死光了，没用了。但老祖宗留下的砖却是有用的。真应了古话说的，一辈作官，十辈挖砖。挖砖干什么？没有出息，只好挖老祖宗的砖来卖了吃饭。到我，就算是最没出息的一个……

在那夷平了的墓地上，找几枝荆棘挂几张白纸，再烧几张蜡黄的麻纸与几叠锡箔几张冥币。燃一炷香，看那香烟袅袅在点点清明雨中氤氲的一点气息，感觉中是世事苍茫，人事缥缈，历史的长河就像是一道灯光，或明或暗，闪烁不定。三两声爆竹的钝响，如一声声惊雷，忽然让人醒悟：进三步能怎么样呢？退三步又能怎么样呢？看那挂在荆棘梢上的白纸，旗一样在阴沉的天空下懒懒地飘动着，你能不悚然而惊？你能不怦然心动？你能不魂断清明？

第二处墓地在岭左，是新辟的。原在公路边，后来因为村人修房子排到了那里，死人就必须给活人方便了。因为挪坟，便知道那黄土垅里有三代人，即我爷爷、老爷和祖爷。到我祖爷这一代，大概家道中落，既无资财弄石条砌边，也无资格立什么望柱，于是只好用土实压。用土实压也好，可以安安生生地在九泉之下安息，再也不用为纷扰的世事忧心，再也不必为名为利劳碌奔忙，再也不用怕官府的横征暴敛，再也不用担心他人的嘲讽与怨谤。然而人的死亡也并非就找到了世外桃源。

死人活人都无耐的是，谁也逃脱不了沧海桑田。阳间的变故终于让他的后代又为他们迁了一回阴宅。如今在世的后代们与这墓地下边的人毕竟关系近着些，因此麻纸、锡箔与冥币就备得比岭上的老坟略丰富一点。

每去岭左上坟时，我心里总有些遗憾，因为迁坟的时候我没有去亲自暖一暖我爷爷与奶奶的骨殖。没尽这一点孝心并非为公事忙，要为公事忙我也就不会有此遗憾了，我的祖宗是很懂得尽忠不能尽孝的道理的。但我却是因为怯懦。我怕看见爷爷与奶奶那历历白骨自己的感情上受不了，托故没有参加那一回葬礼。为了补这点遗憾，无论荒径多么仄险，无论雨多么冷，无论路怎么样泥泞，我是一定要到我爷爷奶奶的坟头上去长长地跪上一回的。

岭右该是父母的墓地了。从感情上讲，到父母的坟头，心情要比在岭上与岭左都沉重也更为悲痛的。不过那只是在我跪下给父亲与母亲奠茶的时候心有些往下坠，是在我听到妹妹与弟媳一声声的爹呀娘呀的哭声时，心中十分哀痛，眼中也涩得有泪水回转。可当我站起来时，我的心就无限地欢欣了，那是为我的父亲与母亲。因为我看到他们的子女们都到了，儿媳妇能来的也来了。还有送给人家的四弟也在，孙子孙女们也在，大大小小跪了一地，那一个个不就是父亲用力气养活的后代吗！不就是母亲吃糠咽菜养活的后代吗！

烧纸既毕，又给父母磕过头，一大家子人就都在二弟家吃饭。我们弟兄四个加上我的妹妹与弟媳们在一起一边吃饭，一边说怎样为父母迁坟的事。父母的坟地也因为修公路弄得快塌陷了。说过为父母移坟的事之后，又看看哪家有什么事需要商量的，需要大家出主意想办法的，需要财力上或者物力上帮助的，一一讲说，一一议论，尽管是弟兄妯娌，大家尊长有序，友善和气，平等民主，亲切关爱，还有什么能比这个更宝贵呢？如父母地下有知，他们能不为此高兴吗？吃糠咽菜的父母对子女也无多么大的奢望，他们既不敢想自己的儿子们能作什么官，也不敢想他们的儿子发什么财。那除了穷就是苦的心里，一是只求儿子们温饱，二是愿离开父母的兄弟姐妹们能相互照看相互帮助，知冷知热地相互疼着些，与邻居们和睦共处。他们的子女们满足了父母的这一个小小的愿望。看到这些，想到这些，我能不高兴吗？我心里不是就没有多少悲伤可言吗？作为长子，我自觉带领他们还好，我也感到十分地荣耀。只顾高兴，可惜忘记弄点酒弟兄们喝上一杯，助一助兴。

愿父母的灵魂在地下也或天上安息，愿弟兄们也更亲密无间。

当我冒着点点滴滴春雨离开村子的时候，透过迷蒙的雾霭，看着一个个山洼野地的坟墓上飘荡的白纸，想着下边埋葬的都是我的父老乡亲，听着一处一处女儿们嘤嘤的哭泣声，我的心又不免有些戚然。想，毕竟是清明了。

于是就油然地又想起杜牧的诗。

我的字典

我有一本字典，已经纸质发黄发脆，翻一下，便会有一片一片蜡黄的碎屑落下来。那是我上小学四年级的时候，母亲送给我的。

那一天，母亲让我到门前的小河边把手洗净，然后把我叫到面前，让我撑开干干净净的小手，把一本字典交给我，说：“拿着，把字典上的字都认会，你就有了眼了。”

我眨眨眼问母亲：“我这不是有眼吗？”

母亲说：“那是眼，但不是字眼儿。”

那时候，我不理解母亲说的“字眼”是什么意思。

是不是也如佛家说的肉眼，天眼，慧眼的意思是一样的呢？母亲说，没有字眼儿的人笨，有了字眼儿，人自然就聪明了。

可是，我们藿谷洞的六爷，人们都说六爷是个蜘蛛，一肚子丝（诗）。可六爷为什么说“人生识字糊涂始”呢？

我这样说，母亲就不高兴了。母亲说：“不用提那个六爷，那个六爷糊涂虫，他念的都是糊涂字。”

我想了想说："这个字典里有没有糊涂字啊？"

"没有，"母亲说，"你把字典翻开，娘对你说。"

我的母亲并不认识字，她会对我说些什么呢？

不过，我还是把字典翻开了。母亲随便指了个字说："就这个字，怎么念？"

我说："是个齐字。"

母亲说："字典上怎么讲这个字？"

我说："一是整齐。二是同时，就是一起，比如一起用劲。"

母亲说："你看看这字多好，整整齐齐，齐心做事。明明白白，一点也不糊涂。"

说得我差点笑起来。母亲又指着字典说，"再给我念几个字我听听。"

我又念了一个"清"字，一个"文"字。

母亲指着说："都是好字，清清楚楚，文文气气。真好。"

母亲说得极是。不识字的母亲却把道理说那么明白，让我惊讶。

母亲说："听娘的话，好好认字典上的字。这是从你姥爷家里拿回来的，你姥爷念的都是好字，都是好字典，都是清清秀秀的字。"

看母亲的意思，大概中国的字典不一样，有好字典，也有坏字典，有清清秀秀的字，也有糊糊涂涂的字。

说着，母亲把我拉到身边，把我口袋里的石头子儿往外掏，生气地说："都四年级了，口袋里还装石头，装来装去，自己也成了石头。石头人，一辈子也不崩个璺儿，也不开个窍，笨到底，笨死了。"

石头子掏光了，母亲照我脑袋上拍了一巴掌说："记住！这个字典，就是你的小伙伴儿，不要忘了她，要时常掏出来看看，看看。"

小小的心灵就生了一种情愫，对那字典也有了一种特殊的感情。

我对母亲点了点头。那是一个倔强的男孩子从来没有过的温顺。母亲被感动了，就含眼泪说："孩儿，记住，你要好好待她。这本字典，是你的小媳妇，是娘的心肝。只要你时时看看她，她一定会让你开心。热了，你就去她那里找个凉字，看着那个凉字，你身上就会凉快；冷了，你就去她那里找一个暖字，一直看着那个暖字，你心里就会暖暖的。没有信心的时候，没有出路的时候，就去她那里找，她会给你信心，给你出路。她是你的小媳妇，也是你的小朋友，也是你的好老师。凡是你不懂的，她都会教给你，让你聪明，让你自信。她会让你有使不完的本事。她会让你有自尊，让你有骨气。她会鼓励你，让你成为一个真正的男子汉……"

母亲这一番话，那口气，那语气，很容易让我想起孟郊的

《游子吟》，一针一针，密密地，都缝在儿子的心上。

我只是悄悄地听着，频频地点头。

在以后所有的日子里，我深切地体会到母亲的话中所包含的意思。真的，不管走到哪里，我都要带上我的字典。没有她，我会孤独，会无助，会无奈。带着她，走遍天涯海角，我都把她捧在手里，揣在怀里，即使不方便，也没有不把她放在心上。刮风了，不让风沙吹着她；下雨了，不让雨水淋着她。不小心把哪儿弄破了一点，我就觉得她会害疼，是那种很疼很疼的疼……

有一天，母亲很不高兴，而且在悄悄地一个人流泪伤心。我不知道母亲为什么流泪，为什么伤心，我想劝劝母亲，但又不知道话该怎么说。过了一会儿，母亲说："把字典给我翻开。寻出那个笑字来……"

我把字典翻开了。母亲说："哪个字是个笑字？"我指给母亲看，母亲就指着那个笑字笑起来，说，"你看看，笑眯眯的一个字。"看着，母亲就笑了，眼里的泪水也都笑成了泪花。也算是整整一辈子了吧，只要翻开字典看那一个"笑"字，总是看着看着不由就笑了。那个笑字笑，我也笑。我笑那个笑字，那个笑字笑我。母亲虽然去世多少年了，好像母亲也在笑，我和母亲，那个"笑"字总是一起笑，笑得那么开心，那么快活，笑得个惆怅尽散。

为了不把字典弄脏、弄皱、弄破，我一直用牛皮纸给字典包了个书皮。书皮都不知道包了多少回了。尊奉母亲的嘱咐，我常常把她装在口袋里，有空时就常常掏出来看。有些字虽然已经是很熟了，但依然想看。看着看着，似乎又生疏了，不认识了。但看着看着，就又熟悉了，又认得了。

就是这个时候，我就能把那个字的味道看出来，看出新的内容和意思来。每看一回，都能有一个新的理解，都会从思想上感情上得到一次升华。就说那个“白”字吧，我似乎能从她那里看出许多“白”的意思来。她是雪白之白，晶莹而剔透，还带着一点儿冰冷；她是白莲花之白，清香而逸远，还会带着水光摇曳；她是白云之白，圣洁而吉祥，也还带着彩虹和雨；她是天鹅之白，飘逸而优雅，叫声洪亮而清丽。她是白璧无瑕之白，是人世间最温润的一种白，是最不容人玷污的一段白……

说来也真是可笑，我就记着母亲的话，真的把她当个小媳妇一样了。如果外出，想放下她在家里的时候，我就会想起母亲的泪，就赶紧把她带在身上。白天带在身上，睡时放在枕边。失眠了，就轻轻地摩挲。说是摩挲，其实是爱抚。抚着，抚着，不知不觉就睡了。睡了，手还放在她的封面上，就好像是拉着她的手，一起向梦的田野上走，在梦的田垅里对着谷苗看那个“谷”字。那个谷字是那么清清秀秀，打苞了，秀穗了，金黄的谷粒崩黄颗了……

醒来的时候，就翻开，字字都是金子，字字都有生命，字字都有灵性，字字都是那么娟秀，那么清雅，那么智慧，那么神圣。字字都有个心，字字都能引着我走进历史的烽烟，走向仓颉，走向盘古，走向女娲，走向人猿揖别的时代。字字都迸发着石火与金属的光，带着黄河的涛声，带着大漠的风，带着春天的雷，带着夏天的雨，带着果实成熟时的开裂之声，带着雪花飘落在林间的那极其细微的声音。梦里，我依稀听到过我的民族向前的脚步声声。即使梦醒时分，我仿佛也还能够从她那里听到我们的父兄为争取民主与自由的一片呐喊之声。我的心，会因她而激荡，会因她而舒缓。我的胸腔里，一会儿如风云际会是因为她，一会儿又如兰若静穆也是因为她……

然而，让我一辈子都痛心的是，困难时期，肚子都饿得咕咕叫，哪里还顾得了字典啊？我就把字典藏在了小屋楼上。母亲发现了，母亲掉泪了。母亲说："你把字典搁起来，你肚子就不饿了吗？你要一直把她搁起来，你会永远饿，你会永远吃不饱饭！"

我赶紧去小楼上把字典取下来，母亲真是心疼得不得了，一下就把她抱在怀里，泪水就扑簌簌地落下来。

屋子里很静很静。

母亲在不停地哭泣。

母亲哭得竟是那么地伤心，几乎噎得出不上气来，把我的心都哭得一揪一揪的。

那一次，那一场，真是刻骨铭心，有一点让人惊心。虽然母亲一直没有说话，但却在我的心灵里刻了一刀一样，让我永远铭记，那永远是我的人生字典，是我的精神伴侣。正如纪伯伦所说的那样："多少次，正当我独处房中忐忑不安时，她便出现在我的身边；只要我一看见她，不安顿时化为镇静，忐忑心绪随即转为舒展坦然……偶然抬头，只见她站在我的面前，正眷恋凝视着我，让时间充满光明与纯美。于是，我头上的乌云消散，喜悦之情顷刻充满心间，生活在我的眼里变成了欢快的乐园。"

她给予我的，永远是心灵的富赡，是灵魂的饶裕。

几十年过去了。纸质发黄了，发脆了，每翻一次，都会掉一些枯黄的纸片。即使用牛皮纸，也无法再把她包装得如当年了。封皮没有了，想包也没法包了。边沿也不齐整了，边角也都成圆的了。有的地方少一块，有的地方却居然可以多出一块来。想找哪一页，没有了。我原以为没有了，不意哪一天却发现落在枕头边。

真是风烛残年了，如一个不时打盹的老伴。

然而，我却不舍得丢弃她，不管新书有多少，她与我的那种情谊，那种恩义，是无法消泯的，也是无法代替的。

其色愈旧，其爱愈深。白天放在我的书案上，晚上置诸枕边。有她，我安心。

岁月如流，多少物什都丢了，我却离不开她。

不管多么旧，她的那本字典里的字永远都是清清秀秀的。

童谣如丝

——藿谷洞往事之一

一

秋天的雨水总是过盛的，不管有用没用总下个不停，下得哪儿都是湿漉漉的。被秋雨淋过的记忆也是湿漉漉的。湿漉漉的记忆似乎总带儿分恬静，却又似是而非。被秋雨淋湿的记忆却永远是一笔宝贵的财富，没有经历的人永远不会知道它藏在哪儿。过往的事情总不会消失得无影无踪，经过雨水浸淫，那些不曾被风雨洗涮了的东西，就像用酒泡过的老红枣，依然甜，依然红，那滋味到老都是难以忘记的。比如地牤牛的叫声：

哞————

就那么一声，或者两声，又往往在宵分时刻，悠长而且深沉，能够穿透夜的两端，把薄暮和黎明连在一起，把房前屋后的梦都连接在一起，给人的感觉总是岁月绵长，无尽而且无奈。再比如那童谣：

紧打锣，慢敲鼓，
山后有个羊拖虎。
我坐凳子你坐杌，
噘着嘴儿打个赌。
一二三四五，
挨着个儿数。
从今数到古，
金木水火土。
哥哥烧火妹妹煮……

还是童谣：

小曼女儿，倒污水儿，
出门拾了只小耳坠儿，
回到家里没地儿放，
悄悄给了小女婿儿……

是不是有一点哀怨，有一点凄婉？

二

然而日子却永远那么安静，那么让人向往。

童谣喂养的孩子们，心灵总那么明净，那么清澈。

时至今日，我们藿谷洞那些孩子们也还能脱口而出，而且依然那么清脆，那么甜，低低的，轻轻的，像风触到二门楼上那些小小的风铃，悠扬而清越，与暮色共低回。就像是井台周围簌簌散落的小小的金灿灿的柿花，尽管遍历沧桑，依然铿锵有声。

说到我们藿谷洞，便不能不说到我们的小镇。小镇其实也不算小，只是相比较而已。小镇早年属于泽州府凤台县。藿谷洞的女孩子们就独独地钟情了那一个“凤”字，说“凤”字最好，写在纸上是很淑气的，一旦说出来，那淑尤之气就会留存在唇齿之间，久久地散不去。而且，小镇的故事也会芬馥许多。

藿谷洞处于小镇中心，自古以来没有生意行，钱的气味自然远。五爷说，就连那个“藿”字也不值钱。藿，并非藿香之藿，是豆叶菜。豆叶菜虽然粗糙，却绝非粗鄙之物。尤其益于女孩子。女孩子吃豆叶菜手巧，心巧，容光好。既可以养颜，也可以养性，颜如夭桃，性若清汲，娴婉而都丽。于男孩子则可壮筋骨，虎气生生，叩宫而宫应，弹角而角动。虎啸而谷风至，龙举而景云往。大文学家苏东坡不是也是吃豆叶菜写的诗吗？“垂白杖藜抬醉眼，捋青捣麨软饥肠，问言豆叶几时黄？”

岁月无奈，人生无助，还能说些什么呢？所以家家做豆叶菜，秋天做一老缸，吃到第二年五月。

小镇的五月也是相当不错的，虽然饥饿与焦渴并浸，然而毕竟是五月，石榴花开得热闹，满山满坡的豆豆花儿也开得热烈。那时候，虽然饥肠欲断，我们那些孩子们嘴上却总忘不了童谣：

豆豆花儿，满坡开，
大娘想起姐姐来。
打发哥哥去接咯，
红衣老婆不让来……

三

按小镇风俗，五月初一就已经属于端午节了。俗话说“癞蛤蟆躲端午”，就是从五月初一开始的。从五月初一到初五，即使涨了水的池塘也是安静的，既听不到蛤蟆叫，也见不到蛤蟆的影子。有人说，那些聒噪的家伙见屈大夫跳江，吓傻了，吓哑巴了。事实上，那些蛤蟆是怕人捉去装上墨锭，晒干了，治疗疮。

既然已经是端午节了，女孩子们穿的衣服也就越来越简单。碎花小布衫儿，扣子也不系，露出里头的花兜肚，或者红滚肚，艳艳的。白白净净的手腕，白白净净的脖项，都已经绾上了花索。花索也不一样，也不一色。用衣线搓的自然有光泽，自己捻线自己搓的，用野花野草染成各样颜色的，就稍稍暗了些。虽然暗了些，却把皮肤衬托得更白更细腻更娇嫩。头上插一片艾叶，或者一枝菖蒲。眉间，手心，脚心，抹一点雄黄，淡淡的，可以防五毒。

半前晌或者半后晌，女孩子们就会聚在二门里，坐在柿树的花荫凉里缝制香布袋儿，就是香囊，我们土话叫香布袋儿。香布袋里通常都会缝一点香草，香草都是药铺派送的，无非是些薜荔、蕙若、薇芜、荪苌之类。按说女孩子们自己要戴的香布袋是早已经缝制好了的，只是没有戴出来。她们假装还没有香布袋，就再多缝一个，那是预备送给心上人的。既然都已经十三四岁了，心里就都已经有了自己心仪的男孩子了。全镇的男人没有不想戴藿谷洞那些女孩子缝的香布袋的，可是谁又有那个福气呢？

四

秋姐姐，月香姐姐，石榴姐姐，小文姐姐，桂香小姨，都是拜了干姊妹的。豆蔻少女，如水的清澈。可是，年轻的汉们，也许是受那些童谣的影响，学会了，就咧着嘴胡乱编派：

大姐骨绌二姐疤，

三姐四姐把粉擦。

五姐六姐崴崴脚，

七姐像个树圪杈。

到底不如旧时流传的质量高。不过，这样的东西不能叫童谣，只能叫顺口溜，却又很伤女孩子的自尊心。

在那样的年代，十三四岁的女孩子就有自己的情怀了，虽然还只是“伴我情怀如水”。

是的，也应该知耻知羞了。

但谁都没有想到，桂香小姨会抬手打小米妹妹一巴掌，小米妹妹半个脸儿都被打红了，吐一口唾沫也是血丝如乱花其中。小米妹妹也不过只是说了一句，桂香小姨缝的那个香布袋是给哪个“汉们”的，（在这里，我把“汉们”两个字加了引号，意思是，那些也还只是男孩子，还称不上真正的男子汉）其实小米妹妹也并非妄说，却不意挨了桂香小姨一巴掌。虽然只是情窦初开，毕竟都是女孩子，名誉名节都是应该知道的。但小米妹妹就是不服，拿手背抹着泪说：“就是！看气死你！”桂香小姨说：“就不是！看气死你！”秋姐姐赶紧揪了揪桂香小姨的衣裳，悄声说："小姨，不要吧，不要吧……"一场粉黛之争就那那么悄然没有了。

五

除了端午节，女孩子们平时也捻线，也拧绳儿，也拿针捻线像模像样地纳袜底儿，绣花儿。她们都会做女红，但也很会玩，打马，跳圈，弹杏子，发脚脚，过家家，抓子。边抓边念："马耳朵儿，掐三朵儿；放下仨，切起俩；放下俩，切起一；放下一，一把抓。"

然后就结伴去公司场打秋千，去东河滩看星宿，去迎旭桥上看河，去斜纹桥上看冰棱墙，看荷花池。

后来，就散了。毕竟都要嫁夫找主了。你送我，我送你，姊妹们一个个一把鼻涕一把泪的，出阁去了。再见面，就都是亲戚了。

那些女孩子都嫁到哪儿去了呢？三里五里的有，三十里五十里的也有。临走时，不知道谁在二门里念童谣："一斤豆腐二斤酒，打发闺女上轿走，大跺脚，娘拍手，再养闺女喂了狗。"还有："山又高，水又深，手把辘辘骂媒人……"

是不是有一点珠泪凝咽？

然而，都是往事了。

化不开的唐诗

——藿谷洞往事之二

一

往事既然难以淡忘，就把岁月留下的符号写到大墙上，作为孩子们心灵的背景，让它在后代的视野里慢慢消化。比如八音会的谱子：

万花灯　节节高　慢流　大泣颜回
柳春景　葡萄架　收江南　大开门　小开门
红绣针　石榴花……

都是这样，并不整齐，不是一个人写的，也不是一个时代写的，什么字体都有。墙是暗土黄色的，字是用墨写的，也有用石灰写的，也有用木炭写的，都是水墨一样的。还有一段，似乎是一阕《忆江南》，但并不合辙，过一段时间会缺了字，过一段时间又会有人补上去：

水龙吟，尽在藿谷洞。青鼓下山闹端阳，五马驮来五福荣。打雁风入松。

醉太平，踏青小桃红。柳春景好戏牡丹，紧流慢流不相同。招军武夜城。

外路人经过小镇，总要驻足看看。却总是摇头，总是茫然。

还有，像一团一团的云，怎么看怎么都觉得类如野蕨薇笋：

十一月里下大雪
红绫被子暖不热
展开冷，龟缩住热
展开冷，龟缩住热
拉呼咦呀嗨——

展开冷就龟缩住热呀呼嗨，呼儿嗨，嗨……

是谁的创作？是谁的笔体？是不是有点鄙陋？

六爷说，都是化不开的唐诗。

其实是正月十五故事场上哼的一段小曲儿，全曲是《十二月里来》。

二

要说，真正像唐诗一般辉煌的，应该是小镇的八音会。

八音会也似乎是属于藿谷洞的。尽管“耍会”的人并不都是藿谷洞人，却因为老掌皮老槐秀伯是藿谷洞人，家在藿谷洞，八音会时常活动也在藿谷洞，八音会自然而然地也就属于藿谷洞了。

藿谷洞里头有个二门里。绕过二门里，有个井台，几块石头作了井栏，一架老辘辘，一棵老柿树。秋雨绵绵，蝉在树叶底下饮雨。一道干砖矮墙，墙里头有棵梨树，梨儿垂垂，挂些雨水珠儿，显得满树晶莹，那就是梨树院。早晚都会有“疙嘀哒，疙嘀哒”的声音从梨树院传出来，那是老槐秀伯在练打鼓板。老槐秀伯早晚都要练打鼓板，尽管已经是个名气很响的老掌皮了，但他却说他必须练，不断地练，手腕才能硬扎，才能有力，才能把鼓板打得有板有眼，清脆，干练，一丝不苟。一根火柱，一双筷子，把火柱插在地上，端坐在杌子上，拿筷子敲火柱疙瘩。一敲一个时辰，声音单调，却有节律。像敲冰，有些冷，却脆爽。那筷子准确地敲在火烓疙瘩上，两根筷子中间仿佛缠了薄薄的一片蛛丝，筷子与火烓之间就有了一种缠绵，一种柔韧，绝不断，扯不开，不但好听，也好看。只要有时间，我总会跑到梨树院看老槐秀伯敲火烓疙瘩。

三

对于八音会，藿谷洞人不叫演奏，叫“耍”。耍八音会。一个“耍”字，余味深远，是不是有一点闲适？有一点潇洒？而且又那么放得开？

平常时候“耍会”又叫“格研”家伙。格研，怎么讲？是不是有点生僻？有点古奥？不用注释你也懂，那是藿谷洞人的文化涵容。

闲适也好，潇洒也好，没有哪一个不是庄稼地里的忙人。抬犁掇耙，摇楼撒籽，扬场放碌碡，不管粗活细活，他们都会，都是好把式。

藿谷洞人文化程度不高，不可能人人都读过《三字经》，但“匏土革，金木石，与丝竹，乃八音”，他们是知道的。至于“诗成六义备，乐奏八音谐”，“八音迭奏，雅乐并作”，“风霆怒而江河流，六骥饲而八音和，春晖秋明而海澄岳静也。曾点之瑟方希，化人之酒欲清。”这些只有六爷能讲出来的古话，他们没听说过，也不懂。但是，他们却懂得，要想把八音会“耍”好，必须谙熟谱儿。

八音会的谱儿很丰富，乐器也多，五声八音，“耍”起来不亚于大型乐团的交响。整天都在地里侍弄庄稼，还怕歇一小会儿呢，他们也会凑在一起，念谱儿。拍着手，拍着膝盖，击节而歌，依拍而吟。

虽然都是熟烂了，但他们却总是念，总是“合四一上尺工凡”的吟而歌之。那音韵儿越过河水，越过溪流，从北岭传到南岭，再从南岭响到北岭，最终会融入故乡的山山水水。

四

耍八音会的人不光要侍弄庄稼，还要担山迈岭。一担“老锅”，一担香炭，一肩挑到清华，换些布帛，油盐，趁晚上赶回来耍八音会。

担山的，务农的，晚夕归来，蹲在小河边，洗一把脸，涮一涮脚，听到锣声响，累也消了，乏也解了，回家喝两碗豆叶菜羹，匆匆到梨树院耍会。

要会大都在晚上，有月借月光，无月借灯光。在院墙上燃一盏大“碗灯”。半碗麻油，几根粗捻，黑烟伴着灯焰，半明半暗，忽明忽暗，似乎有一点神秘，也算是一种特殊的艺术氛围吧。

先筛锣。我们藿谷洞人叫“筛金”，也叫“捣筛”，也叫“捣金”。最好是那一个“捣”字，似乎有点野，有点狂放。然而非“捣”不出精神。

既然是“捣”，性格柔弱膂力差的小伙显然是不行的。要壮实，要为马打掌的富台那样的人。再烈的骡马，只要富台过去摸一摸，便抿了耳朵，乖得像个孩子。

富台捣金不光凭力气，他也很会制造氛围。“捣”金时，先把大铜锣提起来，把捣锣骨朵高高举起，却久久不肯捣下去。他在等。等什么呢？当人们眼睁睁以为他就要把那锣骨朵捣下去的时候，当人心都提到嗓子眼的时候，等人们都快憋不住的时候，那大锣骨朵才会“咣”地一声捣下去，猛然间，金光四溅。

是的，那头一声就很惊人，很惊心动魄。人心都会随着那金色的频率一起颤抖，一起颠晃，一起震荡。

头一声铜锣声余音尚未消尽，人心也还震荡未已，接连就是“咣——咣——”两声。

一片肃穆。场院里无有咳唾之声。

肃穆中，老鼓“轰隆隆隆”地响起来，如雷滚动，由远及近，揪着人心，滚过头顶。这时候，只见老掌皮老槐秀伯手中的鼓槌在半空中轻轻一点，那雷电顿时在半空中炸开，一时众器毕响，金石争鸣。

《大盘头》似滔滔黄河，经壶口，穿龙门，带着上苍的旨意直指东海。

《小盘头》似太行群山，雄浑，峻拔，孤峰高岸，壁立千仞，辉煌而壮丽。

倏尔，转牌《忽雷炮》，如秋夜沙场，单见铁骑纵横，刀来枪往，如北国的雪，塞上的风，高亢，激越，犷悍而猛烈。

说是精神，也是性格。

高潮时，只见金光跌荡，所有的铜乐器起向空中抛去，翻腾着，旋转着，那一刻，仿佛金色的星光在纷纷下坠，绚丽的彩虹在交织在飘舞，缤纷的花儿在原野上一起开放；晋普山下所有的沟壑里的细流统统汇聚到大箕河，高擎着浪花，咆哮着，汹涌着，欢呼着，跳跃着；马群在草原上狂奔、在山坳里嘶风；世界上所有的鸟儿在朝凤，在争鸣……所有的家伙落到手上，还有最后一响，如悬崖收马，戛然而止。

一点灯火，一片阑珊。

众响齐歇，一片沉寂。

似乎一切都在蓄势。

五

沉静片刻之后，像是“风起于青萍之末”——丝弦管簧动了。

藿谷洞人叫大锣大鼓为“粗家伙”，也叫“上场家伙”，“武家伙”。叫丝竹管簧为“细家伙”，也叫“文家伙”。细家伙自然要细，文家伙固然要文。然而，细也好，文也好，都还是“耍”，“耍家伙”。既然“耍”，就要耍得开，耍得潇洒，耍得风流自在，耍出高格调。

武家伙如酒，文家伙如茶；武家伙如道，文家伙如佛；武家伙是夏天的雨，文家伙是冬天的雪。武家伙逸性奔放，文家伙一任逍遥。耍武家伙用力，把力气用足，要耍出野性来；耍文家伙用心，用情。情动于衷，声发于外，要耍出内容来。

“凡音之起，由人心生也。人心之动，物使之然也。”如之，就有了不一样的境界。

什么是不一样的境界？就是藿谷洞人的品格，像藿谷洞的豆叶菜，淳厚而简朴。

看过藿谷洞的八音会，你才能领略写在藿谷洞大墙上那些老字的真意。吃一餐藿谷洞的豆叶菜，你才能够领会藿谷洞人的精神品质。

便也如般若三昧，那是需要参透的。

蓄势既足，老掌皮老槐伯早已把老鼓箭换了小鼓箭，小板鼓就“疙嘀哒疙嘀哒”响起来。大锣大鼓不再狂放，铙钹也不再嚣张，各样乐器仿佛熬过十年寒窗，略略带些斯文，带些温良或者温情。《万花灯》《飞江南》《五夜城》《紧流》《慢流》《满字花腔》《水龙吟》，一个谱儿就像一片云，就像一片霞，氤氲在久寂的街巷里，徜徉在荒芜的小路上，顾盼神飞，却又风雨兼程。

阴阳与昏晓更替，时间与空间交织。

一忽儿是洞房花烛新月初升，一忽儿是秋声四起黄叶飘零。最让人感伤的曲段，仿佛嫠妇跌进了晚秋或者冬季，暗夜无边，且有稚子号寒，无助的母亲只能掩面啜泣。先前龙腾虎跃的生气影儿都没了，有的只是向晚的一缕炊烟，袅袅地、细柔地、荏弱地，伴着天空中偶尔一星半点的冷冷的雨。

然而，夜深时，毕竟要结束了。来一段欢快的，人欢马叫，笑声盈盈，让大伙抹尽眼泪，笑逐颜开，仰望着满是星斗的天空，希望明天是晴天。

小镇烟雨中

——藿谷洞往事之三

一

秋雨如烟。站在藿谷洞口看我们的小镇，烟雨迷离中像一泼水墨，有一点淡雅，有一点质朴。一帧天然图画，可谓风雨故园。

藿谷洞是我们村子的中心，南来北往的客人都会从藿谷洞经过，因此藿谷洞一年四季都异常热闹。

一日三餐，庄稼人会蹲到藿谷洞底，一边吃饭，一边议论天下古今。意见不合时，会莫名其妙地梗着脖子红着脸吵，似乎那本就糊涂的历史旧账必须由他们来弄清楚。吵声还没有结束，便又称兄道弟起来，三拳两胜喝一壶酒，或者杀上一盘象棋，或者搭把手抬一抬那块做根基的石头，乡情，友情，邻里之情便有了热热的暖暖的一抱。

藿谷洞最有趣的是雨天，不论男人女人，都到藿谷洞底下，不是为了避雨，是看雨。不管是冬天的雪，还是酥酥春雨，或者盛夏的暴雨，或者桂月的秋雨，那是他们最好的娱乐节目。因季节不同，感受也不尽相同，但心情大都是愉悦的。不要以为村人不懂艺术欣赏，他们只是不会那些文诌诌的说词和表达，他们心性中都有一朵盛开的艺术之花，他们的生命里都有美的韵律与美的潜质。他们看雨，看雪，能看出他们日常无法据有的愉悦。一边看雨，一边笑，他们知道他们田地里的庄稼正在雨中成长，正在雨中成熟。

没有雨的时候，他们就在藿谷洞底下听说书。听《三国》，听《三侠五义》《大小八义》，听《封神》《水浒》和《东周列国》。

晚间，书场散了，就在藿谷洞口的大槐树下或坐或卧，看参横斗卧，说牛女嫦娥，说："天河调角儿，南瓜豆荚儿"。那是他们希望的日子，是属于他们的秋天。

那个时候，我也在其中，与大人们一起，听故事，看星星，跟着大人们学着说"天河调角儿，南瓜豆荚儿"。那个时候的我虽然只有十来岁，却已经读过《薛仁贵征东》，我就给他们讲薛仁贵，讲薛丁山，讲樊梨花，讲盖苏文和张仁贵。他们一边听我讲，一边笑着夸奖，说“从小有个胎儿，长大作个官儿”。他们看着我长大，希望长大的我作个官儿。但我却有一点让他们失望，长大了的我依然是个说书人。

夏天的夜间，在人们睡得很熟的时候，也许会听到有人喊：涨大河了！看河啊！

于是，人们便从梦中醒来，便从床上爬起来，掂一件衣服，揉着惺忪睡眼，跑到藿谷洞口去看洪水滔滔，看大河奔涌。我当然也会跑出去看河，但我想得最多的是，等洪水落下去，就去河里摸冲下来的小鱼，或者捉蝌蚪，逮青蛙，捉螃蟹。

藿谷洞有着我儿时最美好的记忆，我觉得世界上最美的地方就是我们的藿谷洞，那是有诗为证的：

大箕好，
好个藿谷洞。
春天看雨秋看风，
夏天最好看彩虹。
雪天暖融融。

二

与藿谷洞对峙的是蝴蝶山，蝴蝶山在村南，一道山梁，如眉，如黛，中间陡然突起一个小小峰峦，高可百步，状若嫩乳。

蝴蝶山巅平如削，广可驰马，山顶之上独生古松一株，身可数围，冠如华盖，夏至三伏，清风飒然，村上的老人们带一领竹席，沽一壶酒，在村边小河内捉几只螃蟹，策杖登山，展席而卧，一边乘凉闲话，一边听松风如涛，一边啜酒消暑。酒气逸散时，便会引来一对对美丽的大蝴蝶翩翩飞舞，跟着来瞧热闹的男人女人看得眼花缭乱，乐得心花怒放。不知是人在画中，还是人在梦中。至月上东山，星斗满天，也还是不肯下山。那场景我经历过，虽然年纪小，至今也还记得，那时候我也是陶醉的，也不知道是在画中还是在梦中。那也是有诗为证的：

大箕好，
好个蝴蝶山。
风走松声花亦鲜，
霜凝雁影月不残。
星月好璀璨。

三

从藿谷洞口向西望过去，巍峨的晋普山端端正正像一幅屏障，挂在小镇西边。黎明时分登上山顶，据说可以看到黄河。青蓝色，淡黄色，桔黄色，褐黄色，紫红色，一条条的影子，一片片的颜色，一会儿漪波纹澜清晰可见，一会儿又漾漭无际浑沦不清。到底是黄河，还是早晨的霞光云影，没人去理会，只说那就是黄河，能在自己门口看到黄河，望到自己民族的摇篮，那是骄傲，也是自信。

说到晋普山，就不能不说到小雨点的故事。

初冬的时候，一个小雨滴，从天空落下来，落到晋普山李卫公庙大殿的屋脊上，被屋脊隔开，摔成了两半个。一半从后坡随着水流入了沁河，一半从前坡归了丹河。二水泾流，殊途同归，相逢于黄河，合欢于大海。是的，很像一个童话。也有人说是一个很美的爱情故事。去大箕采风的女孩很担心，说那要是哪一半在途中被太阳晒干了呢？或者让牛羊一口喝了呢？那可怎么办呢？那不就很悲惨了吗？不过，相逢也好，悲惨她好，总归都是爱情故事。我是非常想让我的家乡，我生活和生长的地方，多一些爱情故事，多一些童话。没有爱情故事和童话的地方，好像是很干涸的。

小雨点的故事饱含诗意，让晋普山有了另一种巍峨。

晋普山生黄芩，松萝，雏菊，都可以采来当茶饮。也有灵芝。灵芝珍贵，又很难采到，所以每年五月端午节五更天，养牛人家会相约到晋普山放牧，说牛一旦吃到灵芝，就会生病，也如病蚌生珠，病牛会生牛黄，牛价可就成了天价。我常常在梦中被那吆喝声惊醒，心里便对那些牛犊生些许怜悯。

晋普山腰“松林积雪”，是晋城历史上四大名胜之一。要问松林雪积何处，说法是不一样的。有说山高气温低，炎夏会有雪积于松林之中。有说大殿佛像后有个雪窨，老和尚冬天积些雪在窨窟中，经夏不化，有客造访，化水煮茶。有说松林中的沙子和岩石为白色，尤其到晚间，尤其雨过新晴，尤其月色溶溶，松风飒然，流泉淙淙，月影婆娑，松林中一片“白雪皑皑”，像一个小巧的安乐椅上斜倚着一位白雪少女，正在阅读一本大自然的书，风情万种都在那山水之间。说到此处，我理解了那个松森积雪，其实就是冬天的雪，“明净如山积雪”，此之谓也。

松林寺的松树与别的地方的松树是不一样的。松林寺的松树都是平顶。传说松林寺老和尚将离寺云游，把一个聚宝盆埋在松树下，那是他的镇寺之宝，云游回来找不到怎么办啊？他就把那棵松树顶掐掉做了记号。然则待他云游归来，万株松树全成了平顶，聚宝盆永远埋在了晋普山中，盆中之宝都变成了传誉天下的兰花香煤，据说成了英国女王烧壁炉的最佳燃料。

松林寺下边，便是康熙年间的一处“巉崖镌题”，我之所以叫它“巉崖镌题”，因为这和天下的“摩崖石刻”不同，山崖是原始的，是凹凸不平的，绉绉巴巴，像一张饱经风霜的老人脸。镌题是一首诗，加上题款，近两百字，在高170厘米，宽430厘米的石崖上，大草，行书，楷书，篆书，字体不一，大小不一，让人看了也会顿生感慨：字是怎么写上去的呢？又是怎么刻上去的呢？

传说秀才与老石匠竞技，秀才指着凹凸不平的石崖说，我能把字写上去。老石匠说，你能写上去，我就能凿上去。你写到哪，我凿到哪。秀才尽管笔走龙蛇，却没有难住老石匠。秀才罢笔，老石匠停凿。一笔一画，丝毫无损，字字工整，流传至今。

传说只是传说，奇迹让人叹为观止。崖石苍苔斑驳而老迈，那字却一直是那么凿痕清晰而新鲜。每当春天，崖畔上那一丛迎春花会开得很灿烂，枝儿垂垂，把那一个石崖装点得像一帧字画，游人不断，懂字的看字，不懂字的就看那出奇的功夫，也会情不自禁地赞叹大箕地灵人杰。有诗为证的：

大箕好，
好个松林寺。
六月寺中赏白雪，

三春北寨品篆字。

都有好故事。

四

与“巉崖镌题”隔一条小河，便是玫瑰天主教堂。1914年从荷兰来的雷神甫，修筑在一整块叫做“真龟探水”的巨大岩石上，村上人叫小寨，因为寨墙有雉堞，所以又像一个古堡，像一座城。远远望过去又很像一艘大船，挺樯桅，迎旭阳，正朝着东方乘风破浪，就要驶过村子东边的迎旭桥，顺着丹河，驶向黄河。

村子东边的迎旭桥，百米大跨度的拱形，像一道彩虹，飞架于青山之间，桥帮饰以虎头，桥拱处有黄花条凌空垂下，桥下水流潺潺，蜿蜒于蓝幽幽的青石之间。溯河行百步，有巨石如天外飞来架在水面上，上镂四个字：中流砥柱。村人谓之小桥。河水经小桥如穿隙而出，水花洁白，水声嘤然。旭日初升时，站在小桥处眺望，青山巍巍，飞桥凌空，或黄花绽开，或雪花冰花挂在青藤之上，实在是人间美景。尤其是月初的傍晚，明熠熠的一弯月牙儿与东岭上的古塔相伴，光芒投射在河水中，犹如千万条金蛇齐舞。到这里来的差不多都是青年男女，说说笑笑，逗逗闹闹，说是看景，倒不如说是“人约黄昏后”更为恰切。有诗为证：

大箕好，
好个迎旭桥。
桥上莺语桥下笑，
多情无情都不恼。
转身过小桥。

五

为了装点河山，乡人真是别出心裁。一跃便可过去的一条小水沟，也要架一个桥。不知道架桥是为了过水沟方便，还是做那么大一个桥的艺术品没有地方放，放在这里恰到好处。或者说，大概有了那座小石桥，那山水间也就有了中国古代国画中的无限含意了。二十四根花岗岩石条，是暗喻二十四桥吗？是借二十四桥的风韵与故事来丰满自己吗？六根岩石作柱子，三根岩石做横梁。桥面并不平铺，五块岩石作一组，中间坦平，两头低下来，这一头斜过来，那一头再斜过去，美其名曰“斜纹桥”。俯视为斜纹，平视却一线水平。那造桥的工匠不光有技术，而且懂艺术，看那其中的学问，是既通建筑学，又通几何学，还通透视学原理。桥旁掘一水池，名曰“莲花池”，再种几株莲花，莲叶田田，莲花清香益远。莲花池的墙壁为乱石所砌，却又一定要砌做冰凌一样的花式，因此又叫冰凌墙。每当走那斜纹桥上，总想驻足看一看，想一想，再远处眺望一番，再仰起头来看看天，看看周围的树木与花草，想一想距离不远的秋木洼山庄，想一想当年的王泰来。

王泰来，只是明清时期的一个商号，它的主人叫王自振，几代人都在朝中做官，都做阁老。但他家里却是商人，有王泰来这样一个商号。银钱多到康熙国库的两倍甚至还多。传说他家里有金锹银镢，不管在哪里，还怕在船舶上呢，只要铺上三尺厚的黄土，挖一锹是金，撅一镢头就是银。他为去河南修了一条古道，据说人工伙食一顿要吃去一担二斗胡椒。他的母亲想去北京看看金銮宝殿，他说就在家乡给母亲修一个，就真的修了一个，叫“假北京”。那斜纹桥就是假北京的一个小景点，点缀着秋木洼山庄，雅致，古典，自然。我看过那石柱上镌刻的字：道光十五年。我走过那个小小的斜纹桥，我在那桥上望过云，望过月。那小小的斜纹桥已经没了，农业学大寨的时候，不知道碍哪里事，拆掉了。今年，我从那遗址走过去，仿佛看见那个小小的斜纹桥依然还在那里，在那小小的水沟上，我也还站在那个小小的斜纹桥上。

然而，那小小的斜纹桥是真的不在那里了。我也不在那里了。但斜纹桥的影子还在那里，我的影子也还在那里。那小小的斜纹桥就那样，一直陪着我的影子，我的影子也一样，一直那样陪着那个小小的斜纹桥。至于斜纹桥，也是有诗为证的：

大箕好，
好处最动情。
冰棱墙下听月落，
斜纹桥头看蝉鸣。
冷荷护秋萍。

六

小镇东南的山嘴上有一座小庙，进山门，双正殿比肩，这在中国庙宇史上大概是罕见的。庙外有个凤凰影壁，影壁跟前有一丛竹子，紧挨着影壁，是魁星楼。魁星楼下是一个阁子，穿过阁子可以到尹街岭。阁子上的题额是两个字：月路。循月路而上，有个雨花台，雨花台对面是戏台，我们叫舞楼，东西两边有看楼。

名曰小庙，小庙本不小，之所以称它小，是对村子北边的大庙说的。大庙又不大，因为是玉皇庙，所以尊大。雨花台上隐约有个灯，晚钟响过之后，依然亮在夜色中，显得遥远，缥缥缈缈，好像天边的一颗星，小镇永远够不着，也追不上。

遭遇兵燹，遭遇历史的风刀霜剑，没有了高塔，没有了古松，也没有了斜纹桥和冰棱墙；没有了我童年的故事，也没有了我遥远的梦中家园。若非迎旭桥，若非北寨那一片老字，在茫茫苍苍的风雨中蕴藏着的一丝温暖，我真的会不知道哪里是家。

往事如烟。但好风好俗依然在。屋里屋外总是窗明几净，场院街道总是收拾得干净整洁。南来北往的过客尽管走，走累了就歇歇，喝口水，打一尖。倘遇天黑不识路，不用慌，村人会送你一程。对此，最好还是以诗为证吧：

天下好，
最好数大箕。
无尘小径任客过，
如画栋梁邀燕栖。
暖风温乡闾。

七

他年，也就是明清时期，小镇上生意不少，铺面大都集中在后街和小镇的东边，方炉、红炉和炒炉，都是后半夜点火，赶中午出火。点着火的时候，那才真正是炉火动天地。出火以后，就死灰如冰了。

方炉、炒炉、红炉，功能是不同的，你若问钢铁是怎样炼成的，只去看此“三炉”作业就知道了。方炉像个小小的池子，前半夜只有蓝色的火苗在池子上边跃动，就像是水池中鱼儿在水中跳跃时时带起来的水花。到后半夜扇起鞴来，立刻就是火苗呼呼。鞴，是不是就是老子在《道德经》中说的“天地之间，其犹橐龠乎？虚而不屈，动而愈出”呢？

“呼哒呼哒”，鞴一直响到天明，“出火了！”炉头发一声喊，大铁钳子夹了矸锅，把铁水倾在模子里，铁器便铸成了。再把生铁投到炒炉里，把生铁炒熟，才好锻打农具家伙，菜刀，勺子，铁钉，马蹄掌。

晚饭后，前街和后街的灯火显得见小镇的繁荣。

小镇坐北朝南走东西向，一条河，一条街，平行于镇之中。过了河，从藿谷洞进去再出来，看到的是街两边河两岸的铺面，煤公司，铁总处，红炉、方炉、炒炉，染坊、药铺、盐店、油坊、磨坊、剃头铺、木作铺、粉货店、金货店、前当铺、后当铺、振兴永、日用杂货店，三合义车马店，起火小店，小镇算不算得上一个“水旱码头”呢？士农工商，烘火，热闹，繁荣，和平。贫富虽有不同，却各有各的劳碌奔忙，各有各的悠闲自在。

每次回故乡，乡邻从未因我离乡日子长久就与我生疏。东邻大娘家吃碗素扁食，西家婶婶那里喝碗米淇，喝碗玉茭豆儿，或者喝碗米汤，让人感觉着那乡风乡俗依然是那么醇厚，那乡亲乡情依然是那么温暖。这个么，当然也是有诗为证的：

大箕好，
好风吹四季。
乡情似水能消渴，
乡俗如醪可充饥。
都是好邻居。

和　哥

一

和哥姓孔，小名小和，大名孔宪文。

在我们村子里，一般都喜欢叫小名。至于大名，叫的人和被叫的人或者大都有些身份或地位，不是文化人，便是生意人，或者当官。有了地位有了身份，似乎就有了尊严，就再也不可以叫小名了，叫小名他们会害羞，会觉得丢人，会有一种耻辱感。就好像你知道他们小时候也穿开裆裤，也吃过粑粑。粑粑，我们这里的土话，就是小孩屎。所以对于有身份有地位的人只叫大号。虽然带些尊重，或多少有一点敬畏，内心里却很鄙视。但他们自己，却认为很抬举，他们相互抬举，抬举人，也抬举自己。

而对于一般村民，即使叫小名也很少连名带姓一起叫。带了姓叫，比如“孔小和”，听起来庄重，却有一点生硬，有一点冷漠。不但不带姓，也尽可能不带“小”。倘若带了“小”，就会显得轻蔑，或者疏慢。有更甚者，或是带了怨气怒气的，或者是带了仇恨的。只叫“和”，是亲切，是亲近，是平易，是随和。在我们庄稼人，似乎只要亲近与随和就够了。所以我的父亲总是叫他“和”，我则叫他“和哥”。

毕竟是孔氏后裔，和哥也读书，也识字。和哥读《红楼梦》，读《西游记》，读《水浒》，读《三国演义》，也读《三国志》。不光读，还常常念。自己念，也念给人听。夏天的树荫凉儿，冬天的火边，他拿着书，一段儿一段儿念。他念书不像我们念书那样，他念出来的声音很好听，像吟唱，把字音拖开，拖得婉曲细长。他并不是念给他人听的，他只是自己念自己的书。庄稼人虽然听不懂他念的什么，却喜欢听他念。大概觉得念书的声音好听吧，或者因为自己没有念过书，想感受一下读书韵味和气氛以解未曾念过书的饥渴。和哥有时候会放下书，讲一段书里的故事给人听。不管哪一段，他都能讲得很耐听。

和哥没有上过学，不知道他怎么就有那么多的“文化”，在我们小镇上，他简直就是一个谜。和哥既然认得那么多的字，也就应该算个文化人，可是和哥有文化却没有地位，总是在我们庄稼辈里转，因此人们就只知道他的小名。至于大名，大概自从起了那个大名就没有人叫过，只是徒有其名而已。我们许多庄稼人都是一样的，起个大名，都被湮没在岁月的烟尘里。

我知道和哥的大名，是在清队时。那天黑夜村上开会，黑压压的人群里，治保主任猛然喊了一声：“孔宪文！”从此，我知道和哥大名叫孔宪文。不过，让我想不通的是，治保主任喊孔宪文时，声音虽然并不比喊其他人低，也是一样地严厉，一样地让人惊心，但我却听得出来，那一声很严厉的喊声中却隐隐带有一丝颤音，夹杂有一点柔和。我不知道别人听出来了没有，我听得很分明。这在我，也永远是个谜。

然而，和哥总算没有白活，终于有机会让人喊了一声大名了，虽然有一点让人胆寒。不过，和哥却很平静。和哥平静地答应一声“到”之后，治保主任接着就让他站了出来。

和哥仅仅站出来过一回，之后便没有了下文。治保主任那一次之所以让他站出来，是因为他当过兵。至于当过什么兵，大概都说不太清楚，所以只说他当过兵。当过兵，却没有摸过枪，没有上过火线，因此也就没有罪恶，所以也就只是陪着其他对象站了一夜。那一夜，和哥始终是平静的。和哥的平静并非对抗，和哥的平静是和哥的素养，是和哥的自信。

二

和哥家住在码头上。

偏安在山坳里的一个村子，能有“码头”，好像很了不起，其实我们所说的码头就是河堤。我们村子里的河道不少，但七沟八叉都是季节河，平时几乎没有水，一到雨季，山洪暴发，会给村子里带来水患。为了防止洪水，只要有沟河，就会有河堤，我们习惯叫码头。夹河两岸，几乎家家都筑居河堤，但却唯有和哥他们家住的地方叫码头上。和哥所在的码头上，前边是大箕河，右边是后河，两条河夹出一个堤角，高岸若危，很是轩昂，是我们村子里最具气概的一段码头。

我住的地方叫藿谷洞。从藿谷洞到码头上，有两条路，一条是顺河滩往西，走大约二三十步，转身向北，上一个小小的陡坡，就算上了码头了。上到码头上就可以看见一条弯弯的小路。小路弯弯，很瘦，有一点稚气，有一点柔弱，婉若一条古典画痕。

小路上面铺的石头是极其不规整的，但石头缝儿却并没有用泥灰抿死。绕着每块石头的缝隙中，是一圈一圈黄褐色的泥土，疏松的，滋润的，带油性的泥土。宿根草，小棒槌儿，紫色的马莲，淡蓝的冰冰花，把石头块围起来，一圈一圈，像是给每一块石头都镶了一个翡翠的边。不知道是懒得敲打，还是匠心独运，工匠们居然能把那些极不规整的石头块砌得那么好看。石头缝里应时开出来的各色野花总是明媚的，总是笑的。当然也难免有带一点忧郁的，带一点怅惘的。尤其是雨天，纤纤细细，小石径居然像是小青姐姐端午节戴在手腕上戴的花索。

小青姐姐是和哥的妹妹。又白净，又秀气，长长的辫子，细细的腰，有一双好看的眼。但小青姐姐总是把头低着走路，把一双好看的眼睛藏着。当小青姐姐把眼睛藏起来的时候，日子就会显得格外阴郁。

和哥在家的时候，小青姐姐是欢乐的。与她的哥哥，四只小手一起握着一个杵柄，捣碓臼，舂玉米，舂大麦，舂粟米。哥哥是满脸的汗水。妹妹也是满脸的汗水。哥哥与妹妹的汗水会掉到码头底下，掉到河里，变成河水；哥哥与妹妹的笑声也会掉到码头底下，掉到河里，变成水声。难怪小河日日夜夜淌流不断，难怪小河日日夜夜都在叮叮咚咚地唱歌。

在没有和哥的日子里，小石径常年是寂寞的，是孤独的，是忧伤的，只有小青姐姐一个人常常在小石径上徜徉。小青姐姐也常常坐在小石径旁边，倚着那个一句话也不会说的石碓臼，展着一条腿，曲着一条腿，捋辫子，撷花，不时会采一朵马莲，或是一朵蓝色的冰冰花，插在黑油油的辫子上。黄昏显得越发寂寞，也越发忧伤。

忧伤的时代。忧伤的黄昏。忧伤的小青姐姐。还有，小青姐姐忧伤的心。忧伤的小青姐姐一直想等她的哥哥回来。战争不是已经结束好多年了吗……

和哥仍然在外头当兵。当兵就是打仗。一段时间里，小镇西边就打过好几次仗，不知道谁与谁打，只知道枪声岑寂之后，漫山遍野死的都是年轻人。

战争如此惨烈，和哥还能回来吗?

三

细雨霏霏，小石径总是湿漉漉的。踩着小石径走，不用走多远，就会看到一棵柿树。还有一棵，是软枣树。

岭上的，地里的柿树结的柿子叫黍黄柿，个儿大，晶莹剔透。村子里的柿树结的柿子个小，皮色青黄，像个病儿，怎么漤也漤不甜，即使晒成柿板也还是发涩。

软枣树是柿树的母亲，但却又细又瘦，一点也不像母亲，倒像是一个待字闺中已经老去许多岁月的黄花女儿。凭那立在秋风中的影子，倒是很像一个老处女。既未嫁，固是不懂风情，只结些指头肚儿大的小软枣，涩涩地，有一点苦。

但和哥却说，“软”是它的性格；“枣”是它的追求。

是的，谁一辈子不想活得像一个甜甜的枣啊!

然而它却总是涩涩的，有一点苦。那是它的命。

一棵柿树，一棵软枣树，母子二人，就那样立在风中雪中相依为命。

年景不好的时候，堆伯伯会在秋天把一树软枣都“摇”下来，把那柿子用卡杆卡下来，让堆娘娘拿秕谷一起在碾上搁成甜糠，用以度过荒年。年景好的时候，也有没被堆伯伯摇落下来的，就在树上一直长到冬天，皱皱的，黑黑的，样子实在是很丑。

不过总还有一点甜味，那是生命挣扎的结果，总算是有那么一点点出息。

到深冬时候，堆娘娘自会让堆伯伯用杆子打下来，收拾到荆条篮子里，只要有孩子们到码头上去，堆娘娘总要抓一把软枣给孩子们。

堆伯伯与堆娘娘非常喜欢孩子，他们很希望有孩子能常常到码头上去。也许，只有孩子们的嬉闹，方可驱散他们对和哥的思念。

那么，和哥在哪儿呢？早些年的时候，和哥就说一定要去当兵，要自己出去找一个出息。然而，一去多年，竟杳无消息。

码头上太偏僻了。那一棵柿树与软枣树就静静地长在小石径的右侧，树下有一盘石磨，一盘石碾，没有人使用时，石磨与石碾就安安静静地闲在树荫里。

小石径的左边，临河的残墙下，是那个石碓臼，蹲在那里，孤孤地，很执著，有一点风雨不动安如山的意思。

小青姐姐未嫁的时候，会常常倚着碓臼扎花儿。那时候，那些日子，就仿佛都是小青姐姐扎出来的，既鲜艳，又活泛。自从小青姐姐出嫁之后，日子就越发地闷人了。偶忽也会有鸟儿叫，过后却更加岑寂。

四

和哥是终于回来了。

和哥终于回来的时候，时间大概已经是1951年了。遗憾的是，等到和哥回来的时候，小青姐姐已经嫁了人了。

是和哥忘不了家门口的那个碓臼吗？小石径从此也就不再有那种淑静了。

和哥回来的消息在村子里不胫而走，一村子的人都很惊讶。

战争是惨烈的。不管是被抓了去的，还是动员了去的，也不管是哪个军，很多人都没有回来。没有人，也没有音信儿。天南地北，不知道骨肉在哪里，不知道孩子们的魂灵儿都失落在哪里。

然而，和哥却终于回来了。

虽然因为腿病而不得不拄一根棍子，但到底还是回来了。

和哥回来的时候，小青姐姐也曾回娘家来过，拖大带小的，已经有儿有女的人了。回来也只是看看。看看堆伯伯和堆娘娘，也看看她的哥哥。至于小石径，不会再去徜徉了，小石径已经忘了，少女情怀已经不再了。

和哥回来，邻居们都觉得是堆娘娘的一件喜事，便纷纷去看望和哥，去给堆伯伯和堆娘娘道喜。

堆伯伯面容清癯，一撮瘦瘦的山羊胡，一个很温和的老头子。堆娘娘个子大，云盘脸，慈祥如菩萨。

和哥家的院子里长着一棵红果树，高高的，遮了整个院子，阳光只能透过树枝与树叶的缝隙，把阳光一点一点地洒到院子里。树冠太大了，院子里容纳不下，便从西边的院墙上伸出去，垂到小后河的上空。中秋节将要到来的时候，红果还是半青半红的时候，我们这些淘气的孩子们会在后河的河道里用石头子儿砸红果。石头子落到堆伯伯的院子里，堆伯伯先是咳咳痰，然后隔着院墙沙哑着嗓子喊："谁呀？怎么敢往院子里砸石头啊！"听见堆伯伯说话，孩子们便会跑掉。

真是可怜。偌大的一个村子，几百户人家，就只有那么一棵红果树，让一村人巴巴地望着、盼着。中秋节的时候，能吃一个酸酸的，略带一点甜味的红果，那是一种福气。中秋节到了来的时候，堆娘娘会让堆伯伯摘一些红果，她就用水裙兜着，去给邻家发。一家一把，邻家接住，但谁也舍不得吃，留着，以时鲜蔬果祭月。

深秋时候，熟透了的红果会在人们不注意的时候“砰”地掉一个在地上，掉在院子里的青苔上，小青姐姐在的时候，堆娘娘就让小青姐姐把那些落下来的红果一个一个都拾起来，切成片儿，晒干，收藏起来。到夏天，到人们念叨“槐花开，麦根烂，大人小孩都遭难”的那很让人恐怖的暑天，堆娘娘会抓一把红果片，摘一把青青的竹叶，去送给邻居，给孩子们熬水喝，说是可以消暑气，防痢疾。在我们村子里，除了寺庙，一般很少有竹子。和哥的院子里能有一蓬竹子，总让人觉得很稀罕。竹叶青青，不分夏天也不分冬天，即使大雪纷飞，也总是竹叶青青。

堆伯伯和堆娘娘的人缘也还不仅是因为红果片与青青竹叶。堆伯伯和堆娘娘勤劳，善良，慈厚，身上有一种美德，散发着一种光，散发在码头上，一直能散射到四邻之间。

弯弯的小石径是宁静的。码头上是宁静的。宁静的码头。宁静的三口之家。

五

生命最蓬勃的季节是夏天，是一个最让人不得安宁的季节。

夏天，洪水什么时候会有，是说不定的。也不一定在下雷暴雨的时候才会有洪水。有时候太阳还当头照着，人们还在河滩晒着一铺铺的麦子，洪水便会不期而至。

我们把那不期而至的洪水叫大河。

大河来的时候，开路的那一部分，我们叫大河头。大河头是从容的，是悄无声息的。悄声息的大河头像一条大蟒蛇一样，以腹贴地，匍匐在干涸的河滩上，涌动着，蜿蜒着；在河滩干涸的石头缝里，寻寻觅觅。

大河头悄然过去之后，跟着的便是汹涌的洪水，便是澎湃的水声，便是高举着浪花，怒吼着，咆哮着，裹挟着石头与枯树，翻腾着，撞击着，挤挤挨挨，吵吵闹闹，一路狂奔。

不管白天黑夜，即使宵分时候，澎湃的涛声也能惊动全村人。人们都披了衣裳，打了雨伞，跑出来看河，看汹涌澎湃，看洪流滚滚。那水势，那水声，不是一般地恐怖，那是很有一点刺激和恐怖的。看河的人虽然不少恐惧，但总是激动，血也如那洪水，涌动着，澎湃着，奔流着，还不停地呐喊着。虽然激动，却很少有人敢站到河堤的边上去看那汹汹的洪流。胆子大的或许也敢试着靠过去，似乎不往河堤边边上站一站，便不足以显示他们的胆子大，也不能够刺激他们的激情。但是刚刚站过去，便不得不赶紧往后退。只要站过去，他们立刻就会发晕。奔腾的水势，让人有逆着水流往上游飞一样的感觉。起初或者只是感觉，但不知不觉就会站立不稳，就会晕倒，就会掉到滚滚洪流中去。我们都亲眼见过这样的悲剧发生。

从晋普山上扑下来的洪水，与后河扑下来的洪水，正好在码头那儿相遇，相遇在码头的那一个角上，二水相激，砰然可怖。

每当洪水下来的时候，和哥就会把正在读的书放下，拄着那支矮矮的棍子，倚身在码头边那道颓墙上，看那滚滚的洪流，看那汹汹的洪流，听那轰然如雷的水声。临河只倚着一道颓墙，他居然能够不动声色。沿河两岸挤挤攘攘，人声鼎沸，他却只在码头上与残壁相依，样子近乎呆。多少年之后，和哥便成为我记忆中的一个问号：滚滚洪流，为什么在和哥心里就激不起一波涟漪呢？是和哥的心死了吗？

那时候，和哥才二十多岁。

才二十多岁的和哥，心怎么就会死了呢？

不是说和哥想当兵吗？不是说和哥当兵是为了有个出息吗？怎么当兵回来，心就会死了呢？

不过据我所知，和哥的心并没有死。至少，和哥在看河的时候，心是没有死的。当然，他也并没有临河不惧的胆子，他是紧紧倚了那断墙的。那堵断墙，像是码头上的一道老长城，断了不知道几回，又续了几回。太古老了。砌石头的土早已被苍苔紧紧护着，风雨也奈何不得的。和哥就把他身子，他的心，他的生命，都倚了那堵古老的断墙。他是不得不把他的心和生命都倚了那断墙的。

非常奇怪，连我自己也不知道，我为什么总是远远看和哥。看和哥把他的身子，他的心，他的生命，一起倚着那一道很古老的断墙。

有时候，和哥会一个人对着河说话。说是说话，其实很像是吟，很像是唱。我曾经细细听过。和哥哥吟唱的居然是《诗经》，是《诗经》中的《蒹葭》："蒹葭苍苍，白露为霜，所谓伊人，在水一方。溯洄从之，道阻且长；溯游从之，宛在水中央……"

那时候，我不懂《蒹葭》是什么意思，也不懂得和哥是什么意思。我曾经问过和哥，和哥看看我，并没有给我一个明确的解释。和哥只是对我说：人，就像一条河。

和哥说的时候，声音很低，喃喃地，像是自言自语，但我却真切地听见和哥是这样说的。

当然，他说话的时候并没有把脸朝着我，眼睛也没有看着我。他也许不是对我说的，他只是喃喃地自言自语。但我却以为他的话就是对我说的。也许，他是想告诉我些什么，告诉我他所知道的一切，但他却把所有的话都咽回到肚子里，只借着河，说了那么一句话；也许，他想告诉我，他想让我知道，他的心并没有死，他的心也还如眼前的大河一样，是活的，是奔流着的。但是，我当时并不理解和哥的话所包涵的深意。不过，我却明显地感觉到，和哥的心是真的没有死。乃至在我的心里，在我整个人生当中，我都没有感觉到和哥的心是死了的。即使和哥都去世已经有许多年了，我都一直以为和哥的心与大河一样，永远是奔流的，永远是澎湃的，永远是汹涌的，永远是充满活力的。

我在和哥看大河的时候，同时也看和哥，常常站在离和哥不太远的地方，看那一个若谜若梦的和哥。

六

大箕河与后河应该算是两条季节河。

那时候，水是充沛的，虽然属于季节河，春季和秋季，河滩上也会常常有流水潺缓。到了冬天，也会有琉璃一样的冰铺满河滩。

女人最喜欢的就是河，尤其到春天与秋天。

春天，冰刚刚消的时候，河边就会有细草生出，就会有青蛙在水里跳来跳去，就会有蝌蚪在水里游。蝌蚪在水里游的样子，最能激动女人的心。女人们便会挽了篮子到河边去衣裳。洗衣裳的石头圪台儿大都是现成的，如果没有现成的，女人们会捋起袖子，把藕一样的胳膊伸到河水里，在河水里摸几块石头，在水边摆好。摆一块斜的，半截浸在水里，半截露出水外面，好在上边揉衣裳。摆一块平稳的，把双膝跪着，跪在平稳的石头圪台上，好把衣裳在水里摆，在斜着的石头上揉，又揉又搓。把皂荚用棒槌捣碎，把皂角的渣与沫抹在衣裳上，一边翻转，一边用棒槌不槌打。几经槌打，几经揉搓，清澈的河水里就会漂一层白白的皂角沫，河上面，以及整个河滩的上空，都会散着皂荚香。衣裳洗干净了，两个女儿搭把手，把水拧干，把衣裳晾在河滩上。河滩被大水冲刷得干干净净，砂子与石头在太阳底下幽幽地蓝。女人们把各色衣裳晾在蓝幽幽的石头上，晾好的衣裳蓝蓝地粹。大箕河那些女人们，说衣裳洗得很干净，不说“干净”，而说“粹”。

秋天，女人们把沤好的豆叶菜，萝卜缨菜，拿出来在河里淘。淘菜的时候，大概由于收获之后的心情好，她们就都很放得开，又是说，又是笑，话题却又不止说秋天的好收成。秋天的五谷杂粮的色彩和味道，让她们兴奋得秋夜难眠。凉凉的秋夜，月儿弯弯，月光如水，最容易让人动情。她们会给她们的男人们拣着花样做好吃的，新米捞饭，打个鸡蛋，切点葱花儿，炒一大碗，送到男人手上。她们的心里就是喜欢她们的男人。秋夜月光如水，她们会把如水的情意，连同如水的月光，统统泻给她们的男人，她们会让她们的男人们得到无限的欢乐。女人们的心，除了能够放下自己的男人，其他就很难放得下了。她们就只有那么大一个心窝儿。一个小小的心窝儿，是藏不住许多欢乐的，一旦有机会，她们便会把夜间自己男人对自己说的那一句话，那一句能笑死人的话，悄悄说与别的女人，与别的女人一起分享她心里都藏不住的那一点幸福。她们大声说着笑着的时候，笑是真的，说的都是似是而非的，是只有她们才能够听得懂的。她们在用她们习惯用的隐语，相互说她们的丈夫，说丈夫的许多“好”，是让那些女人们活得百般滋润地“好”。她们有时候也会大大咧咧地说，她们会羞得那些知事而不懂事的闺女们低着头，抿着嘴笑。而她们，那些经过世事的女人们，却会不可遏止地大笑。笑声，水声，捣衣声，淘菜声，还有搓衣裳声，和着流水声，会像早春或者晚秋的白色雾霭，散开在河滩上，一漾一漾地荡到村子里。

秋季，秋高气爽，是乡间最动人的季节。在那样的季节里，阳光总是艳艳的。艳艳的阳光能照到的地方，处处是如意，是欢乐，是和平，是宁静。

七

冬季，河滩到处是冰。

镶满了琉璃一样的冰的河滩，整个冬天都是孩子们的乐园。一张张小脸冻得通红，小手也冻得通红，然而搓搓冰一般的小手，笑声就会飞过冰面，身姿像小小的燕子一样，飞过冰面。孩子们会在冰上做出各种各样的姿势，会在琉璃一样的冰面上穿梭一样地滑过来又滑过去。

实际上，结了冰的河滩也不仅只是男孩子的世界，女孩子也会去玩冰。年轻的小伙子与年轻的媳妇们也会去。只是，年纪越大，越是小心翼翼。只是小心翼翼感觉一下冰上的欢乐。

和哥无法走近冰上的欢乐。也像看大河一样，和哥只能静静地立在寒风里，倚着码头上那半截断墙，远远地看。不，不是看，是欣赏。和哥很会欣赏。和哥会欣赏生活，欣赏自然，欣赏人。和哥说，人世间哪儿都好，只是你有没有发现的眼光，只怨你不会欣赏。

和哥说，发现与欣赏，是一种能力，也是一种水平。

和哥说这样的话，让村上大多数人嗤之以鼻。欣赏，不就是看着好吗？还用得着去发现啊，自己家里就有，自家的女人就是世界上最好的女人，就是世界上最好看的风光。

是的，庄稼人，看着自家的女人好，看着自己的孩子好，看着自己的耕牛好，看着自己的那一片田地与庄稼好，看着自己那片低低的屋檐好。这就够了，这就足足地够了。

然而，和哥却没有女人，没有孩子，没有耕牛，也不能够种出一片好的庄稼来。

和哥只能够站在河边的码头上欣赏人家的女人吗？不。他又不像是在欣赏女人，他时时把目光投到隔了河的南岭，与南岭同在的蝴蝶山，与蝴蝶山共风雨的那棵大松树上。他是有所寄托的，和哥是有所寄托的。

堆娘娘在世的时候，和哥的生活上是有依靠的。堆娘娘会给和哥把衣裳洗得很干净，会把豆叶菜在河里淘出来满屋子的清香。然而，堆娘娘去世了。

堆娘娘去世的时候，做了两小缸豆叶菜。为什么一定要做两小缸豆叶菜呢？堆娘娘怎么就知道她死了之后，撇下的这父子二人就一定不能够在一个锅里搅稀稠呢？

八

因为腿病，和哥不可能走到冰面上去。他的腿病无法让他走得更远。但他的心却总是很远很远的，尤其是时间，他会常常说，公元前，或者公元后……

因为不能到处走动，和哥就在他宁静的码头上静静地读书。先前见他读的是三国，水浒，列国，红楼，西厢。人说和哥读的都是“闲书”。但后来读的就不是闲书了。《论语》《孟子》《国语》，都是正经书，虽然到20世纪60年代之后，这些书都已经比闲书还闲了。再后来，和哥读《数学》，读《代数》《几何》，也读《物理》《化学》。冬天到来的时候，和哥就在暖暖的屋子里，在炕头上，他依然一边读书，一边说与我们听。很多都是我们听不明白的，但他不管我们听懂听不懂，他只管说他的，津津有味地说他的。记得有几回他还说到《春秋繁露》和《白虎通义》，说到《礼运记》。他说“天人合一”，说“人者，天地之心也。仁，人心也。人而不仁，则天地之心不立矣。为天地立心，仁也。”说“天地不仁，以万物为刍狗。”和哥说这些话的时候，那些只会拔草根的人不知所云，便会打呵欠，便会陆续走开。我们这些孩子辈的，却会留下来，留下来是想听懂他说的是什么，但终究没有听懂他说的意思。不过，我们还是觉得好玩，像听牛羊叫唤一样，像听鸟儿叫唤一样。我们太没有可以玩的了。

村子里也曾让和哥到书坊去教书。都说和哥肯定会教书，和哥也真的会教书，村干部高兴，学生、家长都喜欢和哥教书。和哥能以教书糊口，堆伯伯堆娘娘也高兴。至于和哥，和哥却说，还不知道能不能教三天两后晌呢。他说他不会在学校待多长时间的。为什么？和哥不说，只是苦苦地笑笑，轻轻地摇摇头。我是相信和哥的。果不其然，教了几个月书，村上就让和哥离开了学校。和哥依然回到码头上，倚着落日余晕，倚着那堵老墙，俯瞰那河滩上的清流不断，俯看清清河水里倒映着的少女和少妇们或者洗衣裳，或者淘菜的窈窕倩影与若素清姿，看孩子们在蓝幽幽的河滩上笑着溜冰。女人们的笑声不时传过来，孩子们的笑声也不时传过来，都能让和哥打一个激灵。

不管看河还是看冰，和哥总没有忘记他的书本，倚着那堵老墙，手里迟早有一卷书。

难道和哥想从书本上找到一条路吗？找到一条没有腿也能行走得很远的路吗？

和哥好像是个谜，和哥好像有个梦。

像河一样，也像冰一样。

九

码头上的宁静，是因为路，路阻碍了孩子们，也阻碍了成年人。

因为路，并不是没有路。去码头上有两条路。母亲们是绝不允许孩子们经过河滩到码头上去的，他们常常担心什么时候会有洪水滔天，洪水吞噬了他们的孩子。至于村子中间的那条小路，是要从那一片庄稼地通过去的。那时候，村子里会有一片又一片的庄稼地。屋宇田舍，不知道哪儿是村子，哪儿是田园。给人的感觉好像那才是乡村，那才是家园，那才是生命与灵魂得以寄存的地方。但是在孩子们眼里，那一片一片的庄稼地却无限广袤，无限幽深。高粱苗小的时候，那一片庄稼地空旷得让有人害怕；高粱长高了的时候，黄鼠狼和狐狸会藏在高粱荫里伺机偷鸡。我就在那里见过一回黄鼠狼，金黄色的，油亮亮的细毛，小小的，样子有一点娇弱，有一点让人怜爱。听母亲说，黄鼠狼没有骨头，腰身柔软得像一个细细的棉花卷儿，只要有个洞，只要风能钻过去，黄鼠狼就也能钻过去。黄鼠狼的胆子是极小的，逃生的速度又快，倏然一闪，就像从黑暗里划过去的一个流星，给人留下的只是一个金黄色的影子。听和哥说，世上最好的毛笔就是用黄鼠狼毛做的，用黄鼠狼毛做的毛笔叫“狼毫”，写出的字来遒劲而方正，这就越发地让人爱怜那小东西。黄鼠狼胆小如鼠，但毕竟是“狼”。乡间传说，黄鼠狼咬鸡的时候，鸡们都来不及叫唤一声，而且也并不见血，甚至连伤口都不知道在哪儿，就能把鸡血吸得很干净。我原先怜爱的黄鼠狼，在传说中变得不光可恶，而且吓人。

除了黄鼠狼，还有狐狸。我虽然没有见到过，但却见到小路边有过一摊一摊带血的鸡毛。大人们告诉我说，那就是狐狸的劣迹。

除了有黄鼠狼与狐狸，还有最让人恐怖的，就是小路旁边那个坟丘。矮矮的坟丘是用青砖白灰砌的。风吹雨摧，青砖不再青，白灰也已经不再白，与荒草一色，远远地看一眼就会让人落胆。

黄鼠狼、狐狸、坟丘，阻隔了孩子们到码头上去的小路，阻隔了我想到码头上去的路。阻隔了孩子们，不能够到码头上去听和哥讲“公元前”与“公元后”的许多故事。

十

自从堆娘娘去世之后，那平和的日子就再也没有了，那温暖的三口之家就再也没有了。堆伯伯与和哥，爷儿俩就端开锅，分开过日子。一人一个灶，一人豆儿大的一个小铁锅，抓一把米，放一点野菜，在锅里熬，熬岁月一样熬。

人生煎熬，岁月也煎熬。

堆伯伯把晚年的余响寄托在锄头上，田间劳动之余，回到家里佝偻着腰烧火、做饭，然后就坐在院子里的红果树底下给自己补鞋。补着补着，就仰着起头看红果树。看着看着，就睡着了。

一点头一个盹，不知道打多少个盹，就回到家里，也不点灯，和衣躺下。躺是躺下了，也拉了那条糊了油一样的被子盖在身上，但却很难入睡。辗转反侧，就从屋顶上的缝隙中望天上银河高秋。迷迷糊糊，天就明了，随着生产队铁板敲响，堆伯伯不得不起身扛了锄头上工。同样做一天活，由于年老体弱，只能挣六七个工分。老人家也有怨言，但怨只管怨，怨却只能背地里言。倘若让队长听见，六七工分就会变成五六工分。

堆伯伯与和哥，亲父子，居住在码头上的一个院子里，却形同陌路，谁也不与说搭话。小院子里黑天白天，只见两个身影晃动，却没有语言声，也没有笑声。不是平静，也不是清静，那是寂寞，人生的寂寞。

我曾与堆伯伯谈起和哥，我很想通过堆伯伯了解和哥。堆伯伯对我说，和哥要是真正去打仗，立个军功也好。但和哥居然没有上过前线。堆伯伯对我说，和哥出去当兵，没有走到前线，就被首长留下，日夜伴着首长的女儿，也写字，也念书。堆伯伯说，和哥的腿，是因为和部队首长的女儿好的结果。好也没有什么，年轻人，都好过。但是，和哥与那姑娘太好了，太相爱了。夏天，在没有关窗户的闺阁里睡觉，着凉了，受风了，腿坏了。堆伯伯说，人家姑娘有文化，就教和哥。和哥的文化，都是从那姑娘的闺房中学来的。

堆伯伯说，和哥隔一段时间就会收到一些从外地寄来的书。每次收到书，和哥都会很惊喜，会以为书里有一封“家书”。但总没有。

那姑娘后来哪里呢？后来怎么样了呢？堆伯伯说他不知道。后来的故事，当然只有和哥知道。但和哥却始终把那故事埋在心里，苦苦地埋在心底了。

听了堆伯伯那么说，我才明白和哥为什么常常倚着码头上那堵老墙看远处，看南岭，看蝴蝶山，看河，看着看着，就喃喃地念《蒹葭》。

“蒹葭苍苍，白露为霜，所谓伊人，在水一方……”声音很小，很柔和，也很生动。每每念时，和哥都会带点郁郁的忧伤。

也就是听了堆伯伯的话，我才知道，和哥为什么从未对人讲过《诗经》。和哥所有的书我都可以翻翻看，为什么独有他枕头边那部《诗经》绝不让我动一动。

岁月尽管煎熬人，和哥却耐得岁月煎熬。苦难悠悠，既不言苦，也不说难。

然而，堆伯伯却终于被岁月煎熬没有了。堆伯伯不是饿死的，是撑死了的。那一年，收了麦子，堆伯伯去碓臼上捣了一碗麦子，连麸带面做了一小锅面片汤。没有油，堆伯伯就捏了颗蓖麻籽在热了的锅底上擦了擦，烘了一点小蒜，放了一点灰灰菜。那面片汤就太好喝了，堆伯伯一气就把两碗面片汤都喝了。但是，肚肠太瘦了，太没有力气了，居然连两碗面片汤也经不住撑。

堆伯伯被撑死了。

红果树底下的那个小小的院子里，所有的故事都是悲伤的。

悲伤的故事，悲伤的人。

十一

和哥当是别有寄托的。守着火，看着锅，手里总是拿着书。不过，那时候手里拿的已经不再是四大名著了。有史书，有医书，也有工具书。有河的时候，就倚到码头上那段颓墙上去看河。没有河的时候，就看书。和哥说，看书与看河一样，都是看逝者如斯。

和哥不教书时，村上人都以为可惜了。一肚子文采，从此就没有用了。不过，事情总会峰回路转。村里的剧团请和哥抄写戏，教演员念角单。从那时候起，和哥也就属了剧团的人。外出演出，大伙总想要和哥一块去，搀着和哥，扶着和哥。剧团上人人都敬重和哥。给剧团上抄写戏文，村里给和哥记工分。当然，戏文有限，工分也有限，不足以糊口。于是，和哥便学会了做木匠活，当然不是大木匠活，大木匠活和哥是干不来的，他站不起来，也没有那个力气。他只能做些细木匠的生活，蹲着做，坐着做。最适于他的，是箍桶，箍水桶，也箍茅桶。和哥箍的桶很齐楚，很耐用，村上人都愿意买。只是，因为活做得细致，一个月或者两个月才能箍一只。不管能做多少，总是能卖几个钱的。因此，他总还是不缺醋不少盐钱。

因为打水困难，和哥曾经说，他想把我们附近的那眼水井改造成手动抽水，但因为缺少一支竹竿，我们又都没有钱买，所以终于没有造成功。

和哥很会过日子。秋天，队里分下粮食来，他就计算好，每月吃多少，大月吃多少，小月吃多少。一日三餐吃多少，过年过节吃多少，夏天白天长，易饥，吃多少；冬天白天短，不易饥，应该吃多少。每顿都用一个小小的容器量出来，一点不可以多，少当然是可以的。偶尔随剧团外出，他就把省下来的那点粮食匀开，匀给这一年的每一个节日。因此，他的节日生活是“丰富”的。他用木板做了许多圆圆的盖子，把用来装粮食的缸缸罐罐都盖得严严塞塞，他说老鼠是绝不到他那里去的。因此，在许多家庭闹春荒无米下锅的时候，和哥却从没有断过顿。

我曾经对和哥说我想当画家，和哥听了很惊讶，说：“当画家？当画家可不是简单事呢！”我问和哥怎么不简单，和哥说：“当画家首先得会欣赏风景。”和哥说罢了，大概觉得有点儿后悔，就赶紧说：“其实，你是可以的，经过一段时间的训练，你会欣赏风景的。”我问和哥自己会不会，和哥说，他只会看河，河滩上的风景天天都是不一样的。

每当我回村的时候，总要去看和哥。我会远远地就喊一声：“和哥！”就与和哥倚着码头上那堵老墙，说我们想说的话。

在我们想说的话中，我最想说的，是想问问和哥，他为什么一直喜欢念那很旧很古老的《诗经》，喜欢念《诗经》中的《蒹葭》，喜欢念“蒹葭苍苍，白露为霜”？

不过，我从没有问过。问什么啊！那不是明知故问吗？

我不想触痛和哥心里的旧伤。

只是，河里的水渐渐少了，后来竟没有了。我也很久很久没有见到过和哥了，也没有听到过和哥念“蒹葭苍苍”那忧郁的声调了。

最后一次见到和哥，是我从城里回到村上去的时候。那时和哥已经七十多岁了，依然拄着他那支短短的小棍子，也依然站得很直，只是有些微微地抖。并不是倚着那堵老墙，而是用手扶着，手搭凉棚，望着我。其实那天并没有太阳。

和哥说：“啊！是坤元来……我眼睛不行了……”

听和哥这么说，我的心就往下沉，有点悲观，有点感伤。我眼前的和哥，仿佛是个梦……

当我再次回到村上，三弟告诉我，和哥死了。

我陡然一惊。问三弟，和哥什么时候死的？三弟说，不知道。谁都不知道。当知道和哥死了的时候，人已经凉了，已经直了。只是，和哥依然躺在他的屋子里，静静地，像睡着了。被子是很干净的，衣裳也是很干净的，身上都是很干净的。书还整整齐齐摞在枕头边，手里还紧紧捏着一本书。

我陡然一惊，问三弟，是那本很旧很古老的《诗经》吗？三弟摇摇头说他不知道。

没有了和哥，码头上的日子很寂寞，很荒凉。

就是那一次，还去码头上走了一走。小路上面依然铺着碎石，极不规整，石头的缝隙中只有淡蓝的冰冰花，秋雨中冷冷的，有了点伤感。

原题《和哥》

《太行文学》2014年第一期

一夕蝴蝶山下梦

我这个题目，原意来自杜牧的《沈下贤》：“斯人清唱何人和，草径苔芜不可寻。一夕小敷山下梦，水如环珮月如襟。”开头两句似乎有一点凄凉，到“一夕小敷山下梦，水如环珮月如襟”，便很明净。这样的人生境界谁人不想？即便是梦，也梦得清迥隽逸。

我们的村子前边有个蝴蝶山，梦自然也就做在了蝴蝶山下，也因此改“小敷山”为“蝴蝶山”了。

梦虽然在蝴蝶山下，却与蝴蝶无关。既非蝴蝶梦，也不是想化蝶。是很现实的，是很世俗的。

囿于说梦，我在这里用了第三人称，阅读起来也许感觉不一样，但我觉得这样似乎更好。毕竟在说梦。

——题记

一

梦，似乎人人都有过。他也有过。

那是他的一桩高考旧事，也算是一个梦吧。是梦，似又非梦。

前些年，报端曾经出现过许多离奇的高考故事，说的都是恢复高考之后的事。他却不同，他的故事比恢复高考至少要早十五年。那时候，他在乡村，正做着一个青年的梦。

那是1964年，一个多雨的夏季。

初中毕业后在村子里待了3年，就想去报名参加高考，是不是有点荒诞，是不是有点不可思议?

消息是从《人民日报》上看到的，是一则全国高校统一招生启示。启示上说，不论什么学历，包括社会青年，均可报名参加考试，全国统一招生，统一录取，统一分配。只要考试合格，就有希望到大学读书。最让他感兴趣的还有两条，记得一条是招生的数额好像要大过当年应届毕业生的数字。再一条是，报文科可以不考数理化。

其实，对于数理化他也并不畏怯。初三全校三个年级12个班期中考试，如果榜示是一轴长卷，如果把那轴长卷的头和尾接起来成一个圆，他将会与缀于榜末的那位同学并肩，不看分数，便会弄不清谁是孙山。

不过，高考的条件太宽了，在今天，人们大概会觉得不可想象。在他的记忆中，那个时候，国家好像有点渴。

就此，他走进了县文教办公室。

县文教办公室里坐着一位逸散着肥皂味的干部，大约30来岁，长方脸，白白净净的，很清秀，态度也好。听说他要报考大学，他表现得非常热情，忙拿杯子给他倒水，一边倒水，一边问他些情况。当他听到他是初中毕业时，他愕然了，他犹豫了，暖壶盖没有打开，杯子也放下了，回到他原来坐的地方，问他："你有把握吗？"

他有些惶恐了，他不知道该如何回答。他站在他面前，样子傻傻的，呆呆的，他不知道该说什么。

他不能说他有把握。兵可以不打无把握之仗，人却不可以说没有把握的话。刘邦说"大丈夫当如是也"，项羽说"彼可取而代之"，我们都是大英雄。唯大英雄能本色。马谡就不同，"志大才疏，言过其实。"草民如他，那样的大话是不敢轻易出口的。如果说有把握，一旦考不上，回来怎么有脸见人家的面呢？他也不能说他还没有把握的话，如果没有把握，给国家找麻烦吗？

不过他有些埋怨那位文教干部了。考试，不是含有"试"的意思吗？所有报考的人，他们都是有把握才报考吗？他们大多数不都是抱着希望，想试一试的态度吗？还有，《人民日报》的启示并没说有把握才可以报考啊？

如果他这样说，肯定能说得那位文教干部无言以对。但是他不能，他没有那个胆量。

不过他还是鼓足勇气，对那位文教干部说了一句：“我是有所准备的。”

话一出口，好像有些委屈，干涸的眼睛里似乎随时都会有泪水滚落下来。

那时候，他有一点惶惚，仿佛是在做着一个梦。

二

难道，他真是在做梦吗？

他怕真的就是一个梦。

然而，他又觉得自己的一生确实应该有一个梦。

一个人的一生就像是一次长途跋涉，没有梦的陪随是会很枯寂的。

清梦也好，俗梦也好，只要不邪不恶，人人都应该有一个。

不管自己的身世如何寒微，不管自己的命运如何蹇拙，不管人世间炎凉如何，也不管头上罩着怎样一片云，只管做自己的梦就是了。

梦自己的梦，做自己的事，不管梦醒何处，只要有一个梦萦中怀，便如抱了一抱玉，那人生自始至终都会很温润；便如怀里有一抱月，那人生自始至终都会很光明。

只要有一个梦，纵然大地一片干涸，怀里便会有一线清流宛然，永远灌润着自己的半亩方塘。路不管有多么长，有多么艰难，因为有梦，走起来便如坦途。尽管荒秽，因为有梦，一路之上便会是绝胜风光。

因为有梦，黄连不苦；只要有梦，冰霜不寒。

看物相，梦者也许极度困顿穷愁，但他生命的内核却永远闪射着光芒，甚至是一片灿烂，一片辉煌。他的心永远是高昂的，心灵也永远是高贵的。一团又一团俗气缠绕着包裹着的那一点点品质，如诗一样，是很美的，是很冲逸的。活着，会顽强地乐观地活在自己的梦里。死了，也会笑向泉壤，安详地长眠在自己的梦里。

那么，究竟什么是梦？梦又是什么呢？

在他的体会，梦是自己的未来，自己的未来也许不仅仅只是一个梦。简而言之，梦，应该是一种抱负，一种情怀，是一种追求，是一种境界；梦，应该是一个人的襟抱，是一个人心灵的憧憬，是生命的创意；梦，是一种人生策划；梦，是自己与自己的约见。它能给人活下去的信心和能量。也如中流砥柱，给人精神世界以最强的支撑。

梦，就像是一个人的太阳。追着自己的梦，就像夸父，即使道渴而死，也还会把那支手杖抛给自己脚下的那片土地，让那片土地生长出一片灿烂的桃林。

梦，绝不是梦幻。梦与梦幻比邻而居，虽然看上去像是兄妹，却有着本质不同。

具体一点说，梦就是朱自清笔下的《绿》，是鲁迅笔下的《秋夜》，是普里斯特利笔下的《初雪》，是林德柯罗连科笔下的《灯光》，是德富芦花的《霜晨》，是屠格涅夫笔下《蔚蓝的王国》，是普里什文笔下那一双《大地的眼睛》……

说到底，梦就是一场生命的运作。可能是诗一样的，也可能是血一样的。

这便是他想有一个梦的依据，是他在自己梦的长途中拣拾的一握珠贝。远远地，追赶着古人的磷火，隐约报着先人们的灵光，那是一个属于自己的梦，一个清澈的梦，一个纯粹的梦。

梦境里的花呀没有严冬！
水样清的月光漏下苍松，
山寺内舒徐地敲着夜钟，
梦一般的泉声在远方动。

这是朱湘先生的一段诗。他同意，而且欣赏。他与朱湘先生的梦是相通的。

颜渊曰：舜何人也？予何人也？有为者亦若是。

他说：有梦者亦若是。

不要睥睨南柯吧，也别轻说黄粱。人生最贱，最没有出息，也最没有意思的，怕是一生连个南柯梦也没有过，怕是连黄粱也未曾梦到过。

连梦都没有的人，心灵世界永远是荒芜的，是干涸的，是一片凄凉。没有梦的人，会是世界上最可怜的人。

“有梦到天涯。”只要是一个有灵魂的人，只要是一个有思想的人，就应该有这样一个追求。

“甘与子同梦。”“牧人乃梦。”——古人有梦，写在《诗经》里。

“昔余梦登天兮，魂中道而无杭。”——屈原有梦，写在《楚辞》中。

“梦觉半床斜月”；“梦断辘轳金井”；“小楼春色里，幽梦雨声中”；“人间一梦晚蝉鸣”……

多么美好的梦！多么美好的境界！都是诗一样的。

其实，没有梦，便没有诗；没有梦，便不会有诗意地栖居，也白费了那位叫做荷尔德林的诗人的良苦的心。

人生如梦——说得多么好！

有梦的人生是美丽的，是甜蜜的。也许会有一点纤婉，但总归是豪壮的。

悲哉梦仙人，一梦误一生——这是白居易对梦“仙”者的一个结论。

他似乎不太同意大诗人的这个“梦”论。

白氏居易的许多诗都富有哲学观点，而且很多时候的很多思想都让人深深赞许。只这一个却不同。白氏的意思是在抨击那一个真实的梦仙者，但白氏却弄错了一个足可以行世的道理。也许他只是以己之心度人之腹罢，白氏与梦“仙”者并不同道，也不“同是天涯沦落人”，白氏不能够有感于斯，而且也不能够明白梦“仙”者之所以兴怀，也如“子非鱼，安知鱼之乐？”

他膜拜孔夫子“知其不可为而为之”的入世精神。他不敢断言世界上所有的梦都是“知其不可为而为之”，但他却敢说，“知其可为而为之”总不如“知其不可为而为之”更神奇，更惊世骇俗。

“知其可为而为之”是稳重，是做有把握的事。“知其不可为而为之”是冒险，是做没有把握的事。

是不是“知其可为而为之”就一定会成功呢？谁又敢肯定

“知其不可为而为之”者必然失败呢？

如果没有人肯舍得自己的一生去追寻，没有人肯冒着“一梦误一生”去求索，怎么能够知道“仙”路是通还是不通呢？

在寻找铀的途中，居里夫人是成功了。但谁又能够知道，有多少先于或者与居里夫人同时代寻找“铀”的“梦仙者”，连“铀”的影子也没有见到，便悄然长眠于自己脚下的泥土之中了呢？

为人类生存与发展，不知道曾经有过多少“一梦误一生”的“梦仙者”，他们也许个个都是失败者，但他们肯以终生为代价，为人类，或者为自己的生命通道，在莽莽荒原上踏出第一个脚窝，就应该向他们的灵魂致敬！

我欲因之梦吴越，一夜飞渡镜湖月——他曾经借了李白的这两句诗，做他的“梦志铭”，紧紧抱着自己的梦，是那种“宁肯枝头抱香死”的执着与坚韧。

三

梦，既非约见，也不是盲目，也不甚绮丽。不过，他的梦有一点如大漠孤烟。为了一个梦，他一生都踯躅在一条野路上。那是他初中时期的一位同学告诉他的。

“你走的是一条野路！”同学对他说。

那位同学读完大学之后在某中学做校长，多年前曾经见过一面，虽然有些生疏了，却还是说了许多话。那些话他几乎全忘了，能记得的就只有两个字：野路。

同学说得很直率，说话的时候也是很善意的，从话语中，他能听得出同学之间那种情愫。甚至言辞之间也还带有一点无以言喻的惘惜。仅仅用了两个字就概括了他的一生，让他有些惊惧。多么珍贵啊，野路！形象极了。准确极了。让他刻骨铭心。竟自后来，他便拿来做了他的一个微博名：卓然的野路。他还想写很多注释那条“野路”的文字，或者可以成为一本书，或者，如果有一天他能有资质修一本自传，他会把“野路”拿来做他的书名。《野路》，不管文字内容如何，光看书名就会有读者。

能从一条野路上走过来，他是幸运的，也说明他的生命力是很强的。他真的很欣赏也很爱惜他的“野路”。

是不是有一点独辟蹊径？是不是有一点“独钓寒江雪”的味道？

在一条没有人走过，或者人迹罕至的野路上，一个人徜徉来去，没有那么多熙熙攘攘为名而来为利而往的人，嘈嘈杂杂，挤挤捱捱，没有那么多利欲熏心，你争我夺，尔虞我诈，你狠我毒。北风呼啸中，即使雪花飘落一朵也是属于他的；惠风和畅，落英缤纷，也都是属于他的。他会在雨中静静地听水鸪鸪点着头一声声地叫，他会靠在山泉旁静静地听那泉水流淌时如古琴上的元音。愿意和他同行的也许是一只老山羊，或者一匹野狼，目之所及也许只是“鹿斯之奔”，充耳所闻也许只是“雉之朝雊”。

“适与野情惬，千山高复低。好峰随处改，幽径独行迷。”是不是这样的呢？

野路茫茫，并非总是山花烂漫。寥廓莽原，有哪一段不是长林荫蔽暗若朔夕晦景？又有哪一段不是旱魃为虐如惔如焚？彳亍行来，不知道有没有遇到过会心一笑，然而心灵的孤独，与灵魂的无依，倒是确定无疑的。无论霜晨还是雨夜，感觉总是一羽孤鸿，要穿越厚厚的带着雷，带着雨的云，却又不知道方向在哪里，目标在哪里。凭着一双疲惫的翅膀不停地扇动，想从厚厚的云层中钻出一条隧道，而又总是感叹关山不可逾越。回首往日，放眼未来，看看脚下，总是茫茫然一片，秋霜一样，冷然的白。

尽管孤帆远影，他还是想渡过河去。而且，他必须渡过河去。

不是漂萍，也不是芝草无根。

四

当然，他是有所准备的。

虽然那个时候的他只是一个刚刚20岁出头的毛小子，但他已经懂得，梦不是盲目，不是暴虎冯河。

他需要有所准备，有所积累。

为了积累，三年之间，或者也许更早一些时候，他就行走在那条所谓的野路上，时而迟缓，时而疾走，像一个耕者，像一个樵夫，为的是怕自己置梦于其中的那一方芝圃拥秽荒芜。

他不相信“唯有读书高”，但他却坚信“书籍是人类进步的阶梯”，他所有的准备和积累就是读书。

在那些年月里，书极其匮乏，也极其珍贵。他由此真切体会到古人为什么会“敬惜字纸”。他也是。即使现在，他仍然不敢轻弃。虽然许多书都已经成为一种累赘和麻烦，但作为一个文化人，那是确定他与文字的感情距离，是他对文字应该抱有的一种态度。

万千不幸之时，他是幸运的。那时候，读物尽管少，他却不知道从哪儿弄到了那么几本好书。都是繁体字，都是那么厚重，现如今还收藏在他的书阁子里。

第一本书，《文学》。高级中学课本第一册，1956年出版，叶圣陶、吴伯萧等人校订，人民教育出版社出版。32开，

160页，定价四角钱。扉页之一、二是宋刻《毛诗诂训传》书影。大目录十六章，按顺序排下来是：《诗经》《论语》《左传》《孟子》《屈原》《战国策》《文学史概述》（一）《司马迁》《汉乐府》《古诗十九首》《曹植》《陶渊明》《搜神记》《世说新语》《南北朝乐府》《文学史概述》（二）。看目录就可以知道那都是些怎样优美的篇章。关关雎鸠，在河之洲，窈窕淑女，君子好逑……；蒹葭苍苍，白露为霜，所谓伊人，在水一方；操吴戈兮被犀甲，车错毂兮短兵接。旌蔽日兮敌若云，矢交坠兮士争先……

都是些怎样绝美的文字啊！

字字珠玉，字字小米——是的，小米。

那时候，小米较玑珠，显得更珍贵。那是一个真正的米珠薪桂的时代。

他像一蚁饥蚕，横抱着一片沃若的柔桑，只顾低头啮噬，吃相很丑，有一点馋，有一点贪婪。

就是这样一本《文学》，他把她带在身边已经历了半世风雨，也算是“与子偕老”吧，也如被岁月驳蚀了青春的少妇，如今已经是美人迟暮，老化发脆的书纸像老妪的衰发，不时一点一点往下脱落，像晚秋的蝴蝶，像严霜后的枯叶，看着让人心碎，让人感伤。他先前是用浆糊粘纸，后来用胶布，用透明胶带，一点一点粘贴，一点一点修补，小心翼翼，总怕把她哪儿弄痛。他执意把她与新近出版的书放在一起，他想，那样，她也许会永久地保持自己青春的活力与生命力的丰盈。他很感激她，他弄不清她应该是他的母亲，还是他的情侣，是她曾经与他枕边温语絮絮，度过了一个又一个无眠的凄清的秋夜，也是她点燃了他的心灵之火乃至生命之火，让他长得更壮实，活着更精神。

第二本书，《分类新对联大全》。竖排版，广益书局刊行，58页，定价五分。

他太喜欢那些对联了：日新汉德，天福华民；春风和霭，夏历绵长；一廉花雨，四壁图书；伴他书千卷，可人花一廉；雨过琴书润，风来翰墨香；未能一日寡过，恨不十年读书；霁月光风高人器度，春华秋实大块文章；月到天心如此清机谁能领略，风吹水面这般文章那解悟来；苦心搜索集月露风云篇篇锦绣，极力铺张写烟霞山水处处皆诗……

没有哪一个字不像是晨露，晶莹剔透，诗意盈盈。虽然算不上殿堂之物，却足以充当一方小巧怡人的园林，闲来漫步其间，让人真切地感受心灵与大自然的共鸣。珍藏至今，不时翻一翻，品咂一番，回味一番，无异于风雨故人。

第三本书，《诗选》，由袁水拍写序。搜集了新中国自1953年9月至1955年12月的优秀诗篇。

第四本书也是《诗选》，由臧克家作序，1956年版。

两部诗选，均由中国作家协会编选，人民文学出版社出版。

通过两本诗集，他从文字上结识了许多著名诗人：郭沫若，贺敬之，艾青，方纪，公木，何其芳，田间，阮章竟，朱子奇，雁翼，闻捷，张永枚，未央，顾工……那是新中国最雄壮的诗人队伍，在祖国的大地上踏歌行进。

他像站在路边的乡民，一边拍手，一边欢呼，用心给他们斟一盏酒，或倒一盅茶，然后跟在他们后边，踏着他们的歌，唱着他们的诗，也和他们一样，想去经营自己的一方诗的园圃。

第五本书，《文学论稿》（上下册），巴人著。近70万字，大32开，1954年上海新文艺出版社出版。竖排本，他之所藏已经是第三次印刷。

乡间读书，独学无友，且孤陋寡闻，文章中很多引证的书读不到，无能举一反三，相互印证。虽然如此，咀嚼多了，也会有一点浸润喉咙的液汁汩汩涌流。

“让心灵得到自由活动，情感得到健康的宣泄和怡养，精神得到完善的寄托场所，超脱现实世界所难免的秽浊，而徜徉于纯洁高尚的意象世界。”这是《论稿》中对于文学和美学说的一段话。这段话是朱光潜说的，是巴人拿来批评朱光潜的，却震荡了他的心，被他接受了，而且被他深深地镂在自己的心灵峭壁上，成为他心中最经典的一处“摩崖石刻”。

王叔任，即巴人，著作丰甚，他崇敬他，那部《文学论稿》对他的影响也是不言而喻的，尽管那时候他读论稿的感觉非常艰涩。不过，他并不怎么看得重这部《文学论稿》，巴人想在那部《文学论稿》中造一座文学奥阼，但终因悖论太多，使得一部两册厚厚的《文学论稿》坍塌成一堆瓦砾，最终成为巴人葬身自己的荒茔。

虽然如此，他也未曾轻弃了那部《文学论稿》，就像陶侃仓库里的竹头木屑，毕竟还可以从中捡些砖头瓦块，铺自己的路，垫自己的根基，垒自己的小屋。

当然，并不是说读了那样几本书，他就可以去冒险，就可以有把握去报考大学，何况他读书的目的也还不尽是为了考大学。只是，在他的心中，曾经有过那么几本书，他认为好，就一只带在身边，一只留在记忆的深处。

这只能是他对文学，对知识积累的一点文字说明。

五

正是读书的好时候，乡村却没有电，连煤油也要按人口供应。说是供应，又不是很正常。试想，连食盐都时时停供，吃饭都是问题，即使黑灯瞎火，也就无关紧要了。所以，夜幕降临之后，村子里就是一个黑。

毕竟是乡村，虽然少灯火，却不少好风景。最好看的是星空，星空下，蝙蝠的魅影更加迷人。还有老狐狸从蝴蝶山后传过来的那种无望的哀啼，伴着小河水的铮琮之声，伴着河边的青蛙觅伴的呱呱叫声，乡村的夜，清寂而缠绵。

漆黑的夜，却并不妨碍乡村人的正常生活。日出而作，日落而息，不知道人们如此这般地度过了多少岁月。那些岁月近于苦涩，却似乎又带着些甘甜。黑灯瞎火中，老婆孩子拱在一起，钻在一床败絮烂套的破被子里，相濡以沫，肌肤相温。喁喁絮语中，其乐也融融。那是何等的温馨与快乐啊！是天假安然与自在给那些陶醉了的，或者麻醉了的，可钦敬的乡民。

其实不读书也罢，就那样，与自己的父兄一起，陶醉在乡间的星空之下，麻醉在乡村的夜色里，其生命未必就会贱多少，其灵魂也未必不会得以安宁。

然而他却只能做到“日出而作”，他无法做到“日落而息”。他需要夜间读书，不惜青灯黄卷。不读书，他的心没有地方放。不读书，在他，生不如死。

他的桌子不像邻居家那样，摆放在屋子中间。他临窗置案，案头放几册书，插一炷香，以书香自娱。放一个瓶子，插几枝柳，或者一束古松。松品雪格，那是他的千古江山。人人都有自己的江山。装点自己的江山，让自己的生命和灵魂有所托依。

乡村的夜晚少有灯火，其实古来就少有灯火。古人读书不是可以借诸星光月光吗？只要没有云，乡村的星光便无比璀璨，乡村的月光更是皎洁，难道他不可以借了星光月光读书吗？

然而那种璀璨，那种皎洁，也是只有仰起头来才有。星月交辉，都在天上。星与月，也很努力，想把璀璨的皎洁的光芒送给人间。然而，总因夜色太浓，那星月的光辉在投向大地的半路上就被黑暗吞没了大半，待到人间，便很微茫。微弱的月光星光之下，可以做粗活，可以行路，可以洗衣，可以碾米、挑水、担土、铡草、喂牲口。至于读书，书页上密密麻麻的，仿佛满纸都是匆匆逃难的灾蚁。

"凿壁偷光"吗？整个村子漆黑一片，去凿谁家的壁？偷谁家的光？

"铜盆映雪"又如何呢？晋代的孙康不就是吗？然而且不说雪不常有，且不说常常一冬无雪，即使"霰雪纷其无垠"，又去哪里弄个铜盆呢？不光他家没有，整个时代都没有。大炼钢铁时，连箱柜上的铜饰件都挖掉了，哪里还会有铜盆让你映雪？

"囊萤"最好，只要两样东西：萤火虫儿与瓜谷筒，大自然中就有，且取之不尽。像魏晋时期的车胤那样，"宵烛出腐草，微质含晶莹。收拾练囊中，资他照遗经。”太好了，太有诗意了。

然而，也许古人石印的字体要大许多，萤光下看五号字却是一片模糊。

古人不是有“焚香读易”吗？虽然在古代人那里读易焚香只是一种仪式，是表示对《易》的虔敬，是为了营造读《易》时的良好氛围，他却翻“焚香”乃为“读易”照明。燃一炷香，把香头靠近书上的文字，一个字一个字照，一个字一个字读。香不断移动，字不断显现，前边的那个字刚刚从黑暗里跳出来，后边的那个字便倏然隐没在黑暗里。因为所有的字都在暗处，香火照着的那个字就显得格外清晰，可以给人一种特别的感觉和记忆。尤其是冬夜，燃一炷香在被窝里，既可读书，又不怕冷，如同卧在温柔乡里。只是太容易入睡了。不过不要紧，香火是极弱的，即使把书或被子烙个孔，却绝无能力酿成“水”灾。

读书最佳时间是中午。吃过午饭，别人睡午觉，他便坐在蝴蝶山下的柿树枝桠上，庇在树荫里。伴读者不是红袖，是清风，是白云，是鸲鹈喈喈，是黄鹂一声，杜鹃一声。

困了，倚着树桠打个盹儿，任梦与意识在绿叶间徘徊。

六

读书于他既然是要紧的一件事，在地里做农活的时候何尝不可以带上本书呢？

劳动休息的时候，伴着谷禾的清香，伴着黄土地的芬芳，翻上几页书，读几行文字，难道不好？元代的煮石山农王冕，出身农家，幼时牧牛，且牧且读，深得梅花韵致风骨，终成画家，且为诗人。以先贤为范，给自己鼓励，难道不能够吗？

然而，却是行不通的。到地里做农活带一本书，虽与古人心性行为相通，却与现实相悖。依农耕人家的行为方式，他们会看不惯，他们会嗤之以鼻，他们会把嘴撇到一边，说你不像个种地人。看到你读书的样子，听到你读书的声音，他们会烦，会把眼睛闭起来，把脸扭到一边，算是对你最轻微的不屑，算是对你最简单的抗议。饥肠辘辘，瘦骨嶙峋，他们太疲累了。他们此时此刻真的不需要读什么书。即使你告诉他说，书中有黄金屋，书中有千钟粟，书中有颜如玉，也难让他们动心。对于那些遥不可及的东西，不啻望梅止渴，等于画饼充饥。他们需要安静，需要将息，需要吃饭喝水。他们所处的年代是一个极度饥渴的年代，他们的当务之急是与饥饿对抗，是与死神一拼，是凭持着那游丝一般的柔弱气息，于饥饿中挣扎着活下去。他们与饥饿作抵抗的最积极最有效的办法，就是不停地抽烟叶。休息的时候，在地上抓搂一把野毛儿，在柿树底下燃一小堆火，大家围在一起，不无嘲弄地说：“吸烟不吸烟，围成一个圈。”辛辣而浓烈的烟味呛得他们不停地咳嗽。他们咳嗽得非常厉害，像是不咳出一片肺或者一段肠子，便不肯停歇。烟抽过了，打个哈欠，仰面八叉躺在黄土地上，或曲身卧在草丛里，不要很长时间就会酣睡过去。倘若不是因为那微微的鼾声，或者抬手驱赶嘴角或眼角上的苍蝇，你会怀疑他们是否还是活人。你让他们怎么能够喜欢身边有你这么一个读书人呢？

女人因为饥饿，会跑到山咀上去寻榛子，或者摘酸枣。她们平常很会过日子，在那极度饥馑的日子里，她们居然会为无米之炊，以救度丈夫和孩子羸弱的生命。一日三“餐”，等丈夫和孩子们吃罢“饭”，她则掂起茶壶往仅剩有菜叶与锅巴的锅里冲些水，拿勺子就着锅沿儿“咕咕”地“鼓”上一肚，然后同了男人一同上地里去挣工分。她们的肠胃始终是瘪的，但她们的心却始终是饱满的，所以她们便可以用心去疼他们的男人和孩子们。没有女人的心，男人和孩子们则很难生存；没有女人的心，整个世界会没有温暖没有光明……

她们不会一次摘很多榛子或者酸枣，她们会适可而止，留下一些给明天，给后天，以至给冬天，给明年春天。她们心里的日子很长，很长很长。她们会有足够的心理准备，她们会以女性的柔韧，把那一段被风雨撕成碎片的饥寒岁月，用针头线脑儿缝缝补补，给无望缉上一点希冀。她们会摘一小把榛子或者酸枣，握在手心里，很节俭地往嘴里放一颗，过一会儿再放一颗。她们会噙着那颗青酸枣或者榛子久久地舍不得咬破，更不舍得咽下，只拿舌头挑动它，让它在嘴里不停地转动着，可以多生些唾液，以解喝，以充饥。她们口里会一直噙着那颗青酸枣，坐到男人们休息的柿树底下，绵羊一样拱在一起，喁喁地说一会儿悄悄话，多是说男人们什么，什么什么，然后就笑，然后就躺在地里“搭朦”一阵。

那些女人们好像也看不惯他在田地里读书，但她们内心却是有着一点同情的。她们的心是复杂的，她们毕竟是女人。

七

虽然他并不是那种我行我素的人，也不是那种不在乎别人说什么只管走自己路的人，但自己选择的路，无疑是一定要走下去的，是不容改变的。自己的选择，在与自己周围的环境不合节的时候，难免会遭非议，但他却没有因为非议去改变自己。他不能改变自己，他必须坚定地朝着他的梦走。他想的倒是如何改变他的环境，改变人们对他把书带到田地里的看法。他很明白很清楚，要改变这一切，他首先得像一个农人。不仅是像，而是要做，而且不是做一个普通的农人，是要做一个像模像样的农人。他必须做到可以拿得下最重最脏的农活，他的镢头是超常地沉重，每一镢头掘下去，都必须能掘出一个深深的坑。他必须娴熟农田里所有技术含量最高的农活。诸如抬犁掇耙，点豆种瓜，摇耧撒籽，扬场放碌碡。要有一抬头就看准天气变化的本事，要知道什么时候有风，什么时候有雨，哪一天夜里会降霜，哪一天早晨或者晚夕会下露水，什么节令下什么种，什么时候防什么虫。比如摇耧撒籽，你必须懂得“走一步，摇三摇”和“三摇三不摇”的含义，你必须懂得“胳肢窝里能夹住两颗鸡蛋”中的深义，你必须会“打籽眼”。种谷与种豆的籽眼是不一样的，你摇下去的种子倘若如江河涌泻，不但浪费种子，长出的禾苗也会挤挤捱捱，细如牛毛，不发不旺，不但间苗费时费劲，结个谷穗也像个小小的鸟嘴。倘若籽眼过于小，种子倒是省了，但肯定会“草盛豆苗稀”。你别以为一亩地里稀稀疏疏有几株禾苗，就会长得很旺，其实不然。禾苗稠了会争肥争水争阳光争地力争着抢着生长；禾苗稀了，会变得很懒，长得很丑，既无姿态，也无精神，即使风调雨顺好年景，也不会有丰硕果实，不会有好收成。“绿豆地里卧下鸡”“高粱地里卧下牛”“谷子地里卧下狗”，说的是庄稼的大概间距。不光要知道间距，还应该知道为什么要那样的间距，这个，在老农当中，他们虽然知道，但却是讲不出道理来的。你不光要知道，也要能够讲出道理来才是。比如锄谷子间小苗，你必须懂得“一步三埯，一埯四苗，埯前埯后留小豆，两边行留茭茭”。你必须知道“清明前后，种瓜点豆”、“玛榴开花，种豆安瓜”那一套。你必须懂得“头伏萝卜末伏菜”是什么意思。比如扬场，你必须知道前手的功用是用“掇”，后手的功用是“拧”，一张木锨，前手掇重重的一木杴谷物，后手一“拧”，全凭那一“拧”，撒出去的谷物，像挂在半空中的一匹金色的绸子。落在地上的，那是谷颗；被风远远吹去的，那是谷糠。即便没有一丝儿风，那金色的籽儿也会落在地上，落成端庄的一堆；谷糠则被远远地甩到一边，远离谷堆，远离籽儿。

除了娴熟的技巧，你还必须要有个好的身架，你不能不知道自己的腰在哪儿胯在哪儿。也如演员，唱念做打，一招一式，是要见功夫的。那功夫不是偷机可以有的，那功夫里所浸润的，应该是艰辛，是辛酸。

他的一位雁北叫秀峰的作家朋友，小时候锄地，父亲不但要他把腰弯下，把脊梁弓起来，还要在他弓起的脊梁上压一块大石头，他必须驮着那块石头从这头锄到那头，再从那头锄到这头，石头不许掉下来。累得少年秀峰汗水淋漓，腰背疼痛，父亲却很欣慰，是为儿子在田间作务农活的时候有一个好看的身架，也如“木直中绳，輮以为轮，其曲中规，虽有槁暴，不复挺者”。也许只有那样子才可以叫“躬耕垅亩”吧。

辛酸吗？岂止辛酸可言！

为了这些，他必须不偷懒，他必须是勤快的，是“丢下耙子就拿起扫帚来”的那一种勤快。虽然只有三年时间，农活于他是没有拿不起来放不下的，没有一样做的不像个内行，没有一样不像个把式。割麦，锄苗，他总是在前头，累得后边的人气喘吁吁也难追得上来。总有人想伴在他的左右，特别是那些女人们，总想让他给她们稍带一垅，免得落后而尴尬，而被扣除工分。即使很强的男劳力，也未必比得过他。他的确没有他们力气大，但他不是纯粹用力气，他会讲究用技巧。人们常常说，笨到地。就是说，最笨的人，只要有把力气，谁都可以种地。其实不然。别小看了种地这种最是粗劣最没有出息的行当，技艺是无止境的。“艺麻之如何？衡从其亩。”这是《诗·齐风·南山》中说的。“后稷教民稼穑。树艺五谷，五谷熟而民人育。”这是孟子《滕文公章句上》说的。

古人无不把桑麻稼穑视作“艺”。“艺无止境”，说的首先应当是农事。树艺农亩，绝不限于把镢头高高举起，凭着一身力气狠狠掘下去弄得地动山摇，也不是“春种，夏耘，秋收，冬藏”八个字那么简单。如果是，历史上便不会有《齐民要术》10卷宏文。比如剪韭与掐葵，那是两件再简单不过的农事，可是你知道么？“当日莫剪韭，触露不掐葵”。可见农事中有多少文化含量啊！只要有机会，他便会不失时机揭示文化于田亩之间的魅力。

某年，种麦子的时候，因为修了水库，便需要把旱地整成水浇地。那一时，可把老队长给难坏了，没有技术员，没有仪器，全队人费了几天工夫，在地里拢起来一道土梁，说是一道总水渠，像一条老苍龙横躺在黄土地里，到时候能通水吗？全队人看着那条老苍龙疑虑重重，他却让人弄了一捆玉茭杆，顺着水渠从这头一溜插到那头，然后趴在地上闭上一只眼睛找平。有人笑他，凭几根玉茭杆就想通水，怕能死你呢！要能行，国家造那仪器做什么？他不管人们说什么，只管扬手压手，让人把水渠这儿加高，或者再加高，那儿铲低，或者再铲低。最高的地方都加到差不多一人高时，连老队长都有些沉不住气了：“你想让水上坡吗？”是的，就连他自己也看着水将要逆流而上。但是，他相信他的物理和几何学得不错。翌年开春，春水在水渠中漾漾流过去的时候，老队长为此奖他两个工分以资鼓励。那是他一生获得过的一次唯一大奖，以后不管有什么奖，其实际意义都无法超过它，那是他生命的最高价值和最高荣誉。虽然没有奖牌、奖匾之类作为历史见证，历史却在那两个工分奖上悄悄发生着变化。也就是说，从此之后，人们便不再睥视他在田间读书。

抱着书，抚着手掌上那一层硬硬的膙子，他自豪；抠着脚板底下厚厚的老腊，他倍感欣慰。

八

其实乡井人家也并不是都讨厌读书，否则农家小院的门头上不会镂刻下风雨经年的“耕读传家”。他们是怀着怎样一种思想感情把那些文字刻上去的，他也许不能够知道。不过，他们一定不是为了去书中寻找“黄金屋”的。农家人是最本分的，生活在大自然之中，他们宁肯做一个钟情于大自然的赤子。他们不需要黄金屋，有一片青砖瓦房最好，能有一座“土坯”或者“胡剂”垒的小屋，也可以避风避雨。当然，能有一片竹篱茅舍，或者有个缠绕着藤萝的小木屋是再好不过的，农人们嘴上不讲诗意，也不会讲诗意，但在他们的心中，却最有诗意。亦耕亦读，应该是他们的一种文化自觉，是他们陶冶自己，欢娱自己，提高自己的一种文化表现，让自己的生命多少有些意义，有些光，让自己的栖居之所多少富有一点情趣，让自己的心灵有一个高度，或许会更加疏阔更加宁静。

在乡村里，曾经有不少一生都抱持着文化姿态的人。大楼院的温茂伯，一个古稀老人，把一碗清水放在院子里的窗台上，在窗台上竖一个旧方桌面儿，从地里回来，不管多么累，他都会站在窗台前练几笔字。和哥，拄着棍子都站不稳，却从来手不释卷。南谷洞的德富叔，弟兄二人，一对单身，靠老娘蒸藜煮藿日营三炊，日子过得相当窘迫，无论农忙农闲却无不间以习字，他的小楷写得骨峻端好，让人见爱。“还有用吗？”他问过德富叔。德富叔笑了，说，不知道你说的“用”指的是怎么个用法，是用到庙堂里才算是有用呢？还是日常看见那些字心里觉得温暖就算是有用？如果是后者，这些字就在此时此地，正在有用之处。

又是欣赏，又是感叹，又是钦佩，在他的桑梓地，能窖藏那样一种文化姿态和文化精神，是他的荣幸。

温茂伯一生仅仅留了四个字：发展经济。那是温茂伯给供销合作社写的一块匾，无论是县里还是省里来人都赞叹不已，那四个字几乎是整个村子的光荣，曾经有一位省里来的领导想见一见他，却因为他头上戴着一顶“帽子”，不得不让那位尊贵的领导人叹息一声，抱憾终身。

和哥把书读了个饱，临终两手空空溘然长逝，只是那一摞书永远留在他枕边，永远留在他的灵魂里。

德富叔死了，身后没有留下一纸像样的小楷。

“他们为什么会那样？他们为了什么？”他常常扪心自问。

他知道，没有那样一种追求，决难通彻温茂伯们的那种梦人情怀。

乡村里的一切无不是他的模范，无不是他的榜样。只是，他不想和他们一样，临走的时候什么痕迹也没有。

他想留下他灵魂中最精彩的那一点——也许是一首诗，一幅画或者一段文字。

乡井人家实在是好喜欢一个有文化的好农民呢。

过年的时候，或者遇着婚丧嫁娶，村子里的人便会去找你写对子，请你去给他们坐账房楼做管账先生。文化人在乡村里会很受尊敬，村民们见到你，平时脸上生硬的笑容顿时会温和许多，连说话都会显得更加心气和平，甚至多有一点细声细气，像是怕吓着你，怕粗着你。

但你却万不可以自己就认了“万般皆下品”的歪论，在他们面前显摆。你一显摆，你原来认识的那几个字会变臭。知识分子不是“臭”老九，但知识分子一显摆就很容易变成“臭”是确定无疑的。

尽管你才高八斗，学富五车，饱读诗书，满腹经纶，但在村子里你首先必须是一个农民，而且是一个很好很地道很像样的农民。

九

读完初中之后，陟陂高中，戾达高校，大道如青天，想来不会没有他的路。

还从初三那次大考说吧，近千名学子，物理两个百分，他排名第一；代数99分，屈居第二；语文98分，侥幸第一。

这样的名次，他却上了野路，谁不感到意外？

不是场屋失利，是他有意为之。经过深思熟虑，他放弃了继续升学，原因不仅是因为家贫，但家贫毕竟是事实。几乎一贫如洗的家境并非是父亲的过错。父亲有的是力气，也不缺乏小农人家的智慧。父亲是一个几乎能撼动大山的汉子，耕诸沃田十亩，还养了一头小毛驴，开了一个小磨坊，都已经是中华人民共和国了，居然还请了个顾汉，等同于长工，喂牲口，看磨坊。小农家日子过得如何，是完全可以想得到的。更加运气的是，小毛驴买回来之后，不意还带了个胎儿，不久便产下个小驴驹。小驴驹长到与它母亲差不多一样高，父亲又与人交换了一匹小红骡。那时候“顾汉”已经解顾，看磨的事便落到了他身上。他那个时候大概只有十岁，既看磨，还要淘麦，喂驴，担水，铡草，垫槽后，出槽后，还要驯养小红骡。母亲把小红骡当儿子养，饲以高粱、豆子。星和月还横在夜空中的时候，他不得不跟着母亲，去厩中喂驴，喂小红骡，然后备磨，磨面。小红骡也实在见长，一年时间不到，便长得油光水亮，骨骼奇峻。是骡的身架，却有马的气质，更有龙的精神。如果说这些都是小红骡的禀赋，却也是他和母亲及其弟弟妹妹精心饲喂的结果。小红骡的毛色红得像一堆火，一旦奔跑起来，像一团火在大地上滚动，远远地，只要他喊它一声：“小红骡！”小红骡便会前蹄腾起，“呼儿呼儿”一阵嘶鸣，向他奔跑过来。他骑上它，在宽阔的河滩往来驰骋，御着火一般，耳边会响起呼呼风声。

随着时代的热潮，小红骡与小毛驴一起，与村上许多骡马一起，头上戴着红花，身上披着红绸，在喜庆的锣鼓声和鞭炮声中，走进了高级农业合作社的马厩。合作社的槽厩里一时间马如龙，牛如虎，骡叫马嘶，如春雷初动，如洪涛滚滚。

因为小毛驴和小红骡都入了社，磨坊消歇了，他便开始正式上学。放学路过马厩，他会去看他的小红骡，他只要在门口一站，喊一声：“小红骡！”小红骡便会前蹄一扑一扑地站立起来，“呼儿呼儿”对他一阵嘶叫，那个亲热劲，活像是见了亲人，决想扑过来拥抱，或者说说知心话儿。

哀伤生于三年之后。

当他从中学回到村子里的时候，第一件事就是去看望他们的小红骡。短短几年时间，村上的骡马差不多都死光了，只有他的小红骡还在，拴在藿谷洞外的槐树上，漂亮的毛色没有了，连个响鼻也不打，只是低着头，耷拉着眼皮，眼角下有两条长长的泪痕。任他怎么呼唤，它都不把头抬起来，它已经没有力气把头抬起来了。他抓住它的笼头，狠命地摇着，拼命地呼唤：“小红骡！小红骡！……”小红骡的一只蹄似乎动了动，表示它还活着。

他失声痛哭起来……

不久，小红骡也死了。

小红骡以它的死，结束了村子里的骡马史。

那时候，他有一点怨恨他的父亲。他不是生产队长吗？他带领着整整一个生产队，怎么连小红骡也没养活呢？

十

父亲似乎从没有为小红骡的死悲伤过。也许他内心是痛苦的，但他从未在人前表现出过沮丧的情绪。大概因为自己是生产小队长的缘故吧，父亲总是一往无前，似乎不弄到家徒四壁不肯甘心。

食堂化的时候，母亲看到邻居大娘大婶以及叔叔伯伯们像“坚壁清野”一样，都在悄悄地转移和藏储粮食，母亲几乎是在祈求父亲，留一点粮食在家里以防不虞。父亲没有听母亲的话，说都食堂化了，家里还留粮食做什么啊？

食堂开灶的时候真是热闹，天天蒸馍，油馍，麻糖，捞饭，擀面，杂烩菜，人人偕妻携子，兴高采烈，上桌共餐，大快朵颐。吃饱饭便去大炼钢铁，去深翻土地，去种高产田，去大跃进。那时候，父亲表现出了极大的热情。

寒来暑往，没过多长时间，粮食吃光了，社员们不再集体上桌就餐，而是提上铁桶到灶上去打“饭”。饭已经没有一点油水，有的只是豆叶菜汤，只是莠糠，只是荆籽面与玉茭叶玉茭根茬做的淀粉，和在一起蒸的窝头。

终于，食堂的灶火熄灭了，家中也沦为一贫如洗。

父亲再没有任何能力让他在他那个生产小队叱咤风云了。父亲是失败了，他连支撑自己的家的力气似乎也没有了，否则，他不会把他刚刚出生才三天的小女儿送回天国。

父亲并没有气馁，也不肯承认失败。父亲并没有就此善罢甘休，他不想就此抹去他生命的光辉。辞去生产队长，扛起铁锹，高喊着“坐着汽车去，乘着轮船回来”的口号，毅然朝任庄水库工地直奔而去。父亲想把余勇全部垫在水库的大坝上，也许真能有一个“碧水荡漾，锦鳞满库，长河浩浩，轮船游弋”好结果，到那个时候，他也许能够“衣锦还乡”，争回领导食堂化失败的那口气来。在他却以为，父亲等于是憋了一口气离家出走了。父亲想拿他的生命去一搏，去一拼。那一搏一拼其实并不亚于赌。

十一

家境已然如此，初中的学费既难按时缴付，母亲又常年微恙不已。

父亲已经没有一点资本能够再供他继续升学，他不得不做出一个决定：负笈回乡，帮父亲一把，也好照顾病弱的母亲。农事之暇，写诗，写文章，做一个自在的田园诗人，或者乡土作家，那是他的原梦。

“东风知他欲山行，吹断檐间积雨声。岭上晴云披絮帽，树头初日挂铜钲。野桃含笑竹篱短，溪柳自摇沙水清。西崦人家应最乐，煮葵烧笋饷春耕。”是他的梦，也是他人生的憧憬。

“名誉、金钱或爱情，什么都没有，这不算什么。我有一颗能为一切现世光影而跳跃的心，就很够了。这颗心不仅能够梦想一切，而且可以完全实现它。一切花草既都能从阳光下得到生机，各自于阳春烟景中芳菲一时，我的生命上的花朵，也待发展，待开放，必有惊人的美丽与芳香。”这是沈从文写在《水云》中的一段话，他抚摸那些柔美的文字，那些筋骨坚硬的文字，勉励自己：坚强些，再坚强些，走进梦的深处……

人生都应该有一个“原梦”，围绕着“原梦”，会生出许许多多“陪梦”，就像满天星斗拱着个皓皓明月。

考大学，仅仅只是他的“陪梦”之一。

作出那个决定的时候，他的内心是欢愉的，却也是痛苦的。

做一个农民很现实，至于诗人、作家，是不是有一点缥缈？有一点虚幻？有点可望而不可即？

但他又不得不坚定地沿着他所选择的那条小路走下去。那是他唯一的选择，他已经别无选择。

同学们都在紧张复习功课准备升学考试，他却躲在学校外绿荫浓凉的麻地里，静静地阅读四卷本《中国文学史》和中国四大古典名著。

梦，就是这样静悄悄地开始了。

十二

他不想再升学的想法在校园里悄悄传开，学校领导和老师都感到意外。他们既惋惜，又无奈。他们都想帮助这个还算不错的学生一把，却不知道该从哪里入手。不过，机会终于来了：学校决定留下他当教师。

还在初二的时候，他就兼任过小学四年级教师，他已经粗略地积累了一些做教师的经验。

学校每逢节日或者举行大的庆典，教导处总把起草开幕词、祝辞之类的文稿交给他做。学校的领导和老师们太信任他了，他也敢于欣然命笔，且不辱使命，师生们誉他为“南乡一枝”。

他那时候也真的很自负，和了几个特别爱好语文课的同学，用铁匠锻打的笨剃头刀，把头发剃去一圈，用剪刀把长头发和短头发衔接的地方剪得不露参差，然后用火炷把长头发烫成“大北头”，弄成学者的模样，他们个个自是春风得意，踌躇满志。

所以，他以为，忝列教师队伍，他不会滥竽其间。

人生多曲折。为有曲折，才会生出许多故事。精彩的，暗淡的，奇崛的，平庸的，欢欣的，悲怆的。是人的命运，也是人的造化。

他在村子里一边劳动，一边静静等待面试通知。每当夜色降临，他会站在自家的院子里，仰望星空，憧憬未来，想象洁白色的粉笔末飞舞的讲台上，作为一名人民教师，在给学生讲解中国古典诗词的时候，他会是怎样地激情满怀，在带着学生春游时，他会是怎样的一种扬扬意气。他的未来，也将会是桃李纷杂错，灿如朝霞。他怎么都不能相信，会有一片小小乌云竟然会遮住他头上那片蓝天。某生的父亲，有足够的权力去演绎一个“以桃代李”的故事。其实某生最缺乏的就是做教师的基本元素，只是可惜了一支机会之箭，就此“嗖”地一声飞入了虚空。两个月之后，他到学校去，他想领回属于他的那份口粮。那个年代，那是多么宝贵的一份口粮啊！同学们的粮供都转回村里去了，每个月至少可以领到35到45斤，而他每个月却只能领26斤。司务长告诉他，他吃的是教师口粮标准。

多么幸运啊！一天教师都没当，却吃了两个月教师口粮……

放眼天下，阡陌如织，他从此就不得不在野路上徜徉了。

野路上是不少自由自在，想顺着走就顺着走，想横着趟就横着趟，没有套路，没有遮拦。脚步是自由的，心灵是自由的。

但他不得不像一只野狼，踊跃着，喘息着，奔窜着；

他不得不像一只野羊，惕惕怵怵，寻寻觅觅，茫茫然若失归路。

野路梦酣时分，是《人民日报》上的那一则招生启事唤醒了他。

他想上大学，却又不尽是想结束他的野路之旅。

野路迢迢，他还得走下去，他一定会走下去，一直走到一个没有风雨的驿站……

十三

这就是他想回答那位文教干部问话的全部。

想一想，太长了，也太累了。

他只是不言不语地站在那里，汗水涔涔，有一点憨，有一点傻，也隐约着一点倔强。

那位文教干部真是可爱，竟然从椅子上站起来，走到他身边，用手拍着他的肩膀，抚慰他说："好！年轻人，有这个勇气就已经很让人感动了，我这就给你办理。"说话间，他就给他办理了报名手续，并且给他开出了介绍信，告诉他先到人民医院去检查身体，同时又把手重重地拍着他的肩膀对他说："祝你考个好成绩！"他土得连声谢谢也不会说，也不会道一声再见，带着几分倔强，给那位可敬的文教干部深深鞠了一个躬，转身走出了文教办公室。但刚出门，就被那位文教干部喊住他，问他带相片没有，嘱咐他路过小十字街先去照相馆照个免冠相，否则会误事。他答应着，心里真是无限感激。

所幸有位任姓的乡人在照相馆工作，照相的事很快就结束了。老任告诉他可以放心去办其他事，他会把相片尽快给他洗出来，什么时候用，什么时候取。

从照相馆出来，他的心情好极了，夏日炎炎，心里却藏有徐徐清风。毕竟是人民医院，穿白大褂的医生护士翩然来去，恍如世外仙苑。他以为只要穿着白大褂就是人民医院，就可以把介绍信交给任是哪一个。穿白大褂的人仿佛受过统一训练，将他的介绍信扫一眼，声儿也不吭，就随手丢给他。经历了数次尴尬与羞惭，他有点愤怒了，他的自尊心受到了极大的伤害。不过，他还是强压下一腔怨气，鼓起勇气，拦住了一位把介绍信无声丢给他的“白大褂”，“你为什么看了我的介绍信不管我的事？”那位白大褂年纪大，看他是村人，知道他不谙世事，态度很和蔼地对他说：“是你不懂啊孩子，我只是人民医院的一名大夫，我没有权管你的事。你这个事应该去找医院办公室。”正说着，匆匆走过来一个人，那位大夫告诉他，那就是办公室的人，让他去找他。他赶紧把介绍信给那位办公室的人看，办公室那人好像很忙，脾气也很大，扫了一眼他的介绍信，对他说：“明天来吧！”

明天，好在还有明天。

希望就在明天……

十四

日暮乡关，站在十字街头，茫然四顾，他不知所往。

回家去吗？从城里乘公共汽车回家需要三角钱，照相之后，他身上只剩了两角八分钱，连回去的车费也不够，更不知道明天如何乘车。

早上进城时，他身上带了两元四角钱，在那个时候，那是一笔相当的财富。要知道，能挣到钱的门路之一，就是给粮站扛麻袋，一袋二百斤的小麦或者玉米，从公司场一直扛到总处二楼，仅仅能挣三分钱。即使三分钱，也不是常有，所以只要有运粮车来，即使不吃午饭，即使正在吃午饭，也要赶紧放下碗，掂着肠子去扛麻袋。要是刚吃过饭，那菜汤憋得鼓鼓的肠子，他们也总是担心，一不小心会被挤破。这还好，人家城里搬运公司的人没有跟着来，能给他们一个挣三分钱的机会。若是搬动工人来了，他们就只能站在一边看着咽口水，欣赏人家搬运工扛麻袋的力气和技能。人家搬运工人只要一低头，重重的麻袋会像一条大鱼一样，跃起来直直地立在膀子上，然后腰直直地，像肩了一袋棉花似地，"噔噔噔"就上了楼。而他们的麻袋则需要两个人抬起来，给他们放到脊背上，而且常常是平躺在脊背上，像背了个死人一样，需要把腰弯下再弯下，像一只老绵羊驮着座小山似的，一步一步很吃力地顺着楼梯往上爬。总处的楼房虽然只有两层，看上去却超高，木质楼梯又极其简陋，一个人的体重加二百斤麻袋，踏上去会颤颤巍巍，摇摇晃晃。如果两个人同时踏上去，就会有些弯度，就会圪吱圪吱响。一手扶着麻袋，一手扶着木梯，弓着瘦骨头突出的脊梁，不担心脊梁会压断，担心的是楼梯会弯折。汗水淌着，仿佛那三分钱在剥自己的皮，把嘴尽可能大地龇咧着。有人说乡村人嘴巴阔大，大概都是那样呲裂的缘故吧。你想想，需要扛多少麻袋，扛多长时间的麻袋，才能够挣到两元四角钱……

回家没车票钱，住旅社越发连想也不敢想，留着那两角八分钱吧，明天医院检查身体不知道要多少呢。

夕阳瞬间就被乌云吞没了。对此天象，他略略懂一些，那叫“乌云接驾”——接太阳神的驾。也就是说，不要多少时间，便会有大雨倾盆，也许等不到天黑，大雨就会滂沱而至。

忽然，肚子告诉他，他应该吃一点什么了，菜汤也好，糠窝窝也好，他的肠胃都可以接受。

早上进城时带了两个疙瘩，是“晋杂五号”和着糠做的，那是给他预备的午饭。他原来想中午就可以会回去，没有带干粮的必要，但是母亲硬是给他装了两个疙瘩，告诉他什么时候都应该记住：“冷不冷带衣裳，饥不饥带干粮”。事情果然很麻烦，中午果然需要吃一顿干粮。但他中午就只吃了一个，他怕在城里滞留的时候会更长，留了一个作储备吧。那也是母亲告诉他的一条古训，他一辈子都记得：“宁让蚕老叶不尽，莫让叶尽蚕不老”。

摸摸口袋，那个疙瘩还在，他想掰一半聊充晚餐，忽然想到应该去一中。一中有他初中时期的几位同学，著名的语文老师陈秀彦先生又是他的乡人，他的邻居小伙伴儿米魁也在一中上学。

米魁小他几岁，画儿画得好，笛子也吹得好。每逢回村度假，他们总是夜夜坐在井台上，谈读书，谈绘画，谈音乐，说中国，也说世界。他们常常谈到深夜，谈到三星横斜，谈到露水下来。

一中有乡情，有友情，到一中去，可以有地方睡觉，也许能吃一顿晚饭。

他兴奋极了，把那半个疙瘩重新装回口袋里，朝着一中的方向快步走去。

乌云像是在与人抢时间抢速度，瞬间就把天空遮黑。随着一个闷雷，便是瓢泼大雨。不到一刻工夫，街上浊水横流，行人都变成了落汤鸡。他跑得头上直冒热气，仿佛刚刚用热汤浇过。

大雨骤至骤停，大地并未因此而降温，只是把燥热变成了湿热。

夜色将临，吃过晚饭的学生们正准备上晚自习。他就感觉晚饭是无望了。

他的突然出现，让米魁意外，也让米魁惊喜。看他浑身水湿，米魁拿干衣服给他换，又问他晚饭，他说他吃过了，在陈先生那里也一样。他平生很少说谎，但他此时此刻不得不说谎。整个时代都在饥饿中呻吟，学校的老师和学生也不会有多么富足，何况又是集体灶火，吃饭时间既然已经过去，他不想给人添麻烦，有睡觉的地方就足够了。

陈先生，米魁以及初中时期的同学，都感到他报考大学有难度，虽然话没出口，脸上都堆有难色。难不难他已经不管不顾了，意无徊徨，箭矢将必穿鲁缟。

那天晚上，他在米魁那里挤了一夜。奇怪的是，肚子一点也不饿。第二天早上，陈先生及初中的几个同学早早就来看他，还给他带了一摞高中三年的语文课本，让他报名后抓紧时间全面过一过。米魁把书放在他那里带他去吃早饭，早饭后又送他到校门外，指给了他去医院最近的一条小路。

大约八点钟，他到医院办公室。

门关着。无论怎么敲，均无应答。这时，他才发现人民医院的气氛和昨天不一样，太安静了。

站在走廊里，好不容易等到一位“白大褂”，他问医院办公室的门怎么没有人？那位白大褂看了他一眼，咕噜了一声什么，没等他听清楚，就进了一个房间，“砰”地一声，门被关上了。

他只好守在门外等。他必须等那个屋子里那个人。他知道那个屋子里肯定有一个人，他知道那个人一定会从那个屋子里走出来的。他必须等到他。过了好长好长时间，那位白大褂终于出来了。他拦住他，他重新问他，他看住他，他很生他的气。

“我不是对你说了吗？今天是星期天！”那位白大褂对他说。

天哪！那办公室那个人让他今天来干什么呀！

“有事明天来吧。”那白大褂说。看他那傻样，态度和蔼了许多。

明天。又是明天！明天太让人恐惧了……

十五

最难熬的是那一个长长的白天。要知道，在穷苦人那里，总是“长日如小年”。

还有一个沉沉的黑夜，他不知道该如何度过。

白天还好，他想起来了，华街西北角有个图书阅览室，可以坐在那里看书，可以在那里看王义德老先生写字。阅览室还有开水喝，中午他就着白开水吃了半个疙瘩，留下半个，以防不测。

晚上，他在昏黄的街灯下徘徊，不意行自黄华街，看那里有一个小旅社，他便走了进去。管旅社的老人真是善良——善良真好，也许世界上只有善良才能够庇护天下寒士。老人只要了他一角钱，便允许他在大铺上睡一夜，尽管蚊蝇成阵，尽管只是头枕青砖和衣而眠，他却睡得酣然。

那时候我们的城市大都吃井水。小旅社自然是挑了井水储在水缸里吃。临睡前，他就着水缸，拿水瓢咕嘟咕嘟喝了一肚子清凉的井水，但却依然没有舍得吃掉那半个疙瘩。因为饥饿而睡不着的时候，他可以看书，好在小旅社的灯通夜不熄。小旅社早晨卖小米饭。黄灿灿的小米饭好香啊！但他却只能啃掉他那半个疙瘩，虽然已经有了酸味，其香可能不次于小米饭。

从小旅社出来，他径直往人民医院去。那天是星期一，身体检查很顺利，医生还夸他好体质，好皮相，好筋骨。检查过后，医院办公室那人告诉他说，县文教办公室打招呼，要求给他免费体检。是那个文教干部吗？他不知道。不过他整辈子都从内心里感激他。

体检过后，他以为他可以回乡下了，但医院办公室那人又对他说，明天上午十点钟，在医院走廊里等。

已经是他进城第三天了，多么漫长的三天呀！还需要等到明天，虽然也是明天，却几乎是一个要命的明天。

又是那个阅览室，又是整整喝了一天白开水；

又是那个小旅社，又是就着水缸把清凉的井水灌了一肚。

匆用多费口舌，因为手里还有一角钱，管旅社的老人自然还会让他在大铺上睡一夜。

早晨醒来，手里捏着那仅有的八分钱问那位管旅社的老人，能不能卖给他八分钱小米饭。老人告诉他一角钱一碗，他说他只有八分钱，半碗难道不可以吗？老人说小米饭已经卖完了，半碗也没有了。但老人犹豫了一下，四下里瞅了瞅。他就想，老人一定另有文章。果不其然，等挑水的那个人挑着水桶出去之后，老人忙收了他的八分钱，从灶膛里拿出来半碗锅巴，冲了些开水，便冲成了一碗稀饭。

那一碗稀饭，好香啊……

十六

那个时候的他，不，任何时候的他，都是被动的，因为世界上没有任何东西是属于他的。如苏轼所言，天地之间，物各有主，苟非吾之所有。

但有一样，就是时间，虽然也无情，他却可以抓住它，支配它。只要把时间紧紧抓在手里，并且能够很好地支配它，就会多一些主动，少一点被动，少一点羞辱和尴尬。

医院办公室那个人不是告诉他，让他十点钟到医院的走廊里等吗？从八点到十点，至少还有一个半小时可以由他支配，他可以在街上游游逛逛，看看很少能看到的东西，长些见识，开开眼界。但是，他不敢，他怕被动。所以八点一刻，他就匆匆赶到了医院，坐在医院走廊的长凳上，欣赏那飘然来去的白大褂。

他刚坐下，就听有人喊他。喊声是从对面那个房间里传出来的，他赶紧应声进去，是医院办公室那个人（他也可能不是医院的人，应该是管招生的工作人员）他问他要相片。他慌了，说他没有带相片。那个人就急了，就吼着问他相片在哪？

在大箕吗？他说在照相馆，那人才稍稍松了一口气，说，赶紧去取，最迟不能超过下午一点，不能误了他准时乘火车。

他先是一惊，接着就坦然了。幸亏自己没有等到十点钟来，否则就要误事了。现在，他不用再担心什么，照片是现成的，时间也是充分的，照相馆那位老乡不是对他说过吗，不管什么时候去取都可以。不用到午后一点，上午十点钟他完全可以把相片拿过来交给他。

但是，他过于自信了。照相馆接洽业务的那位白发长者告诉他，他那位老乡家里有急事，请假了，前天就走了，三天后才能回来。

站在那位鬓发皤然的长者面前，他不是哭，也不是那种泣不成声，但是，他的泪水却无声地，长长地，涌流下来了……

那位白发长者见他如此，便很关切地问他，说有什么难事，看他能不能帮他。他对老人讲了他急着要相片的原因，老人也有点儿替他着急。但老人想了想，便铿然说："我给你想想办法……中午十二点钟，你准时来看看。"

又是深深一躬，又是泪水夺眶而涌。

老人也很激动，激动得双手扶着柜台不住地抖，说："孩子，别怕，我一定给你想办法！"

他并没有远离照相馆，就在照相馆门外的橱窗下，靠着墙，坐在那里，像个流浪汉，像个逃荒人。他必须守在那里等，一直等到相片拿到手。

天气燠热，他睡着了。不知道是谁在他身上盖了张包装货物用过的废牛皮纸。是以为他死了吗？是觉得脏兮兮的他会影响市容吗？是一片怜悯之心怕火毒的太阳烤焦他吗？

正睡得死人一般，忽然听到那位长者叫他："孩子，已经十二点了，快醒醒，照片洗出来了！"

老人是激动的，是惊喜的。老人不寻常的举动，引起了照相馆年轻人的好奇，他们想看看老人到底在给怎样一个"人物"洗相片，居然不惜年高，从二层楼上骑墙越界破窗入户，去为他搜寻底片。

过道里的柜台上放一个搪瓷盆，盆里有半盆清水，清水里浮着两版相片。老人拿镊子夹起来给他，他赶紧撑开双手，一只手里一版，水还只管从指缝往下滴，他就那样平伸着双手，端着四张相片，往医院跑。身后传过来一阵笑声，大概笑他傻，笑他懵懂，笑他痴憨，笑他世事不通。但此时此刻的他什么都顾不得了。他跑得又急又快，直跑得汗水淋漓，气喘吁吁。当他撞进医院办公室时，那个人正焦急地踱着步子等他，说他要再迟一分钟不到，他就乘火车走了。

看看他手里的相片，那人觉得又好笑又好气，瞪了他一眼，从他手里拿过去一版相片，抽开抽屉拿了剪刀，剪了两个单张，修齐了边，贴到表格上，把表格装进公文包，什么也没有说，也没给他一个交待，只狠狠看了他一眼，提上公文包急匆匆走了。

他不知道他已经走了，他也不知道他还回来不回来，不知道他还要不要他手里那两张相片，他也不知道他还应该不应该等他。他整个人就那样呆在那里。

不，不是呆，也不是傻，是死了。是像个死人一样，站在那里，两只手依然平伸出去；一只手空着，一只手里端着剩余的那一版相片。

办公室里走进来两个年轻女子，都穿白大褂，着急翻箱倒柜找东西，大概东西找到了，才发现办公室里有他这样一个异物，她们只是迟疑了一下，并没有理会他就出去了。

过了一会儿，她们又回来了，在椅子上坐下，拿报纸当扇子，一边扇凉快，一边看他。忽然，那两个女子就笑起来，甚至还拍着手，甚至都笑得前仰后合。

他既没有理会她们笑什么，也没有理会她们说什么。并非他不在乎，是他几乎没有了在乎那些长长短短是是非非的意识。他的心，他的肌骨，他的神经，似乎已经没有了知觉。

那两个女子，大概感觉到她们不应该那样，便站起来给他倒了杯水，让他坐下喝。

他没有坐。他的眼睛大概不会动了，否则她们不会那么惊恐，那样着急，那样赶紧以救死扶伤的姿态，先拿手摸他的额头，又掐他的指头，又掐他的人中，硬是把一个僵直的他摁到长凳上，灌了他几口凉开水，他才长长地“哼”了一声。她们看他没有死，就对他说，如果他难受，如果他想哭，就放声大哭！

说着，那个年长一些的女子就示意那个年轻女子把办公室门关上，以免他大放悲声的时候，影响病人，影响工作。

他没有哭，连泪水也没有流。他身体里大概已经干涸到连泪水也没有了。不过，他还是倔犟地站起来了，有一点僵直。他想走，有点踉踉跄跄，有点东倒西歪，只觉得天旋地转，不知道哪儿是东西南北，不知道哪是窗户哪儿是门。

她们告诉他，那个提公文包的人已经登上了北去的火车，让他回家去等待。她们将他手上的相片取下来，用纸包好，又拿了一小包仁丹给他，说他有可能中暑了，路上可以含在口里。

身子摇摇晃晃，感觉已经没有一点力气了。他太饥饿了，他太疲惫了。若非前边有家，他会就此躺下，成为马路边的一个饿殍。

在口中含了两粒仁丹，好甘甜！好凉爽啊！一会儿又含两粒。是那一小包仁丹支撑着他终于走到南村，还有三分之二路程，他实在不知道该如何走完。

忽然眼前一亮，他看到公路旁边的田地里生长着红萝卜，他不顾一切跳下去，捡稠密处拔了两个，抖一抖泥土，撅起衣裳擦擦泥土，连同萝卜缨，为他途中最美的一餐。

十七

等待是焦急的，是难耐的。但他必须把急躁的情绪压下去，最好的办法是抓紧时间读书，以排解等待的熬煎。

最美好的时光依然驻留在蝴蝶山下的柿树荫里，刚刚出世的雏鸟好音相从，偶尔也会有一条小蛇横搭在树枝上，静静地听他吟诵：出不入兮往不反，平原忽兮路遥远。带长剑兮挟秦弓，首身离兮心不惩。诚既勇兮又以武，终刚强兮不可凌。身既死兮神以灵，子魂魄兮为鬼雄……

读书期间，他总是不忘朝村西头张望，总想着那一天会有人间飞鸿远音到他身边。

哦！终于来了。是准考证和参加高考的通知书。通知书要求带上公社介绍信，按时到晋东南师专参加考试。从接到通知书之日到考试，时间只有三天。

这就需要紧急准备了。首先需要弄清楚晋东南师专在什么地方，然后是筹措费用，至于公社的介绍信，那不是很扯淡的一件事吗？那是不会有什么问题的，公社行政秘书是他们的邻居，又是叔辈，又是父亲的好友，在他的记忆中，那位秘书叔叔住的房子也还是家父的赠予。去找他开介绍信，不会有任何麻烦。

然而，麻烦却恰恰出在这里。那位秘书叔叔看了通知书，犹豫了一下，笑着对他说，是好事，却是一件很难的事。念大学不容易，恐怕卖掉房子也供不起你。他也陪着笑对他那位秘书叔叔说，就是卖掉房子，他也一定要上大学。听他这样说，他的秘书叔叔就有了不悦之色，以长辈教训晚辈的口吻说："你这孩子怎么说话呢？你以为你家的房子是你自己的？小小年纪你能做得了主吗？卖房子可以，叫你父亲来！你以为公社的介绍信是说开就随便能开的吗？"

且不说公社的介绍信是不是说开就随便能开一个。单说"叫你父亲来"，这话是对的，是天经地义的，让我无话可说。

但是，父亲在哪儿呢？

父亲是去修水库了，是全县最著名的任庄水库。但任庄水库在哪儿呢？不知道。只知道父亲他们去修水库走的时候，全村人都欢送，全村人都羡慕。动员父亲他们去修水库的领导说，他们是坐汽车去，等把水库修好了，水会通到我们村子里，父亲他们就会坐着轮船回来。

去时汽车，来时轮船——任庄水库一定很遥远！

三天之内，他能把父亲从遥远的任庄水库找回来吗？

尊敬的读者朋友，在晋城建市三十周年的今天，在共和国度过他六十五个春秋的今天，你会以为他是在说笑话，你会笑那个时候的他真的很傻很天真。你一定会说，打个电话不可以吗？打个出租车，从大箕到任庄水库，一天不是可以跑好几个来回吗？是的，你说的很对。然而，他们所处的那个年代，是一个什么样的年代啊？

封闭，贫穷，荒诞……

无知，迷信，狂妄……

除了村子里目所能及的地方，他们便不知道外边的世界有多大。

这样说，你大概还不会有多么深刻的体会。那就给你抄录一首唐诗，也许你能从中品出一点意味：

“千山鸟飞绝，万径人踪灭。孤舟蓑笠翁，独钓寒江雪。”

“前不见古人，后不见来者，念天地之悠悠，独怆然而涕下。”

也便不够准确。只能是他对他们所处的那个年代的一种感觉，或者一种象征性的概括。

但那一次，面对他的秘书叔叔，他没有发呆，没有发愣，也没有发怒，也没有那种倔犟。他从公社行政办公室走出来，径直走到蝴蝶山下，在柿树荫里，在那被他磨得光明铮亮的柿树枝椏上，静悄悄地，一个人坐着，坐了整整一天。

十八

柿树荫里，一整天都有知了在叫：知了，知了……像是先知先觉。

有点不知疲倦，有点缠绵悱恻。

好在他没有绝望，因为他有梦。

他依然行走在蝴蝶山下的野路上，只是会更艰难些。

好在他紧紧依着故乡的山水、松柏、草木及冰雪，与其精神相依凭，与其梦里相约。

《太行文学》2015年第二期

第3辑·一揖乡井

晋城米淇

米淇在晋城人是再普通不过的一样家常饭，也是晋城人最喜欢的一样家常饭。

晋城的家常饭花样最多最复杂，其原因有二。一是烧煤方便；兰花香煤遍地是，填上煤，续上炭，一明一夜煮不熟的东西可以继续煮，连煮三天三夜火焰不但不熄且愈烧愈旺愈显精神。二是杂粮多，光是豆类你就数不清。到了秋天，这里晒一摊摊，那里晒一摊摊，席子，畚箕，箧箩，筚子，都成了晒五谷杂粮的家伙儿，廊脚石，窗台，捶布石上也都晒的是。有时一条席子上就晒好几种，黄谷，白黍，红粟，绿豆，白豆，红皮小豆，绿皮小豆，就像山里的姑娘出门去赶会穿的衣裳，五颜六色，花红柳绿。“五谷丰登”只有在我们晋城才有真正的全景式。

有了以上这两个条件，吃饭就好花样翻新。一天三顿不重样。重了，不是说媳妇笨，就是说媳妇懒。就是一顿饭，也是一定要讲究一个花式花样的。那花式中也有说不尽的技巧与艺术。当然，要说吃的艺术，自然不敢与梁实秋先生的雅舍谈吃比。梁先生是在“雅舍”谈吃，那吃的固然也就雅了许多。我要说的米淇，是真正的人间烟火。不过，说是烟火食，别的地方却又没有，别的地方没有做米淇的条件，别的地方的女人也做不出来。

米淇的主要原料自然是米，是小米。也有用大米的，但用大米就不叫米淇了，叫大米面叶，面也不会切得那么细，宽宽的，像柳叶，也叫柳叶面。

做米淇下米要把握好时机，冷水下米涎汤寡水，容易失却固有的米香，开水下米难以保持黄金一样的本色。米多了，米淇太稠，酱一样，不好吃，晋城人叫“捣一骨朵”。米少了，米淇又太稀，连味道都不正了。米淇的稀稠，一定要把持一个“茸”字，“茸茸的”。如果你对“茸茸的”还不能够理解，那么它相对的应该是“清汤寡水”。下米的时候，同时也要放上一把豆子，白豆就行，大白豆更好，以绿皮茶豆为上品。水开了的时候才可以放菜。土豆或老南瓜要切成块，白萝卜要切成条，红萝卜要切成丝，豆荚则要折成段儿。红萝卜丝且慢些儿放。干金针早点放，鲜金针到端锅时与红萝卜丝一起放。熬米的时候，先适当放些姜末，放够盐，熬着熬着，远远就会闻得见有米香菜香熬出来了。

等米熬出香味来，开始擀面。三合面最好。白面、豆面、高粱面三样，没多少说头，只是口感好，也香。母亲常常说：“擀薄切细，掌锅有利。”听起来似乎是过家之道，其实也不尽然。

等米汤熬溶和的时候，就应该下面了。面不宜煮时间太长，俗话说，面滚三滚，吃到肚里安稳。煮过了火，没劲道，煮的时候短了，吃起来发硬，还有豆生味，品质就差远了。

端锅时放红萝卜丝，或菠菜叶，放芫荽，调味也调色。味能从嗅觉上引人食欲，色能从视觉上引人太和初年，食欲。等到端下锅时，将铁勺放在火上，烘点油，烘几颗花椒。如果能烘点姜，烘几瓣蒜，或烘一点葱花，那是最好不过了。最好最鲜最出味的是野地里的小蒜。这几样东西可以只要一样，也可以都有。等勺子里的调料烘到出香味时，趁油的热度高，把备好的醋倒在勺子里，然后将勺子猛一下放到米淇锅里，只听“黜溜”一声响，立刻盖上锅盖。那叫醋熘米淇。这时候，米淇就算是做成了。香味淳厚，色泽奔放。

比如，放醋的米淇叫醋熘米淇，放酸菜的米淇叫酸菜调和米淇。放了大豆的叫茶豆米淇。将米炒了的，叫炒米羹米淇，味道都是不一样的。醋熘米淇吃起来总有一股浓浓的化不开的乡土味，酸菜米淇让人深深感觉到的是岁月的苍凉，炒米羹米淇是把米炒成米花儿，在热锅里放点水黜溜一下，那是香米茶饭，是用来献奶奶用的，是过平常的初一十五的一种最普通的献供。献罢奶奶，就用来做米淇。不知道是因为把米炒过的原因，还有是因为献过奶奶，炒米羹米淇吃起来真香，一品香。

米淇虽然是一种最常见的家常饭，最能吃杂好，却也最富贵，既可以放野菜，也可以放高级菜蔬。灰灰菜可以，笤帚苗也可以，搭搭谷也可以。蘑菇、木耳，金针、海带，猴头、燕窝，只要有，只管放。记得有一回母亲病了，让我去下米，我弄错了，错下了一合芝麻。等到吃饭时，天黑，又没灯，父亲吃一口啧啧嘴，怎么了？这么香！等点了棒儿一照，呀！老天爷，朝廷也未必吃过呢！

说米淇贫寒，米淇却也真耐得住。一大锅水，一小把米，搓几根高粱疙条，淘一碗酸菜，或一把灰灰菜，或一掬柳梗儿，撂几颗盐。倘若有谁说不好吃，母亲就说，不好吃？只是不饥。有饭送给饥人，有话送给知人。这话我后来才懂得，是因为我知道饥不择食是怎么回事。

不过，不管怎么样，母亲总是要想尽办法把米淇做出好颜色好味道来的。比如摘一朵瓜花，掐一把金针，黄黄的颜色就有了；切一把萝卜缨，绿颜色也有了；切一把红萝卜丝，红颜色也有了。

当然，母亲再巧，也难为无米之炊。不过，即便是饭再稀，再清汤寡水，即使是五味齐缺，父亲也从没有说过母亲做米淇不好吃。父亲常常是一端起碗来大大地吻溜两口，就说，嗯，好吃！倘若有谁说父亲天生吃米淇的命，父亲就只是笑一笑说，家常饭嘛，养人。

是的，米淇养人。女人的温柔就是米淇养出来的，男人的刚强也是米淇养出来的。

女人吃米淇喜欢用小碗，或一粒豆子，或一块土豆，或一穗两穗三合面，两根筷子轻轻一夹，一点这，一点那，一点一点吃。说是吃，又像在品滋味。有时，即使是一条面，或一块土豆，又不一下全放到嘴里，先咬一点，品一品，像是初品。再咬一点，品一品，像是复品。不过，即使在过去的时代，除了有权有钱的闲人，一般男人都不很同意女人那么细的吃法，说太费时间太误事。女人却说，不。女人说，女人就应该有女人的样子，有女人的举止，女人的作派。女人吃饭就应如“凤戏牡丹”。

我总怀疑女人的心根本就不在吃饭，而在做样子。不管怎么样，总是要讲究女人温柔的仪态。我讲的是一贯喜欢吃米淇的晋城女人，晋城女人吃米淇出来的都是温柔。晋城女人总是用她吃米淇吃出来的温柔去滋养她的男人，滋润男人的刚强与力气。男人虽然有的是刚强和力气，但倘若没有女人用米淇与温柔滋养，那刚强与力气便会很脆弱，便会经不起困难与挫折，经不起岁月与风雨，便耐不住孤独与寂寞。倘若问女人为什么要用米淇与温柔去滋养男人，女人是回答不上来的，因为吃米淇的女人压根就没有什么目的。女人的心里只有爱。

晋城男人与女人吃米淇的吃法不一样，男人吃米淇用缸碗，舀上一大缸碗，蹲到大门口，两根筷子一起拨拉，南瓜、豆荚、小米、面条，等等等等一起吃，是风卷残云般。看似不品滋味，他们却知道自己的女人做的米淇香。他们都相信自己的女人，相信自己的女人是在用心给他做米淇。不管饭做得怎么样，首先他敢肯定他的女人是用心做的。女人的心就在他端的大缸碗里，就在他吃的米淇里。女人也大都喜欢男人那样的吃法，说："男人吃饭，猛虎下山，能吃就能干。"女人说着，就站在大门底下，靠着大门欣赏男人的"猛虎下山"。如"猛虎下山"的男人让女舒心，让女人畅快，让女人有安全感。

男人吃三大缸碗米淇，展一展腰，百把斤的一布袋粮食就能掂起来扔到膀子上。那时候女人就笑了，笑得很温柔。

女人用米淇与温柔滋养男人，男人用刚强与力气滋养女人。倘若问男人为什么要滋养女人，男人们的回答很果断。男人会说："那是责任。"

男人说得对，男人就是责任。

素扁食

我家乡的人管饺子叫扁食。

从我记事起，就有了一个小小的发展，包肉馅的叫饺子，包素馅的仍然叫扁食，叫素扁食。

我不知道饺子能不能算是家常饭。因为做饺子太费时，费事，所以不常吃。但以差不多家家都会做人人都吃过来说，应该是很平常的，应属于家常饭。若嫌屈尊，直可列为家常饭中之上品。而我说的素扁食，则应算做上品中之上品。可谓精品。

在我的左邻右舍，母亲做素扁食可算是魁首。

说到母亲做的素扁食，我实在是就有点控制不住自己的感情了。那透着倔倔之光的眼睛不免就会有泪光闪动。自从母亲下世后，我再也没有吃过一回那么好吃的素扁食。

记得远离家乡在外上学的时候，母亲总是忧念儿子在学校吃不饱吃不好。儿子即便在外边吃的是山珍海味，只要一回到家里，母亲就先要想着法子给儿子做一顿素扁食吃。当然，并不是说素扁食比肉饺子更好，而是因为乡下常年难得见到腥味，去哪儿弄肉啊？

但尽管没有肉，母亲却能把那素扁食做得很好吃。

母亲做素扁食馅的原料很丰富，都是她平时攒下的。最好的是地谷莲。春开时，只要有一场如酥小雨，母亲就挽了小小的竹皮马头篮儿到野地里去拾地谷莲。

地谷莲是开春第一场雨就要生的，生在荒山野地的白草中，形如木耳，只是没有木耳那样大那样厚，呈黛色，半透明，放到手掌上，颤动着，像一串串小水泡，光洁，晶润，明滑，像是就要飞了去的，像是怦地一声响，立刻就要破了似的。

簸尽草叶，拣去砂粒，淘尽泥土，在簸箕里晾干。到吃时用温水泡开，水里放滴醋，可以使地谷莲展阔，可以除尘，可以除青草味，可以除雨腥气。

地谷莲泡开后，依然那么鲜活，依然小水泡儿一堆儿，颤颤的。

再泡一把粉条碴，剁一点豆腐，调点椒盐，放点姜末，放点炒小麻籽面儿，放一点小茴香。

够了，素扁食简单，朴实。就像吃素扁食的人一样，很简单，很朴实。

没有地谷莲的时候，母亲就泡一把黄花菜，或泡一把干豆荚也行。

春天，母亲去地塄上随手薅点什么，初春刚泛起来的鲜韭菜，嫩小蒜，野谷芦葱，春苦苣，新菊蒿，随便一点什么，母亲都能做成素馅，且都是那么好吃，都那么鲜美。乡味十足，却不土气；都是山上生的，却也不山气。吃一回，一辈子都回味无穷。

素扁食与肉饺子包法也不一样。肉饺子包得胖胖的，腆着个肚子，两个扇风耳，像个猪八戒。两只手把两个扇风耳用力一捏就成了，光光的，很圆滑，没一点个性，但看上去笑嘻嘻的，很适宜过节。

素扁食的样子很像个麦穗，因此也叫麦穗扁食，这样也许更家常吧。

包素扁食不能用力，只是用心包。心要巧，包出来的素扁食就看着很俊很俏很秀气的。

素扁食的馅不像肉馅那么粘，是松散的，没有点技巧是包不住和。

冷水和面不皲。扁食皮要很薄才好。其实说包素扁食是很不准确的。我们家乡人也不常说包，说捏。那一个“捏”字是再准确再形象不过的。用大拇指与食指指尖揪着一点点皮边，一点一点地掐，一点一点地捏。左一捏右一捏，成了，很像个小小的宝塔。

不，很像个麦穗。只是麦穗多边有花线，素扁食只有一条花边，边线既要花，又不要太厚太粗，不能让人吃起来觉得像面疙瘩似的。

母亲给我捏的素扁食皮比较厚，个子也壮大。看上去有一点笨。那是有母亲的道理的。母亲说男孩子家要长力气，要长得虎背熊腰才能顶天立地，要吃得壮些才好。

只有给奶奶捏的素扁食才要皮薄，薄到透明，薄到几乎能看得见里边的馅儿，且个子也小，比小拇指肚儿大不了多少。奶奶没牙，正好一口一个。

奶奶笑着说，正好，不用嚼，到嘴里蠕蠕就化了。

母亲说吃素扁食不蘸蒜，蘸蒜就坏了滋味了。只蘸醋。醋里只放点香油或芝麻盐，放一点芫荽。奶奶不蘸醋，吃兑汤扁食。一个豆青小瓷碗儿，清汤，几茎绿芫荽，几团油花，点点芝麻，尤似荷塘月色。——唉，老百姓自有老百姓的娱乐，自有老百姓的活法。

做素扁食费时费事，很劳累人。母亲身体一直不很好，有一回我怕母亲累着，不想让母亲给我做素扁食，我才说了个“我不吃……”母亲很兴致的脸上立刻就暗了下来，眼睛里就有泪水盈盈，木了好半天才说：“你不吃？是娘做的素扁食不好吃吗？”母亲气得哭了。母亲说：“给你吃素扁食是娘的心。娘的心就不挂在你的心上啊……”母亲哭着，做着，一边揩泪水，一边捏素扁食，捏了三大碗，先尽我吃饱，余下的给父亲煨在火边。至于弟弟妹妹们，一人至多只能尝三五个。

在母亲病重时，我也学着给母亲做了一小碗素扁食。也是地谷莲馅，但没有母亲做得那么地道，皮厚。没有母亲捏得那么好看，而且个儿也大。但母亲说好吃，很香。我对母亲说，我做的不如母亲做的好吃，不如母亲做素扁食香，母亲说："好，儿子就是给娘做碗面疙瘩娘吃着也香。"

梦醒一窗雪

中国的北方，冬天按说应该是白雪皑皑山河沉睡的时候，然而一冬无雪，北风喧啸，似乎也是常事。

2013年的那个冬天，自然与他年的冬天没有什么不一样。一定要说不同，也只是在进入冬季之前，还没有入冬的时候，便有细碎的雪花飘飘洒洒地落了一阵，我就被那细碎的雪花给弄懵了，问行人几时立了冬？行人说，还差几天。于是，我才知道还是秋天。

可是，雪花过早地飘飘洒洒，不知道是想抢先入冬呢，还是忘了季节。也算是一个少见的秋末天气吧。

然而正经到了冬天，却天天是风和日丽。若非户外的早晨与傍晚料峭地冷，还会让人错以为依然是小阳春呢。

十月，公园有一个菊花展，花展过后，好花，名花，都被拉到市府去了，眼看着那些平民花被丢弃，人们不知道是爱花还是惜花，都纷纷地去捡了往自己家里端。

那天傍晚，我到公园散步，那是一个月色很好的傍晚，只见展后的花儿一片狼藉，便弯下腰去看，见也还有振作的，也还有想努力绽放的，就也从了众人，端了一盆回家搁在窗台上。虽然知道花事将毕，也还是殷勤浇水。不图花开二度，只希望枝头的花能迟一点凋落，或者来年也能如期开出几朵好看的菊花。

公园展出的菊花很多，而且多是很名贵的，名贵的菊花差不多都有高雅的名字，如银丝串珠、空谷清泉、珠帘飞瀑、月涌江流、黄莺出谷、沉香托桂、平沙绿燕、绿柳垂阴、春水绿波、玉蟹冰盘、枫叶芦花、绿衣红裳。

有以花瓣命名的，如：惊风芙蓉、松林挂雪、落花飞絮、金铃阁。

有以花形命名的，如白松针、金盘托桂、黄石公、金碧辉煌。

有以历史人物故事命名的，如：出师表、龙城飞将、木兰换妆、龙图阁、白西厢、嫦娥奔月、湘妃鼓瑟。

有以风景名胜命名的，如幽谷残霞、平湖秋月、太白积露、潇湘夜雨、春江月色、细雨寒沙、夕阳松阴、风清月白、柳浪闻莺、断桥残雪……

一种名花，一个阵营，真是名花荟萃，花团锦簇。

当然也有没有名气的，或者名气很小的。没有名气的花虽然也有个不怎么有名气的名字，却总是不怎么受人待见，往往摆路边，做一些点缀，作一些陪衬，如此而已。

我端的那一盆花并不名贵，因为她没有牌子，我也就不知道她的名字。我只知道她的花也是白色的，花瓣的边缘或深或浅有点粉红色，有一点淡淡的紫色。

严寒是渐渐地凝重起来了，在那纤弱的枝头，菊花也就渐渐地憔悴，萎顿到让人很不忍心去看她，不忍心去看她那凄婉的容颜，也不忍心去碰她那一点气力也没有的枝叶。

西风是最无情的。西风总是想催着她快些离开这个世界。尤其是夜间，西风使劲地揉搓她，摆布她，折磨她，摧残她，总想魔爪般地撕裂她……

然而，经过一夜痛苦的挣扎，到第二天的早晨，她依然紧紧地揪着那一枝残梗，就是不肯松手，就是不肯陨落。

按说，菊花也算是花簇中最坚强的一种了，然而，就在残花行将凋萎的时候，却也是很痛苦的。况且，那冷风像是催命一样，把那已经残花的瓣儿撕拉着，想让她们快些离开她们曾经风光过的枝头。而那些花瓣却紧紧地抓着枝头不放，仿佛在一声声凄怆地呼喊着：“不！就不！”

紧紧抓着，声声喊着，那种坚韧，那种坚守，难免让人想起朱淑贞的诗：“土花能白又能红，晚节犹能爱此工。宁可抱香枝头老，不求黄叶舞秋风。”

历来写菊花的诗很多，朱淑贞诗中的每一句，每一个字，都让人喜欢。她的心灵是纯洁的，她的精神是自由的，她的气质是高贵的，她是最有担当的一位女诗人。人说牡丹有傲骨，而牡丹却只是敢于傲一女帝，菊花却敢傲天，且是霜天，而且秋末和初冬。

试想，在一阵秋风一阵寒之后，还有谁愿意，或者还有谁肯把自己的香与艳送给一个寒冷的季节呢？还有谁愿意为装点那些清冷的日子做出一点牺牲呢？

世界上，似乎所有的花儿都是娇弱的，都是娇柔的，都是娇贵的，也都是趋炎附势的。为了讨好青帝，春光才有一线，那些桃花、杏花、梨花、李花、杜鹃花、山茶花、茉莉花，就赶紧露出笑脸，为春天谄媚。春天刚刚过去，她们就把原先给人们的那一点芳菲全都收拾起来，或者藏匿到山寺中去。秋风一起，她们是绝对不肯打开花苞，开一朵花给人世间的，是绝不肯为人间添一点美送一点香的。

然而菊花却不一样。枝头的残菊还在，其根部就又生出新枝新叶，又开出几朵白白的如雪一般花朵。

早晨醒来的时候，忽然发现那堆在盆里的花，我还错以为是一堆雪，是满满地一盆的雪，是白亮亮的雪，似乎还逸散着雪的寒气。

大概是还没有完全远离睡梦吧，我就迷迷糊糊地想，雪怎么下到窗子里边来了呢？雪怎么就下满了一盆呢？

赶紧起床去看，哦，哪里是雪呀？分明是花，是菊花，是前几天那几个发绿的小骨朵儿都绽开了，开成了雪白雪白的花朵儿，满满地，堆了一盆雪白雪白的菊花。

是蕊寒香冷吗？当然也是的，不由就想起了李清照的那一首《多丽·咏白菊》：“小楼寒，夜长帘幕低垂。恨萧萧，无情风雨，夜来揉损琼肌。也不似，贵妃醉脸；也不似，孙寿愁眉。韩令偷香，徐娘傅粉，莫将比拟未新奇。细看取，屈平陶令，风韵正相宜。微风起，清芬酝藉，不减酴醿。渐秋阑，雪清玉瘦，向人无限依依。似愁凝，汉皋解佩；似泪洒，纨扇题诗。朗月清风，浓烟暗雨，天教憔悴度芳姿。纵爱惜，不知从此，留得几多时。人情好，何须更忆，泽畔东篱。”

看着，想着，就有一点奇怪了。当时端回来的时候，那枝头的花虽然也是白的，却并非全白，那花的边上或多或少都带着一点淡淡的粉红色，或者淡淡的紫色，我所期待的，是明年可以看到，也是边缘带有一丝丝粉红色，或者一丝淡的紫色。怎么一下子就都变了色了呢？怎么一下子就都变得那么洁白，那么淡雅，菊香满屋，却仿佛真的就是一抔雪。

是环境变了，花也变了吗？是花在特定的环境中，努力改变了自己的颜色吗？

不知道。我不能够知道是英雄创造了历史，还是历史创造了英雄。

好在，天气很暖和。尽管风有些冷。

带雨的翡翠

是一个秋天，正是秋雨绵绵。我们去了一个污水处理厂，他们要我写字，我就写了这样一句话：“是工人们以自己高贵的品质和纯洁的灵魂让原本清澈的水变得更加清澈。”

那天的天气是很凉爽的，那厂领导却格外的热情，带领我们参观污水处理过程。

第一池水是污水。发黄，发黑。在偌大的水池中翻腾着，泛着污浊的泡沫，仿佛一个拒捕的罪犯，仿佛一个中枪之后濒死的流浪汉。有点疯狂，有点凶残。让人恐怖，也让人恶心。

最后一个池子，清水荡漾，锦涟漪漪，不由人想挹之以掬，痛饮一碗。

我没有把目光过多地投给第一个池子，我也没有投注给最后一个池子。我把注意力过多地凝注于中间的池子。我想得最多的不是开始，也不是结果，而是过程。

于是，我想到了监狱和学校，想到了教育和改造，以至于社会……

用释家的理念讲，我想，第一个池子应该就是俗世界吧，最后一个池子是菩提般若。而中间的那些池子应该算是苦修吧。

于是，我想起了一副楹联："宝剑锋从磨砺出，梅花香自苦寒来。"

从第一池到最后一池，污水处理的过程，不仅是一个物理过程，也是一个诗化过程。

老子说："上善若水，水善利万物而不争。"

善是人类的最高的境界，就像水的品性一样，泽被万物而不争。

然而，说水不争也不完全对。是的，水似乎什么也不争，但水却一定要争个清洁的品行，争自己的一世清名。

老子说，水有"七善"：善于定位，善于静而深，善于仁和爱，善于言而有信，善于无为而有为，善于发挥能力，善于行止有时。冬为冰，春荡清波。遇石绕，随圆即圆，就方则方。水应阴阳二仪之中和，"总九德之纯懿，含章素质，不洁渊清，玄虚澹泊，与道逍遥"，水是太善了。

然而，我们却万万不可因为善好欺而欺善。所以古人都懂："水能载舟，也能覆舟。"不管你有多么好的驾驭水的本领，任意遭遢水，虐待水，激怒了水，水也会以自己的不善对待人类的不善。水不仅能够覆舟，水还会让你成为涸辙之鲋，困死在浅浅的牛蹄窝里。

“水至清则无鱼，人至清则无友。”是不是说明水非无情物呢？是的，其实水，也如苍苍松柏之有心也，也如萋萋芳草之有情也。为了鱼，水甘自浑浊一点，世俗一点。不是堕落，不是屈就，是为了与万物共和谐。“沧浪之水清兮，可以濯吾缨，沧浪之水浊兮，可以濯吾足。”不是这个意思吗？“蒹葭苍苍，白露为霜。所谓伊人，在水一方。溯洄从之，道阻且长。溯游从之，宛在水中央”，这是最早出现在《诗经》里的水，多么美的水啊！说着清灵灵的水，看着清灵灵的水，站在清清的水与青青的草相连接的地方，都是几个我们水处理厂的工人，仿佛个个都是《诗经》里的“伊人”。

空闲的土地上，到处种的是蔬菜，是工人们用自己处理过的水种出来的各种各样的蔬菜，水灵灵，翠森森，真想就那样就地吃一口！

果然，晚上在职工灶上吃晋城米淇，吃工人们用处理过的水种出的各种蔬菜，没有酒，却醉人。

临走的时候，工人送给我们每人一小袋黄瓜、茭子、菠菜。带着芬芳的泥土，带着秋天的雨水，湿漉漉地新，湿漉漉地鲜，湿漉漉地嫩，像是包儿带雨的翡翠，葳蕤若锦，旖旎梦回。

美丽的街巷

一

街巷是美丽的。无论是朱湘，还是顾城，都用诗讲街巷，都把街巷讲得那么美。

寂寥的街巷内，
王侯大第的墙阴，
当的一声竹筒响，
是卖元宵的老人。
……

这是朱湘的诗。让人忘不了“竹筒”声中那个“卖元宵的老人”，“当”的一声响，把一条寂寥的街巷敲得似乎更加寂寥。

走进狭小的街巷
板棚，每颗低低的心
我在一片淡漠的烟中
继续讲绿色的故事
……

顾城居然这样写街巷。于是，那“淡漠的烟中”的“绿色的故事”就永远回响在了街巷的深处。

不管是寂寥小巷，还是窄狭的街道，最能容留的，是那颗“低低的心”，也如辛弃疾：

斜阳草树
寻常巷陌
人道寄奴曾往
……

寻常巷陌，如何住得一个寄奴？

那么简单，却那么隽容，是为那斜阳草树么？

还有张择端，一幅《清明上河图》，把街巷的美画到了极致。那是另一种街巷。长长的绢素，仿佛可以听到市声。

无论是有过卖杏花的深巷，还是夕阳斜照的乌衣巷口，都留给了人们太多的记忆，让人不能忘怀，让历史不能忘怀。

二

我对街巷的记忆来自乡村。乡村的街巷是简陋的，弯曲而又狭窄。

参差的屋舍，低矮的院墙，洞开的大门，虚掩的荆扉，或一堆瓦砾，或一丛矮树，逼出来一条弯弯的小巷。小巷弯弯，不知道弯出来多少故事，多少春秋。

落叶寒蝉小巷深，枯藤斜日半墙阴。

这两句诗，是明代袁皑吟的，却很像是说我家门前那条小小的街巷。年年春天都有蓝蓝的冰冰花开，秋天总是落叶依旧。寒蝉的凄切，枯藤的牵扯，而今想来依然让人无限怅惘。

乡村多陋巷，我们住的地方也是。不过，小巷虽陋，却不荒落。

里巷鸣春鸠，田园引流水。

小巷的深处永远回流着春天的气息，邻街人家总把小小的街巷打扫得干干净净，天天都像是待客。尤其是落雪那些日子，总会早早拢开街上的雪，免得雪融化了，泥水溅污路人。元宵节的时候，把一盏盏灯笼挂到街上，挂一街热闹，挂一街红火，挂一街风流，也挂一街圣诞气象。

不记得那是谁家的园子，长那么多情的一棵莎果树，枝桠总带着花骨朵垂到小小的街巷上，一点一点，偷偷撒给小巷一片春色。

五月，门上插一枝艾，便是一街的艾香，一街的粽香。

夜间，狗儿悠远的吠声会常常从深深的街巷传到我们的梦里，让我们儿时的梦不再迷茫，也不再空虚。

只要能够翻过门槛，就满街都会有我们蹒跚的影子，就会有我们的喊声和叫声，小巷便充满了生命的活力。

我想，我会以我的心，以我的灵魂，整辈子都守着我家门前那条小小的街巷。

沧海未知终老计，白头难忘故园心。

是不是这个意思呢？然而，命运却把我拖进了城市。

三

在村里常听人说，轻易是进不得城的，或者，进了城，也只敢在城门口那一带走走，不敢深入，怕找不到城门，找不到家。

说的也许是。追溯起来，我们的城市也是有些根据的。太行之南，黄河之北；尧都畿内，唐为雄镇，昴毕分野，觜参附丽，左丹右沁，行宜时若。苦吟过“念天地之悠悠，独怆然而涕下”的那一个陈子昂，曾经登上泽州城北楼，发出了一声千古浩叹：“平生倦游者，观化久无穷。复来登此国，临望与君同。”

是的，“此国”东西南北四条大街，纵横七十二条小巷，数不清的谷洞，“百千家似围棋局，十二街如种菜畦。”没有一处不让人着迷。白居易当年说的虽然是京都，但我总觉得也是在说我们。所以我非常渴望找到那一种感觉。于是我便一条街一条街走，一条巷一条巷走，疾走，像夸父逐日，不惜道渴而死。那种感觉恐怕要比香山居士更复杂一些，有点儿像屈原的《涉江》：“入溆浦余儃佪兮，迷不知吾所如。”对此，也许你会问，那时候的晋城很大吗？

那时候的晋城大不大，不是我说了算。以那时候的眼光，以那时候的心，确乎没有人认为它小，否则不会让人说晋城人

“大国沙文主义”。

但是，如果硬要说她大，实际确乎很小。即使到成为县级市之后的1984年，东至凤城宾馆，西至泽州县医院，北至泽州县党校，南至水陆院，四至所属，尚属城郊。即使四至之内，也还有大片的农田和菜地，蜂蝶乱飞，鸦噪黄昏。傍晚时分，走到凤展便会让人毛骨悚然。倘若追溯到城墙时代，四至之属似乎连城墙根儿都不是。如今想来，那时候，真是够憋屈了。不过，当时却没有人感觉到有过什么憋屈感。因为那时候的人心小。小小的心放在当年空阔的城里，就显得城格外大，格外空旷。

城市那样小，却走出了那么多的街巷。光那七十二条小巷网布于如此憋屈的一个城市，街巷有多宽阔多狭窄，你是一定能想象得到的。

是的，多少是狭窄了一点。不过，千百年的农耕意识，惜土如金啊！城外的农家总想扣城墙根一抔土种一垅谷，城里的菜民恨不得把街边刨刨种一畦菜，谁会舍得把上好的土地做了通衢！大街只要能过去一顶官桥，小巷只要能过去一骑马，或者一辆牛车，谷洞只要能让人侧身而过，便如坐春风了，谁又能有本事剥去附丽于人们身上的那点可怜的“市民”感呢？

四

局限总是属于历史的，发展是属于时代的。

今天，放眼看晋城，琳琅如天衢，锦绣若文章。怎么能让人不生感慨呢？

人通此心，心通比理。将心比心，恐怕人人都会有这样一种感觉，就是，在家里坐闷了，都想出去走走。

今天，人们自然会想到去公园，去广场。去百丽园看两河烟柳，去凤西广场看翠竹青青，去泽州公园看风桥如虹，去玉龙潭公园看湖平如镜，去植物园看粉的樱花白的玉兰，去凤凰岭公园看晨曦如珉之未雕，去吴王山公园看晴岚如玉之章章，去赵树理公园感觉那文脉流芳，去白马寺山森林公园看“星光灿烂，若出其里”。

说起来，还真是让人感叹不已。那时候，就是我们年轻的那些日子，即使到1984年，虽然已经是一个县级市了，我们想说出去走走，几乎无处可去，也无处可走。我们却依然没有公园，也没有一个像样的广场。

所以，我们只能习惯地去街上走走。“去街上走走”，话说得多么严谨啊！

是的，是必须的。在我们这时候的小城里，说“散步”显得洋气，容易离群；说“逛街”又显得俗气，会让人小看。说出去走走，很朴实，很平易，很谦和，大家都能接受，都喜欢这样说。

要说，我们那时候也是应该有个地方走走的。城里也还有一大片空旷的场地，人们习惯叫遥拜场，是日本侵华时期留下的，是供日本人遥祭天皇的所在。只是，遥拜场太大了，不光有一点空旷，还有一点荒凉。除了种有一片庄稼，便是衰草枯杨。虽然也还有个舞台，却更像是荒烟废垒。去那里凭吊么？去那里怀古么？

后来，遥拜场改造成了体育场，还建了个灯光球场，很气派的，是很可以让人“走走”的。但除了大型体育赛事，除了集会，除了人们早晨去那里打打羽毛球，太极拳，跑步锻炼，一般很少有人光顾。太寞落了，非有飘然出世之心，是不会有人轻易去那里走走的。

那么，去哪里走走可好呢？

小巷太清寥，谷洞又幽僻。可以走走的，就唯有南大街了。

五

不过，人们也太钟情于南大街了，几乎所有的商店，百货大楼、五金交电、华纱布店、理发店、照相馆、糖业烟酒门市部，包括文化方面的，如文化宫、文化局、文化馆、新华书店、图书馆、图书阅览室，宝石一般缀在南大街上，像一条彩带，更像一条项链，纤细而窈窕，美丽而多情，宜于忙人购物，更宜于闲人漫步。

百货大楼，听着气派，其实只有两层。两层怎么叫“大楼”啊？

还有华街儿的百货商场，不就是三五间平房，一排老式柜台吗？凭哪儿称“场”啊？

所以必须有改革，所以必须有开放。否则，我们将永远是井底之蛙。

与南大街相连接的，就是现在的人民广场，那时候我们叫“华街儿”，被电影院、戏院、百货商场屏围起来，像一枚小小的蓝宝石，也像一枚小小的纪念章，缀在南大街那条金色项链上，娇小也玲珑，平庸也秀雅。

穿过华街儿，是黄华街，当年的黄华街与南大街通过华街儿连接，如狗尾续貂，三十年之间，白云苍狗，南大街倒像黄华街的一条狗尾巴了。

说起来不怕你齿冷。那时候华街儿有一个小小的街心花园，周遭大不过十来步，一忽儿建个亭子，一忽儿砌些栏杆，一忽儿弄个小桥流水，一忽儿又种些花花草草。像很用心装扮自己娇弱的独生女儿，看似着意梳妆，却几近揉搓。

月色黄昏时，路灯昏黄中，独步者有之，二三好友相约者有之，书生意气者有之，狂放不羁者有之。或踩着霏霏细雨撑着油伞，或冒着夏天的热浪摇着蒲扇。有议论风生，也有小语喁喁。也谈天，也说地。有爱情，有理想，也有文学和梦。

不管从哪儿步入，都会抵达华街儿。

“华街儿”像一个小小的海，在热切地等待百川归来。

从黄华街走到华街儿，转一个圈儿，不尽兴，就回到南大街，再通过小十字，再走到大十字。

走一遭不尽兴，就再走一遭。

奇怪的是，一个晚上，即使走三遭五遭，感觉亦如初。总是那么新鲜，总是那么亲切，总是那么恋恋不舍。

为有爱情吗？为有理想吗？为有文学和梦吗？

六

不知不觉，弯弯的小巷竟从我们的身边消失了，憋促的谷洞也隐没在了岁月的烟尘中。

还想领略雨巷的风光吗？还想听香坊谷洞卖豆腐老人的吆喝声吗？

那就去找朱湘，去找戴望舒们，记忆中的美丽依然深嵌在他们的诗行里。而我们存在的意义，就是把城市的大街越走越长，越走越宽，越走越多，街边的楼层也越走越高。

然而——

城市真正的奥妙不在雄起的大厦，而在一条条繁忙喧嚣的街道。昔日那些狭长的胡同正在迅速地土崩瓦解，代之以一条条不断被拓宽的街道。那些越来越宽阔也同时越来越拥挤的街道，却在放肆的坦荡中，隐含了女人的全部欲望。夜晚的街道具备一切的女性特征，一盏盏路灯亮起来时，城市的灵魂随着女人飘逸的长裙闪闪烁烁。城市不仅能使女人的欲望得到实现，还能把女人潜在的欲望也一滴滴挤榨出来。

这是张抗抗笔下的街道。你不觉得字字都带着时代特征，时代风尚吗？

张抗抗当然不是在写哪一个具体的城市，更不是写我们。但没有哪一个城市不仿佛她笔下这些文字。我们也是。

谓予不信？那你就去走走试试？不管是黄华街、新市街、文昌街，也不管是泽州路、前进路、兰花路。没有一条街一条路不给你留下一种不一样的文化记忆。

如果你怕累了自己的玉趾，想开车去，那感觉当然就是另一种了。

你也许会问，当年街巷那种美丽还在么？

是的，还在。但却已经悄然潜藏在现代化大美的身后了。“美丽”这个形容词似乎有点苍白了，再用它来描述有着现代化气质的大街，怕是小家子气了。

长而宽阔的大街还会有爱情，有理想，有文学和梦吗？

我想，该有的，一定还会有。只是，都要移交给广场和公园了。

史山阅美

是一个小小的笔会，开在中秋的史山。

笔会开在史山，是因为史山美。待走近史山的时候，发现史山果然美不胜收。

先说史山枣美。八月中秋，枣儿正肥，小如鸽卵，大如鸡子。咬一口，水灵灵地鲜。酥酥地脆，甘甘地甜，如品蜜桃，如啖荔枝。

再说史山桃美。都已经是漫山红叶了，桃儿还缀在桃树枝上摇摇欲坠。摘一个，擦一擦桃毛，咬一口，会不由叫一声：真甜！

史山的柿子美。小红灯笼一样，挂在秋天的树梢上，秋阳一照，像是就要流蜜汁。金风徐来，千万盏小灯一齐摆动起来，让人心动。

史山的红果美。华阳山脚，农家院里，如雨巷中撑开的小花伞，一株一株歪着脖子比着俏。其果实，个大，大如枇杷；色艳，艳如玛瑙；成朵，朵如葡萄；微酸，酸如澧醪。

史山的枫叶美。霜期还未曾到，红晕便就已经上了脸儿。十里樊川，一脉华阳，碧云低天，层林尽染。更为奇妙的是，史山的枫实居然状如元宝。

众美偕集，淘人诗兴，感慨之余，便不由让人诌出来几句古诗：

先品史山枣，再阅史山好。
史山读山史，山山竞妖娆。
鱼山栽红果，樊山种蜜桃。
山腰培核桃，山脚育花椒。
柿子像琉璃，枫实如元宝……

有人说史山曾叫狮山，因为山的形状很像安卧在那里的几头狮子；也有人说史山曾经叫柿山，因为山上到处都有柿树；还有人说史山曾经叫“屎山”，传说与故事固然有，然而，我不光不情愿美丽的史山有那样脏的一个名字，也不愿意让人常常讲那样一个脏故事。

有人以为史山应该叫“诗山”才对，历史上曾经有过很多唱史山的诗，我在这里录一首，以资证明：

清溪一曲抱村流，石镜松云掩画楼。

兴较柴桑风景地，斜川争似锦川幽。

这是布衣诗人王炳照的《樊川二十咏》之一。

其序曰："川源出樊山，故名。萦洄溶漾，径十余里，窜少城入沁。青山夹两岸，间以古寺烟村，苇洲蔬圃，青旗红板，牧笛僧钟。每春夏之交，日丽风恬，鸟歌花笑，行者忘倦，虽武夷九曲不啻也。秋冬则黄栌丹柿，细菊苍松，映带于波流云绕间……"

如此富有诗情画意，就叫诗山何尝不可！

其实要我说，还是史山好。那是一座有自己的历史文化传统的山，有自己好乡俗，好风尚的史山。

走着，看着，信步就走入了一个农家小院，很整齐，很雅谧。院子里栽一棵正当妙龄的红果树，绿绿的叶子，红红的果子，像一柄小花伞，撑在院子里，小院便娟秀得很。老太太坐在"小花伞"底下的一张摇椅里，半闭着眼睛，摇一摇，摇一摇，像是做梦。我想，老太太大概也还会有"摇到外婆桥"的故事罢。

老太太身边围了好多人，是不同年纪的女人。三个女人一台戏。那么多女人戏可是要很热闹了。

当我们走进小院，女人们赶紧起身让座、倒水，没有忸怩，没有羞涩，落落大方，不失热情。

坐在树下的石凳上，喝着石桌上的茶水，听女人们给我们讲史山的故事，史山在她们的言辞之间，史山在她们的心里，似乎是世界最美的山。

其实，最美的，应该是史山的人，是史山的女人。

倘若能够读懂史山的女人，你就读懂了史山。

正说话间，风从大门洞底钻到小院里来，摇一摇红果树，红果树一阵沙沙响。

琵琶泓

琵琶泓在洞头。洞头离城市不远，大概不到一公里，隶属城区。洞头既是一个村名，也是一处风景。是一个有着田园风光恬然自在的小山村。

雨后新晴，遥望窗外，青山如眉。尽管夏天的雨泼上了如许的黛绿，却怎么也不能够如洞头的山那样，让人看着亲近，让人看着解馋。

昨天，又去了一回洞头。

说又去了一回，是意味着已经去过一回。

十多年前，她还如处子般沉静在四围山色里的时候，路也还很难走，青石铺的一条挂在山崖上的仄径，车子将就着才能过得去。颠颠簸簸的，随时都有掉到崖下的危险。虽然每去一回都提着心，然而每回都让人心动。

虽然去过多次，我却从没有写过一个字给她。不是没有东西可写，也不是没有情绪写，是不敢写，是不愿轻易着墨。

我是想，别惊扰她吧，她才真是这个世界上的一个睡美人呢。

难道不是吗？人们之所以喜欢她，不就是因为她“蓬门未识绮罗香”吗？不就是因为她“敢将十指夸针巧，不把双眉斗画长”吗？不就是因为她“泉源在庭户，洞壑当门前”“疏松影落空坛静，细草香生小洞幽”吗？不就是因为她的“精神靖秋水，淡逸老流云。风物华天地，造化黯古今”吗？

是的。是她的“清水出芙蓉，天然去雕饰”，给了现时的人们一个惊喜。人们趋之若鹜，想去看的，就是想看她的“淡淡妆，天然样”。

大唐朝议大夫权澈正是看中了她的“琵琶翠泓湛且清，屏风画壁势相迎。柽柏飕飕杂风雨，龟龙旸睒游虚明”，才写出了《琵琶泓》。

宋提点刑狱杨漠也是看上了她的“嫩柳山花满岩麓”“但见一泓春水绿”，才也跟着写出了《琵琶泓》。

是不是有一点太遥远了呢？

那么就看看我们今天的一位叫刘艺的女孩子写给她的文字吧，看看刘艺喜欢她的什么：

“漫步在古旧的小巷，穿行于洞头特有的质朴与坦荡之间，宛如在时光的长河中溯流而上。古朴的民居，青石铺就的小街，以及小街旁红色的遮阳伞下的小吃摊，如民俗画一般铺展开来，将洞头深厚的人文积淀和亘古不变的生活方式演绎得醇美而悠长。很喜欢这种现代与传统交融的感觉，历史的味道，令人不会漂浮；时代的气息，让人知道自己置身何处。”

是不是字字滴翠啊？

从权澈到杨漠，再到刘艺，古人与今人，男人与女人，胸次何其仿佛！

尽管水被污染了，而琵琶泓却依然不失当年风韵。

火车不时从村前的沟里“咣当咣当”穿过，给小小的山村带来的是活力，是时代的脚步声声。虽然不怎么谐调。

是的，不怎么谐调。历史与现实总是有些裂痕。弥合，那得交给时间。

登上村头小山，山崖陡峭，清风习习，俯瞰崖下清流蜿蜒，回望村头绿树环合，粉墙黛瓦，田畴阡陌，遥闻古宅人家鸡鸣，总能让人想起孟浩然的诗：“绿树村边合，青山郭外斜。开轩面场圃，把酒话桑麻。”

人依然坐在屋中，画却挂在屋外。等人走到屋外，却不意又走入画中。

说了这么多，也写了这么多，我仍然要说，我不敢给她轻易著一个字。

“不著一字，尽得风流”，那才是洞头。

能够不动声色地惊动世人，说明洞头是自在的。洞头自在时，自有她自在的魅力。不敢轻率地给她著一字，是怕字下得不准，会伤了她的心，会伤了她的品质，会伤了她那山村水廓的好模样儿。

所以，我想奉劝所有关心洞头和爱洞头的人：在给她上脸的时候，铅黄稍稍淡一些，再淡一些；给她修眉的时候，刀稍稍轻一点，再轻一点……

也许你会问我，难道洞头弱不胜质?

不是。是因为，洞头是上帝赐给人类的一个艺术品，是大自然的一个小女儿，“娉娉袅袅十三余，豆蔻梢头二月初。”

智山仁水，山水化育，洞头是大块文章。

于是，在人的笔下，哪一笔都是多余的。

倘若从深闺中拉出来，给她遍施铅华，乱抹粉脂，把她打扮得“花枝招展”，怕她会庸俗，怕再也没有人理她。

淡淡妆，天然样。好不好?

也许你会以“开放”与我理论。然而，我却要说：开放，不但可以向前，也可以向后；不但可以向左，也可以向右。向古今中外，向天地六合。利则取之，弊则弃之。荣我者，则近之；枯我者，则远之。

我所谓的向后，就是向着历史。

历史的宝藏是丰富的，是取之不尽的。打开五千年乃至亿万年的历史宝藏，用历史的眼光，把历史作为开放的一个疆域，难道有什么不可以吗?

也许你会说，难道洞头不用发展，不用富有吗？

用。怎么能不用呢？不过，要懂得“藏富”啊！

该藏的，藏起来；该掩的，掩起来。花手帕不一定非得盖到头上，鼓鼓囔囔的鳄鱼牌钱夹不一定非得拿到手里，不要把钱贴到身上或者堆到脸上摆“阔”。不要把电线缠在头上，生生怕人说自己不够现代。

要小心爱的斧正，也要小心爱的堆垒。

夕香共金炉

母亲很喜欢烧香，烧香固然是为了敬神。看一缕青烟，缥缥缈缈，也还好闻。我就问母亲为什么烧香，母亲想了想，还是说："为了敬神。"我摇摇头说："神为什么喜欢香呀？"母亲回答不上来，就问我为了什么。我对母亲说，第一个问题得先弄清楚烧香干什么。

在大多数人的概念中，恐怕只知道烧香是为了敬神，为了求福，祈求神灵给人以庇佑。特别是近些年来，烧香的风气愈行愈烈，无论在寺庙里，还是在家里，无论是祀神，还是祭奠祖先，人们总是大把大把地烧香。在寺庙里，特别是在香火较旺的寺庙里，人们不是把香插在香炉中烧，而是毫不吝惜地把香大把大把地投在一个大容器中，因为怕烟熏火燎，就只好远远地往香炉里投香。于是，寺庙不是清净安详，不是香烟袅袅，而是乌烟瘴气。人都呛得要咳嗽，要流泪，如果真的有神，神怎么能受得了呢？不管香客们心多么虔诚，那种烧香敬神的行为、姿态和方式，人尚且不喜欢，你怎么让神喜欢呢？

（神是什么？我在另一篇文章中专门讲）神怎么还会给人降福给人庇佑呢？我倒是害怕神会因此给人以惩罚的。

那么怎样烧香才是呢？要知道怎么样烧香，必须先知道为什么要烧香。

在人类历史上，很早就有人烧香，不光中国人烧香，外国人也烧香。

其实外国人烧香的历史并不比我们短。古埃及人从阿拉伯和索马里沿海地区引进香料树，把香当作宗教仪式中的重要用品。巴比伦在祈祷或占卜时往往焚香。公元前五世纪，以色列人在被掳往巴比伦以前就引进了香。印度都教在正式礼拜和家庭礼拜中都要焚香。

我们中国人焚香大概是从汉代开始的。

我们的古人烧香起初并不是为了奉神。人们开始在烧秸秆与蒿草时，气味很臭，后来有人就在一种叫芗蒿的野草上染上松脂，再与黍稷一起烧，臭味就没有了。

把萧艾合起来烧，不但没有臭味，而且有香气，人也感到神志清新。

于是，人们就常常烧一些带有香气的萧艾之类的香草，用以净化空气，提神醒脑，驱腐恶，辟瘟疫。在历史发展过程中，烧香渐渐就成了人们生活中的一种习惯。过节烧香，待客烧香，读书烧香。

过节时，偶尔燃一炷香，空气清新，心清气爽，节日气氛也更浓。

偶有客至，若焚香一炷，便显得主雅客尊。

大家闺秀闲情无以排遣时，在绣纬锦缦窗明几净的闺阁中燃一炷香，便有了深闺幽情，暖阁生香。

读书人读书时点一炷香，“焚香读易”“刻烛催诗”，于是也就有了“书香门第”。于是，烧香也就成了我们民族的一种文化传统。

《红楼梦》第九十一回写道：“黛玉看宝玉这样光景，也不睬他，只是自己叫人添了香，又翻出书来，看了一会。”若无“添了香”三字，试想我们读这段话的时候还会有原来的那种韵味么？黛玉当时若是无香可添，而只是翻开书，那情境又是怎么样的一个枯燥呢？

烧香是文化，是文化传统，绝非妄言。

我们的古人是很讲究烧香的。明人高濂就著有烧香七要：香几，香炉，香合，香灰，香炭墼，隔火砂片，灵灰，匙著。可见我们的古人对烧香有多么认真，多么讲究。绝不像我们今天的香客，见了大铁锅把一捆香往里边一撂，完了事，有一点像烧柴禾。

不过古人弄那些家什也并非纯粹是用来烧炷香的，我们的古人有用香料制成的有香珠、香片、香饼、香陀，因香形不同，香炉也不一样。

敞口香炉是烧炷香的，复口香炉是烧珠饼之类的。

我们的古人不光讲究烧香的行为方式，更讲究香的品质。

古之名香，种种称异。要知道，一种名香的配方又是何等的了得。高濂在他的《燕闲清赏笺》中列出了许多种，其配方比例就精微得了不得。仅玉华香的配置就需要：沉香四两、檀香四两、速香四两，乳香二两、官桂二两、金颜香二两，木香一两、丁香一两、广陵香一两，郎台六两，奄叭三钱、麝香三儿、冰片三钱，苏合油五钱、大黄五钱，广排草三两。除此之外，还要加炼好蜜，合油揉匀。

“香添燃蜜，气杂烧兰。”那是何等高贵的香啊！

香料不同，配方不同，香的品位标格也竟大不相同。对这一点高子讲得很有意思。

他说，檀香为香中之悠闲者、沉香为香中之恬雅者、万春香为香中之温润者、芙蓉香为香中之佳丽者、玉华香为香中之蕴藉者、棋南香为香中之高尚者。

因为其品格不一，烧香的时机又不同，就又给人带来不同的精神境界。

超然物外，坐语道德，焚悠闲者可清心悦性；

孤对残月，兴味萧然，焚恬雅者可以畅怀；

独处闲吟，燃灯夜读，焚湿润者可远辟睡魔；

情侣在侧，倾心私语，焚佳丽者可以助情；

明月当窗，清宵空楼，焚高尚者可以祛邪辟秽。

焚香鼓琴，香清烟细，则清馥韵雅。焚香读诗，清思沉意，则才情逸飞。

再实际一点呢，焚辟寒香可以辟寒，焚迷迭香可以祛邪，焚木蜜香可以辟恶，焚鹰嘴香可以辟疫。百濯香董衣，百濯不落；董肌香董人肌骨，百病不生。说都夷香食之不饥如果可信的话，那么说返生香能使埋在地下的死人闻之即活，听来就未免有些演义。

尽管有一点演义，然而我们却不能不承认香的确有益于人的生活和人的生存环境，影响人的精神、情绪与身心健康。

我们现在不是在提倡绿色食品吗？食可以，喝可以，观也可以，那么闻、熏、蒸、濯，为何不可以呢？否则，我们的古人又何以有“香花供养”一说呢？

烧香，也有叫焚香。在我们家乡，人们忌用恶字，就像人回贾母说南院子马棚失了火，不说“失火”，但说“走了水”。不说烧香，只说焚香，如过年写的一个斗方就是“满斗焚香”；也有说燃香的，都是吉字。

无论烧，燃，焚，都还是烧的意思。不过，香并非一定都是要烧的。古人也有做了香囊带在身上的，我家乡端午节就缝香布袋儿，里边装了香草，让男孩儿女孩儿带在身上，那么暑热的天气，人来人往，都是汗浸浸的，不但没有汗味，没有秽气，还让人有一种清风阵阵、香气馥馥的感觉，让人总觉得爽心惬意，身轻体健。

香也并非一定都要炮制成香炷、香饼、香珠、香陀，过端午节在门上插艾的意思，就是插香，所产生的实际效果，与烧香是一样的。到后来的洒香水，只是人们用香的方法不同了，虽然没有了古人焚香的那种传统意味，但论其道理与其实际效果，仍是一样的。

且不说世上是否有神，单从有神论讲，也是人从自己喜欢香推及神也喜欢香的。有客来仪，焚香待客，是对客人尊重。请神焚香，不是也是对神的尊重吗？既然主雅客来勤，那么主雅神是不是也会来得更勤快一些呢？

人喜欢香，神也喜欢香，人喜欢讲究烧香方式，喜欢雅致，喜欢清净雅谧，那么神就喜欢你随便想怎么烧香就怎么烧香，喜欢你要多么粗鲁有多么粗鲁，喜欢你把他的庙宇搞得灰飞烟灭，搞得乌烟瘴气吗？神还会愿意给人降福吗？

我们的祖宗若真的有在天之灵，你祭祀时，是希望他们的灵魂安宁，让他们安息，那么你把要祭祀他们的环境搞得烟熏火燎，你让他们怎么好安宁，怎么好安息呢？倘若子女们在你面前烧一堆香，烟熏火燎呛得你眼泪鼻涕的，你大概不但不说他孝顺，而会大光其火骂他们个狗血淋头。

那么该怎么烧香才对呢？有条件的，有闲情的，有雅兴的，随你怎么雅去都可以。依方调制，或炷或珠，或饼陀，也来个香炉或熏炉，也来一套香几、香合、香炭墼之类，夕香共金炉。作为香道，也如花道，也如茶道，不但益身益心，且益智益德，又不知要给你的生活填多少雅趣呢。

如果没有条件，就不必勉强沉香、檀香、速香、乳香、广陵香什么的，不但无益于身心，且劳心劳神。就市面上所有的炷香，买几炷也好，买一捆也好，无论祭神祀祖，无论接人待客，也无论读书写字、友人叙旧、佳人拥座，不妨燃一炷香，青烟袅袅，香气馥馥，生活不是更加有趣么？

一炷整香，一点诚心，足足有余了。

真的是有心意有情意，又何必一定要香呢，“不了情暂撮土为香”不也很好么。

倘说太传统，太古板，你直可以洒一点香水儿，既现代，又省事，又不失大雅，不是也很好吗？

原题《论烧香》

《中国1999年最佳随笔选》辽宁人民出版社

图书在版编目（CIP）数据

天下黄河 / 卓然著 . —北京：民主与建设出版社，2017. 9

（名家散文自选集）

ISBN 978-7-5139-1710-0

Ⅰ . ①天… Ⅱ . ①卓… Ⅲ . ①散文集—中国—当代 Ⅳ . ① I267

中国版本图书馆 CIP 数据核字（2017）第 235863 号

天下黄河

TIANXIA HUANGHE

出 版 人	许久文
总 策 划	李继勇
责任编辑	刘　芳
封面设计	宋双成
出版发行	民主与建设出版社有限责任公司
电　　话	（010）59417747　59419778
社　　址	北京市海淀区西三环中路 10 号望海楼 E 座 7 层
邮　　编	100142
印　　刷	三河市腾飞印务有限公司
版　　次	2017 年 10 月第 1 版　2017 年 11 月第 2 次印刷
开　　本	787mm × 960mm　1/16
印　　张	22 印张
字　　数	200 千字
书　　号	ISBN 978-7-5139-1710-0
定　　价	39.80 元

注：如有印、装质量问题，请与出版社联系。